경수주의보

김담이 소설집

경수주의보

차례

당신을 위한 낯선 천국

"그래 이건 잔혹한 마술이야."

가슴에 안은 쇠몽둥이가 새털처럼 가볍게 느껴진다. 자꾸만 발끝이 허공에 들린다. 설의 몸은 헬륨 가스가 가득 든 풍선 같다. 설은 하늘로 날아가 버리지 않도록 갑판과 연결된 철제 사다리를 잡는다. 16배 느린 화면처럼 사람들의 움직임이 뚝뚝 끊긴다.

1

흑표범은 뱃머리에 걸터앉아 온통 어둠뿐인 바다를 응시하고 있다. 흑표범이라는 별칭에 걸맞게 달빛 아래에서도 검게 탄 피부가 반들거린다. 흑표범은 허리에 찬 권총집 뚜껑을 반복적으로 열었다 닫는다. 권총집 뚜껑이 열릴 때마다 달빛을 받은 M9이 맹수의 사나운 이빨처럼 번득인다. 설은 팔에 돋는 소름을 쓸어내리며 엉덩이를 옆으로 밀어 본다. 움직일 수 없다. 배는 어른 열두 명이 앉아 있기에는 턱없이 좁다. 승선 인원을 초과한 배는 잔잔한 물살에도 가라앉을 듯 울렁거린다. 위협적으로 일렁거리는 바닷물이 설의 뺨을 때린다. 설은 뱃머리에 쪼그리고 앉아 캐리어 손잡이를 힘껏 움켜쥔다. 설은 어둠 속에 묻힌 배가 무덤 같다고 생각한다. 부패가 시작된 시체들이 누워 있는 무덤 같다고. 땀 냄새와 지린내로 뒤범벅된 온갖 구역질 나는 냄새가 열기와 함께 스멀스멀 피어오른다. 벌써 열세 시간째 배는 바다 위에 떠 있다.

집결지에서 떠난 배는 단 한 번 정박했다. 열한 시간을 바다 위에 떠 있던 배는 사람이라곤 한 명도 보이지 않는 바닷가에 삼십 분을 머물렀다. 배는 멈췄지만, 사람들은 한동안 꼼짝하지 않았다. 오랜 시간 쪼그리고 앉아 있었던 사람들은 쉽게 다리를 펴고 일어날 수 없었다. 사람들이 조심스럽게 다리를 펴는 소리가 들렸다. 신음이 녹슨 철제 대문을 여는 소리처럼 귓속을 긁었다. 제대로 펴지지 않는 다리를 끌고 배에서 내렸다. 배에는 노인만 남았다. 사람들의 손에는 번호가 적혀 있는 손바닥만 한 물병이 들려 있었다. 배에서 내린 사람들은 오줌을 쌌다. 사내들은 모래사장에 서서 오줌을 쌌고 여자들은 바위 뒤에 숨어 오줌을 쌌다. 오줌 줄기는 쉽게 멈추지 않았다. 여기저기서 수도꼭지를 틀어 놓은 것 같은 소리가 파도 소리와 함께 밀려왔다. 코를 쏘는 지린내가 바닷바람을 타고 날아왔다. 사람들은 삐걱거리는 다리를 끌고 서둘러 간이수도로 향했다. 물을 담아 놓지 않으면 모나크에 도착할 때까지 단 한 모금의 물도 마실 수 없었다. 사람들은 오줌을 싸고 물병에 마실 물을 담아 시간이 되기 전에 돌아왔다. 자리를 잡은 사람들은 석고상 같았다. 그대로 석고를 발라 굳어 버린 것처럼 처음 자세대로 다리를 감싸 안고 있었다.

노인은 모로 누운 채 앓는 소리를 냈다. 설은 똥물이 밴 노인의 바지를 내려다봤다.

노인은 배에 올라타고 얼마 되지 않아서부터 배를 잡고 끙끙거렸다. 배를 잡고 식은땀을 흘리던 노인은 뱃머리에 엉덩이를 반쯤 걸치고 똥을 쌌다. 물총처럼 쏟아지는 설사는 바다로 떨어지지 않고 바람과 파도에 실려 배 안으로 날아들었다. 사람들은 비명을 지르며 머리와 얼굴에 묻은 똥을 닦아냈다. 노인은 배가 아파 끙끙거리면서도 가방 깊숙이 넣어 두었던 육포를 꺼내 천천히 꼭꼭 씹어 먹었다. 사람들은 미련한 노인네라고 혀를 찼지만, 노인은 뒤돌아 앉아 육포를 씹었다. 힘이 있어야지 버틸 수 있는 거야. 먹어야지 힘이 생기지. 모나크에 도착하기 전에 죽을 수는 없어. 노인은 육포를 씹으며 정수가 제대로 되지 않은 물을 들이켰다. 설사는 멈추지 않았고 사람들은 노인과 멀리 떨어져 앉기 위해 옆 사람을 밀었다. 자리는 더욱 좁아졌다. 바지를 내릴 힘조차 남지 않은 노인은 모로 누운 채 똥을 쌌다. 힘을 주지 않아도, 아무것도 먹지 않아도 설사는 멈추지 않았다. 노인의 바지는 황갈색으로 물들었다. 노인은 중간 정박지에 닿기도 전에 죽을 것만 같았다. 사람들은 노인을 향해 불만을 터트렸다. 노인을 당장 바다에 던져야 한다고 소리를 질렀다. 참다못한 젊은 남자가 일어났다. 젊은 남자가 노인을 일으켜 세워 난간에 걸쳐 놓았다. 노인은 발끝에 힘을 주고 버티어보았지만, 두 다리가 남자의 손에 맥없이 들렸다. 뱃머리에 앉아 젊은 남자와 노인을 가만히 지켜보고 있던 흑표범이 남자의 등 뒤로 잽싸게 소리도 없이 다가갔다. 남자는 마지막 힘을 다해 난간을 움켜쥐고 있는 노인의 손을 잡아 뜯었다. 흑표범이 남자의 뒷덜미를 잡고 돌려세웠다. 흑표범이 남자의 턱 밑에 총을 가져다댔다. 젊은 남자는 노인을 바다에 던져버리려고 할 때의 기세와는 달리 더듬거리며 말했다.

"어차피 노인네는 죽을 거잖아. 노인네 때문에 우리가 죽을 지경이란 말이야."

입 속에 총구를 들이밀었다. 젊은 남자의 어깨가 사슴의 다리처럼 파닥거렸다.

"닥쳐, 노인네가 아직 숨 쉬고 있잖아. 죽지 않은 사람은 바다에 던지지 않는다. 알았어? 순찰 중인 경찰한테 노인네가 구조되면 모두 끝이야, 잠자코 찌그러져 있어."

흑표범은 남자를 구석으로 집어 던졌다. 바다로 반쯤 기운 노인의 몸을 끌어내 갑판에 모로 눕혔다. 노인은 자리에 누워 오래도록 오줌을 쌌다.

흑표범이 소리쳤다.

"이제 곧 출발할 테니 아직 오줌보를 비우지 않은 사람들은 깨끗이 비우도록."

노인은 여전히 그 자리에 모로 누워 있었다. 설은 앓는 소리조차 내지 못하는 노인을 쳐다보다 물병을 들고 일어섰다. 물통은 가벼웠다. 설은 물병에 물을 담아 노인 옆에 가져다 놓았다. 설이 자리를 잡고 앉자 배는 다시 바다로 미끄러져 들어갔다. 중간 정박지를 떠나온 배는 암초 뒤에 숨어 숨죽이고 있기를 반복했다. 동력을 꺼 버린 배는 마치 바다 위에서 표류하는 것처럼 느껴졌다. 사람들은 모나크에 가까이 왔다는 증거라며 수군거렸다.

설 앞에 앉은 러시아 남자가 가쁘게 숨을 몰아쉰다. 러시아 남자는 배에 탔을 때부터 이미 깊은 병을 앓고 있는 사람처럼 얼굴빛이 검었다. 승선하다 설의 발을 밟은 그는 설을 향해 손을 살짝 들며 말했다. '이즈비니쩨.' 그의 목소리를 들은 것은 이때가 마지막이었다. 그는 바다가 일렁이는 내내 가쁜 숨을 몰아쉬었다. 그가 숨을 뱉어낼 때마다 내장이 썩어 내리는 냄새가 난다. 설은 한껏 숨을 들이마시고 참아본다. 가슴까지 차오른 산소가 바람이 빠져나가듯 조금씩 빠져나간다. 설은 고개를 옆으로 틀며 가슴에 남은 마지막 숨을 뱉어내다 멈춘다. 손바닥보다 작은 아기 발이 눈에 걸린다. 발가락이 없다. 아기 발이 뭉툭한 솜뭉치 같다. 옆에 앉은 여자가 아기를 품에 안고 잠들어 있다. 여자와 품에 안겨 있는 아기는 마치 죽은 듯 곤한 잠에 빠져 있다. 여자의 팔이 느슨해진다. 팔이 옷 밖으로 빠져나온다. 여자의 손목엔 입에 별을 물고 꼬리에 달이 달린 뱀 문신이 새겨져 있다. 뱀 문양 아래 하브, 라고 아랍어로 글자가 새겨져 있다. 설은 느슨하게 풀린 팔을 들어 아기를 하브의 가슴께로 밀어 넣는다. 하브의 오른쪽 눈꺼풀이 살짝 들리는가 싶더니 이내 스르르 감긴다.

두 시간 전 아기는 발작적으로 울어댔다. 금방이라도 숨이 넘어가 버릴 것처럼 울었다. 하브는 아기를 무릎에 내려놓고 천천히 타원형을 그리며 가슴을 문질렀다. 고개를 무릎 사이에 묻고 있던 사내들이 슬그머니 고개를 들었다. 그들의 눈동자가 가슴을 문지르는 하브의 손을 따라 움직였다. 하브는 가슴을 문지르며 가끔 다리를 움직여 우는 아기를 달랬다. 아기는 터져 버린 모래주머니처럼 다 쏟아내 버리지 않고는 멈출 수 없다는 듯 버둥거리며 온몸으로 울었다. 하브가 블라우스 단추를 풀고 가슴을 덮고 있던 브래지어의 고리를 풀었다. 두 손으로 가슴을 모아 쥐자, 젖이 흘러내렸다. 하브는 한 손으로 흘러내리는 젖을 받쳐 들고 가방에서 약봉지를 꺼냈다. 하브는 흘러내리는 젖을 약 가루와 함께 유두 주위에 발랐다. 하브가 아기를 품에 안고 젖을 물렸다. 사이렌처럼 울려대던 울음소리가 멈췄다. 아기는 젖과 함께 유두에 묻은 가루를 빨아 먹었다. 사내들의 눈이 일제히 반짝였다. 아기의 입과 볼이 리드미컬하게 움직였다. 사내들이 침을 삼켰다. 아기는 악착같이 하브의 가슴에 매달렸다. 터질 듯이 부풀어 올랐던 가슴이 빈껍데기뿐인 쪼글쪼글한 팔십 대 노파의 가슴처럼 변해 버릴 것 같았다. 아기가 더 이상 나오지 않는 빈 젖을 물고 잠이 들었다. 하브가 가슴을 아기 입에서 뺐다. 아기는 한참 동안 젖을 빨 때처럼 입술을 뾰쪽이 내밀고 움찔거렸다. 아기가 잠들고 하브도 이내 잠들어 버렸다.

배가 멈춘다. 어둠 속에서 등대처럼 일정한 간격을 두고 빛이 세 번 깜박거린다. 멀리서 빠른 속도로 물살을 가르며 쾌속정이 다가오는 소리가 들린다. 멈췄던 배가 빠른 속도로 나아간다. 배가 여러 개의 암초가 모여 있는 곳에 멈춘다.

"경비정이다. 천막 앞으로 전달하고 고개 숙여."

날렵한 저음이 뒤통수로 날아온다. 그물이 엉켜 있는 천막이 사람들의 머리 위를 지나간다. 쾌속정이 암초 근처에서 속도를 늦춘다. 설이 천막을 살짝 든다. 투광기가 켜지고 빛이 한꺼번에 바다로 쏟아진다. 검푸른 바다 위에서 한 무더기의 빛이 출렁거린다. 바다 위에서 출렁거리던 빛이 천천히 고개를 들고 암초를 훑고 지나간다. 설의 머리에 완력이 느껴진다. 거칠게 천막이 닫히고 어둠 속에 갇힌다. 모두 죽은 듯이 미동도 없다. 설은 캐리어 손잡이를 입에 문다. 경비정이 빠른 속도로 멀어지는 소리가 들린다. 경비정의 물살 가르는 소리가 바다 어디에서도 들리지 않자 천막이 걷힌다.

육지에 닿자, 사람들은 짐을 챙겨 빠른 걸음으로 어둠 속으로 사라진다. 노인은 아직도 그 자리에 누워 있다. 흑표범이 발로 노인을 툭툭 건드린다. 움직이지 않는다. 흑표범이 노인의 어깨를 발로 민다. 노인의 검게 벌어진 눈동자가 하늘을 향해 꼼짝없이 잡혀 있다. 흑표범이 낮게 뇌까린다.

"죽었네. 노인네 여기가 모나코야."

흑표범이 노인을 바다로 던진다. 노인의 시체가 파도에 밀려 육지로 기어오른다. 흑표범은 노인의 가방을 옆구리에 끼고 육지로 뛰어내린다. 설은 발판 앞에 선다.

"어디서 왔어?"

흑표범은 손전등을 겨드랑이 사이에 끼고 팔짱을 낀 채 설을 훑는다. 단련된 단단한 근육이 꿈틀거린다. 흑표범이 캐리어를 내려다본다. 설은 캐리어 손잡이를 꼭 움켜쥐고 육지로 올라선다.

"서쪽에서요."

"서쪽? 그곳은 그래도 살 만하지 않아?"

"······."

"그런데 말이야. 캐리어에 뭐가 든 거야."

흑표범은 어깨로 가볍게 설의 어깨를 친다.

"······."

흑표범이 어깨를 으쓱하며 한 발 옆으로 비켜선다.

"혹시 장의사가 필요하면 말해. 솜씨 좋은 장의사를 소개해 줄 수 있어. 그리고."

흑표범이 뜸을 들인다.

"유칼립투스 관을 구해 줄 수도 있어. 내가 도와줄 수 있다고."

흑표범의 목소리가 은밀하게 깔린다. 설은 뒤돌아서서 빙그레 웃고 있는 흑표범을 올려다본다.

"유칼립투스 관이 얼마나 비싼지 알고 있지?"

설도 알고 있다.

모나크나비가 이천 마일을 날아 따뜻한 모나크로 돌아오는 시기에 모나크를 찾아오는 사람은 두 종류로 나눌 수 있다.

관광이 목적인 사람과 죽음이 목적인 사람.

관광이 목적인 사람은 떼 지어 날아온 모나크나

비가 도시 중앙에 자리 잡은 유칼립투스 숲을 뒤덮는 것을 지켜본다. 좋은 자리를 차지하기 위해 숲 주변에 마련된 텐트에서 노숙하는 사람들도 많다. 여행사는 모나크나비가 날아오는 때에 맞춰 텐트를 이용한 노숙을 관광 상품으로 만들어 관광객을 모은다. 모나크나비가 돌아오는 시기에 맞춰 축제는 시작되고 산란을 끝낸 나비가 나뭇잎처럼 후드득 떨어져 마지막을 맞이하는 날, 축제는 끝난다. 숲이 거대한 나비 무덤으로 변해 버리면 관광객은 타고 온 차에 올라타고 왔던 길을 되짚어 집으로 돌아간다. 관광객이 떠나 버리면 죽음이 목적인 사람들의 축제가 시작된다. 축제는 알에서 번데기를 거쳐 나비가 되어 날아갈 때까지 계속된다. 죽음의 축제는 은밀하게 진행된다. 모나크 정부는 은밀한 축제를 막기 위해 거대한 나비 무덤에서 황금 날개를 펄럭이는 모나크나비가 부활할 때까지 사람들이 유칼립투스 숲에 접근하는 것을 금지하고 있다.

"유칼립투스 관을 싸게 구해 줄 수 있다고. 한 가지 부탁만 들어주면. 별로 어려운 건 아니야."

설은 유칼립투스 관이 얼마나 비싼지 알고 있다.

한국에도 있으며 오스트레일리아 태즈메이니아에도 유칼립투스는 있다. 전 세계에 있지만 모나크의 유칼립투스여야만 한다. 산란이 끝난 모나크나비가 떼를 지어 죽은 땅의 나무여야 효과가 있다고 사람들은 믿는다. 죽은 자를 인도해 주며 모든 죄를 불태우고 내세를 약속받을 수 있다는 소문이 퍼지면서 모나크의 유칼립투스는 무차별적으로 벌목되었다. 모나크 정부는 유칼립투스를 지키기 위해 모든 유칼립투스를 관리하기 시작했다. 정원에 개인적으로 심은 유칼립투스도 신고해야 하며 가지치기도 함부로 할 수 없었다. 나무를 심거나 자를 때에는 이유를 분명히 밝혀야 하며 어디에 사용할 것인지, 사용되었는지 보고해야 했다. 모나크의 진짜 유칼립투스를 구하기 어려워지면서 나무 가격은 부르는 것이 값이 되었다. 거래는 음성적으로 이루어졌으며 그것마저도 돈 있는 사람들의 차지가 되었다. 유칼립투스가 돈 있는 사람들의 차지가 되자 또 다른 소문이 돌았다. 모나크에서 은밀한 축제 기간에 죽으면 다음 생에 축복받을 수 있다는 말이 사람들 입을 통해 돌았다. 모나크 정부에서는 죽음의 행렬을 막기 위해 석 달 전부터 예약

받고 엄격한 심사를 거쳐 통과한 사람들만을 관광객으로 맞았다. 관광객은 정해진 숙소에 머물러야 하며 정해진 시간에 일어나고 정해진 일정에 의해 움직여야 했다. 관광 경비는 비쌌다. 대기업 차장급 직위의 사람이 밤낮없이 사 년은 꼬박 일해 모아야만 충당할 수 있는 액수였다. 돈을 모을 수 없는 사람들이나 심사에 통과하지 못한 사람들은 위험을 감수하며 밀입국해야 했다.

흑표범이 배로 뛰어오른다. 하브는 아기를 가슴에 안은 채 아직 자고 있다. 흑표범이 하브의 어깨를 발로 밀어 쓰러트린다. 하브가 지렁이처럼 꿈틀거릴 뿐 깨어나지 않는다. 다시 흑표범이 세차게 하브의 어깨를 걸어찬다. 하브가 악몽에서 깨어나듯 벌떡 일어선다. 하브의 오른쪽 눈동자에 하얗게 백태가 껴 있다. 아기를 바싹 가슴에 끌어안고 주위를 정신없이 두리번거린다. 하브의 고개가 흑표범이 서 있는 곳에서 멈춘다. 시선이 흑표범한테 머물러 있는지, 그 너머에 머물러 있는지, 어둠 속에 머물러 있는지 알 수 없다.

"여기가 어디죠, 여기가 어딘가요?"

하브의 목소리가 한여름 낮에 피어오르는 아지랑이처럼 나른하다.

"모나크."

다시 한번 주위를 둘러보고 작은 여행용 가방을 팔에 건다. 하브는 아직도 곤한 잠에 빠진 아기를 가슴에 안고 잠이 덜 깬 듯 비틀거리며 어둠 속으로 사라진다. 설은 하브가 천천히 어둠에 먹히는 것을 바라본다. 사방은 농밀한 어둠으로 가득 차 있다. 설은 어디로 가야 하는지 생각한다.

"내가 방값이 아주 싼 여관을 알고 있어. 축제 기간에는 방 구하기 어렵다는 것 알고 있지? 선심 쓰는 김에 아주 팍팍 쓴다. 내가 쓰는 방에 있어도 돼."

흑표범이 장난스럽게 설을 향해 손전등을 비춘다. 설은 잠시 그의 의도가 무엇인지 파악하려 하다 그만둔다. 어떤 의도를 하고 있든 상관없다. 더 이상 나빠질 것은 없다.

2

해협이 좁다. 서른다섯 개의 강이 합쳐지는 해협

은 좁을 뿐 아니라 수심도 얕다. 수로의 너비가 고작 삼 킬로미터밖에 되지 않으며 수심이 이십팔 미터밖에 되지 않아 중소형 유조선만 해협을 지날 수 있다.

설과 흑표범이 탄 배는 두 시간째 암초 뒤에 숨어 있다.

설은 닷새 동안 흑표범과 사진을 찍고 돌아다니며 관광객 행세를 했다. 흑표범은 달리 설에게 요구하는 것이 없었다. 흑표범이 하는 일이라고는 당구장에 들러 당구를 치고 시시껄렁한 농담을 하며 여자들의 엉덩이를 툭툭 건드리는 것이 고작이었다. 흑표범과 당구 내기를 하는 사람들도 흑표범과 다르지 않았다. 차이가 있다면 흑표범보다 조금 늙고 피부에 윤기가 없을 뿐 모두 검게 탄 피부에 매끈한 근육을 가지고 있었다. 지나가는 여자들의 가슴과 엉덩이를 침을 흘리며 쳐다보는 것도 흑표범과 다르지 않았다. 흑표범은 하루에 한 번 비슷한 시간에 그들을 만났다. 흑표범이 오늘 밤이 '디데이야'라고 말할 때까지도 설은 무슨 일이 일어날지 짐작하지 못했다.

유조선이 좁은 해협으로 머리를 들이밀고 있다. 세 척의 배에 나눠 탄 흑표범의 무리는 유조선이 수

심이 가장 낮은 곳에 들어설 때까지 암초 뒤에 숨어 기다린다. 유조선이 속도를 늦춘다. 먼저 흑표범의 배가 유조선 옆에 바싹 붙는다. 일곱 명의 선발대가 허리에 밧줄을 묶고 유조선 위로 기어오른다. 밧줄이 내려오자 두 척에 나눠 담은 기관총과 쇠몽둥이를 밧줄에 묶는다. 무기가 밧줄을 타고 올라간다.

"해적이다!"

누군가 고함치며 뛰어가는 소리가 들린다. 흑표범은 설에게 쇠몽둥이를 쥐어 준다. 무차별적인 폭력이 유조선을 뒤덮는다. 누군가 설 앞에 고꾸라진다. 고꾸라진 남자 머리에서 피가 쏟아진다. 윙 소리와 함께 스피커가 켜진다. 스피커를 통해 총소리와 비명이 고스란히 넘어온다. 선장은 차라리 죽여 달라고 애원한다. 설은 두 손으로 쇠몽둥이를 움켜쥔다. 움직일 수 없다. 발끝부터 시작된 떨림은 정강이를 타고 올라와 창자를 훑는다. 십만 볼트 전류가 한꺼번에 창자를 타고 지나가는 것처럼 아랫배가 찌릿하다. 순식간에 창자가 오그라든다. 치아가 딱딱 부딪친다. 설은 소매 끝을 악문다. 느닷없이 요의가 느껴진다. 금방이라도 오줌이 나올 것 같아 참을 수가 없다. 뒤로 주춤주춤 물러선다. 누군가 어깨를 치며 지나간다.

"떨 것 없어. 금방 끝날 거야. 눈 깜짝할 사이에."

흑표범이 누런 치아를 드러내며 씩 웃는다. 흑표
범이 설을 향해 소리친다.

"이건 마술이야."

설이 순식간에 멀어지는 흑표범의 뒷모습을 보며
중얼거린다.

"그래. 이건 마술이야."

설은 어릴 적 보았던 마술 쇼를 생각한다. 마술
사는 비키니를 입은 예쁜 아가씨를 무대로 불러냈
다. 아가씨는 마술사의 손을 잡고 인사했다. 굴곡 있
는 아가씨의 몸 위로 조명이 쏟아졌다. 마술사는 나
무 상자 안에 아무것도 없다는 것을 확인시키고 아가
씨를 상자에 눕혔다. 상자는 아가씨를 담기에는 턱없
이 작았다. 얼굴과 팔, 발이 뚫린 구멍을 통해 밖으로
나왔다. 뚜껑이 닫히고 자물쇠가 채워졌다. 마술사는
상자를 360도 회전시키고 아가씨에게 구경꾼들을
향해 손을 흔들어 달라고 요구했다. 아가씨는 웃으며
팔다리를 흔들었다. 무대를 밝게 밝히던 조명이 꺼지
고 순간, 한 줄기 빛이 아가씨가 누워 있는 상자에 내

려앉았다. 심벌 소리가 구경꾼들의 심장 박동보다 다급하게 앞서가기 시작했다. 마술사는 검은 천에 싸여 있던 톱을 꺼내 들었다. 구경꾼들을 향해 악어 이빨 같은 톱을 치켜든 마술사는 정확히 상자 중앙에 톱을 찔러 넣었다. 설은 숨을 쉴 수 없었다. 마술사는 잔악한 연쇄 살인마처럼 톱을 들고 나무 상자를 잘랐다. 아가씨는 아무 고통도 느끼지 못하는 것 같았다. 완벽하게 두 동강이 난 상자를 떼어냈다. 마술사는 아가씨에게 두 손과 두 발을 움직여 보라고 말했다. 아가씨의 손과 발이 물장구를 치듯 움직였다. 상자를 붙이고 자물쇠를 풀자, 아가씨는 상자 뚜껑을 열고 걸어 나왔다. 한동안 설은 꿈속에서 두 동강 난 아가씨를 보았다.

"그래 이건 잔혹한 마술이야."

가슴에 안은 쇠몽둥이가 새털처럼 가볍게 느껴진다. 자꾸만 발끝이 허공에 들린다. 설의 몸은 헬륨 가스가 가득 든 풍선 같다. 설은 하늘로 날아가 버리지 않도록 갑판과 연결된 철제 사다리를 잡는다. 16배 느린 화면처럼 사람들의 움직임이 뚝뚝 끊긴다. 모든 소리가 귀에 닿기 전에 휘발되어 버린다. 설은 갑판에서 발이 떨어지지 않도록 발끝에 힘을 준다. 어릴 적 보았던 마술 쇼처럼 자물쇠가 풀리면 다시 모든 것이 원래대로 돌아오리라고 생각한다. 피를 흘리는 사람도 없을 것이라, 비명을 지르며 뛰어다니는 사람도 없을 것이라, 차라리 죽여 달라고 애원하는 사람도 없으리라 생각한다.

어깨가 뜨끔하다. 설은 16배 느린 속도로 고개를 돌린다. 어깨에 칼이 꽂혀 있다.

'이건 매직이야.'

손을 뻗어 어깨를 만진다. 액체가 손에 묻는다. 어깨에서 피가 흘러내린다. 아프다.

'이건, 매직이 아니야.'

16배 느린 화면이 느닷없이 32배속 빠른 화면으로 전환된다. 귀에 닿기도 전에 휘발되어 버리던 모든 소리가 한꺼번에 귓속으로 쏟아져 들어온다. 고막이 찢어질 것만 같다. 가슴에 안고 있는 쇠몽둥이가 더 이상 깃털처럼 가볍지 않다. 또 한 번의 통증이 어깨에 느껴진다. 설은 어깨에서 칼이 뽑히는 것을 바라본다. 제복을 입은 어린 선원이 설의 어깨에서 칼을 뽑는다. 설은 쇠몽둥이로 선원의 손을 내리친다.

뼈가 으스러지는 소리가 들린다. 선원의 손등이 으스러지며 내는 소리인지, 자기 어깨가 으스러지며 나는 소리인지 구분하지 못한다. 설은 미친 듯이 쇠몽둥이를 휘두른다. 어린 선원의 비명이 배 안에서 흘러넘치는 무수한 비명에 묻혀 사라진다.

3

축제의 마지막 밤이다.

퍼레이드 행렬이 광장을 지나간다. 살사 음악이 타오른다. 순식간에 화르르 타올라 아무것도 남지 않을 것만 같은 열정적인 음악이 바람을 타고 골목으로 날아든다. 지글거리는 네온사인과 뒤엉킨 음악은 석유통을 안고 불길로 뛰어드는 것처럼 무모하고 맹렬해 가슴이 아리다. 설은 음악이 완전히 연소해서 들리지 않을 때까지 차가운 벽에 귀를 대고 있다. 불꽃은 폭죽처럼 타올라 순식간에 꺼진다. 창가에 서서 골목을 응시한다. 아직 식지 않은 열기 속에 달큼한 땀 냄새가 배어 있다.

퍼레이드 행렬이 유칼립투스로 뒤덮인 광장을 지

나 골목으로 들어선다. 여관 밑으로 퍼레이드 행렬이 지나간다. 행렬 맨 앞에 선 사람은 피리 부는 사나이다. 깃털 달린 피터 팬 모자를 쓴 사나이는 휘파람 같은 피리 소리를 풀어 놓는다. 피리 소리가 속삭이듯 귓속을 간질인다. 사람들은 홀린 듯 피리 부는 사나이를 따라 유칼립투스로 뒤덮인 골목을 빠져나간다. 행렬 뒤로 폭죽처럼 분진이 피어오른다. 축제 기간 내내 도시의 외곽에 있는 여덟 개의 쓰레기장은 쉴 새 없이 돌아가고 분진이 눈처럼 날렸다. 설은 창가에서 물러난다. 곰팡내 나는 여관방 침대에 앉아 창틈으로 흘러들어 오는 피리 소리를 듣는다. 피리 소리는 가늘게 금이 간 벽을 타고 옆방을 넘는다. 장의사와 흑표범의 음흉한 목소리가 피리 소리와 섞여 넘나든다.

"냄새가 진동해 들어와 봤더니 죽었잖아."

"내일이 아니었나?"

옆방 남자는 사흘 전에 죽었다. 사흘 전 밤, 열리지 않는 캐리어와 실랑이를 벌이고 있을 때 갈라진 벽을 타고 신음이 들렸다. 설은 남자가 죽어 가고 있는 줄 몰랐다. 남자는 축제 기간 내내 방으로 여자를 끌어들였다. 여자는 엄격한 어머니처럼 남자의 잘못을 추궁하며 매질했고 남자는 어린아이 목소리로 잘못했다고 빌었다. 그런데 사흘 전 밤에는 엄격한 여자 목소리가 들리지 않았다. 설은 갈라진 벽에 눈을 가져다댔다. 남자는 모로 누워 있었다. 태아처럼 다리를 말고 죽어 가고 있었다. 설은 남자가 죽어 가는 모습을 지켜봤다. 한 손에 약병을 움켜쥔 남자가 완전히 죽기까지는 그리 긴 시간이 걸리지 않았다. 남자는 마지막 숨을 내쉴 때까지 오르가슴에 다다른 사람처럼 신음했다. 남자는 흑표범과 거래했던 대로 다리를 가슴에 말아 끌어안은 채 죽었다.

　남자는 작은 관을 원했다. 흑표범은 크고 재질이 좋은 것을 권했지만 남자는 다리를 말고 들어갈 수 있는 작은 관을 고집했다. 흑표범은 조개처럼 닫힌 남자의 입술을 쏘아보다 적당한 장의사를 알고 있다며 태도를 바꿨다. 흑표범은 웃으며 소개비로 자신에게 관 값의 십 퍼센트를 줘야 한다고 했다. 남자는 옷걸이에 걸어 놓은 양복 주머니에서 돈을 꺼내 주었다. 지폐를 주머니에 구겨 넣으며 흑표범은 남자에게 물었다. 그럼, 날짜는 언제로 잡을까요? 남자가 말한

날짜는 내일이었다. 남자는 내일 죽기로 되어 있었다.

"잔금이 남아 있다고 했잖아. 내일 모두 준다고 했다며. 젠장. 좀 더 작은 관을 써야겠어. 잘라 넣어야 하겠는걸. 사 등분하는 것이 좋겠지. 팔다리를 잘라서 넣으면 들어갈 거야."

장의사의 목소리에 짜증이 가득하다.

"관은 필요 없어. 쓰레기 소각이 시작될 때 쓰레기장에 버리면 돼."

"너무 위험하지 않아? 축제 기간에는 쓰레기 소각장에 군인이 서 있어. 걸리면 우린 끝이야."

"어차피 외지 사람이고 신고된 것도 없어서 땅에 다 묻을 수도 없어."

가슴이 뻐근하다. 거울 앞에 서서 가슴을 비춰 본다. 보기 흉한 가슴뼈가 불빛 아래 드러난다. 오돌토돌한 뼈를 만져 본다. 오래전 썩어 없어진 것처럼 아무 느낌이 없다. 탁자를 더듬는다. 립스틱이 손에 잡힌다. 립스틱으로 가슴에 나비를 그려 넣는다. 조심스럽게 숨을 쉬어 본다. 숨을 쉴 때마다 나비 날개가 조금씩 펄럭인다. 가슴이 간질거린다. 가슴을 쓸어내린다. 커다란 나비 날개가 찌그러진다. 찢어질 듯한 극심한 통증이 가슴 한복판을 관통한다. 설은 가슴을 움켜쥐고 바닥에 눕는다. 쥐 오줌으로 얼룩진 천장을 올려다본다. 쇠몽둥이를 휘두른 날, 설은 여관이 아닌 다른 곳에서 눈을 떴다. 그곳의 천장도 온통 쥐 오줌 얼룩으로 가득했다. 눈을 떴을 때 피보다 붉은 립스틱을 바른 여자가 설을 내려다보고 있었다. 설은 침대를 확인했다. 눈처럼 하얀 시트가 깔린 침대가 아니었다. 붉은 장미 무늬가 이불 가득 프린트되어 있었다. 설은 반사적으로 상체를 일으켰다. 생각처럼 빨리 일어날 수 없었다. 통증이 어깨를 타고 손끝까지 내려왔다. 붉은 립스틱이 뛰어나가는 것을 보며 설은 어깨를 감싸 쥐었다. 잠시 후에 흑표범이 바지 지퍼를 올리며 방으로 들어왔다. 주머니에서 담배를 꺼내 물고 불을 붙였다. 말없이 담배를 피우던 흑표범은 설을 내려다보았다.

"우리는 살인은 하지 않아. 그런데 네가 때린 그 놈 말이야. 죽어 버렸어."

흑표범이 내뱉은 담배 연기가 설의 얼굴 위로 쏟아졌다. 기침이 났다. 기침하는 것뿐인데 어깨가 으스러지는 것 같았다.

"경찰이 너를 찾고 있어. 덕분에 우리도 쫓기게 생겼지."

흑표범이 한쪽 입꼬리를 당겨 웃으며 자신이 피우던 담배를 설의 입에 물렸다.

"깊게 빨아 봐."

발작적으로 기침이 났다. 숨을 제대로 쉴 수 없었다. 창자와 폐가 한꺼번에 입으로 쏟아져 나올 것 같았다.

"처음에는 다 그런 거야. 하지만 금방 익숙해질 거야. 점점 고통이 사라지지."

설은 담배에 관해 이야기하는 것인지, 유조선에서 벌어진 일에 관해 이야기하는 것인지 알 수 없었다.

"더 필요하면 말하라고. 줄 테니까. 그것보다 더 기분 좋게 해 주는 것도 있으니, 말만 하라고."

피보다 진한 립스틱을 바른 여자가 설의 머리를 다리로 받쳐 주었다. 립스틱은 설이 물고 있는 담배를 자기 입에 옮겨 물었다. 설은 립스틱의 허리를 끌어안았다. 사타구니에서 비릿한 정액 냄새가 났다. 립스틱은 옆 테이블 서랍에서 주사기를 꺼냈다. 립스틱은 설의 팔을 탁탁 치고는 주사를 놓았다. 쥐 오줌

으로 얼룩진 천장에 양 떼 구름을 펼쳐 놓은 것만 같
았다. 설의 몸이 가볍게 떠올랐다.

4

유칼립투스 숲은 온통 모나크나비로 뒤덮여 있
다. 오렌지색과 황금색으로 물든 유칼립투스 숲은 햇
빛이 비칠 때마다 물비늘처럼 일어난다. 사람들은 모
나크나비의 마지막 순간을 보기 위해 숲을 주시하고
있다. 설은 관광객 속에 섞여 모나크나비가 나뭇잎처
럼 매달려 있는 나무를 본다. 바람이 분다. 숲의 서쪽
에서 시작된 바람은 숲 전체를 흔들고 동쪽으로 빠
져나간다. 바람이 지나가고 모나크나비가 떨어진다.
설은 혀를 깨물고 만다. 입 안에 진한 피 냄새가 퍼
진다. 사람들도 설처럼 혀를 깨문 듯 아무 말이 없다.
모나크나비는, 걷잡을 수 없이 수직 낙하한다. 설의
팔에 소름이 돋는다. 누군가 침묵을 깬다. 장관이군.
갑자기 말문이 트인 것처럼 사람들이 한마디씩 한다.
아름답다. 신기하다. 장엄하다. 세상에. 정말 죽네. 설
은 돌아선다. 혀끝에서 시작한 고통은 혈관을 타고

심장을 지나 손가락 마디마디, 발가락 마디마디를 지난다. 설은 사람들을 헤치고 골목으로 뛰어든다. 명치에 걸린 숨이 넘어오지 않는다. 설은 가슴을 두드리며 주저앉는다. 가슴을 두드리던 손을 멈춘다. 운동화에 모나크나비 날개가 찢긴 채 붙어 있다. 설은 망연히 날개가 찢긴 모나크나비를 내려다본다. 냄새가 난다. 내장이 썩어 내리는 냄새다. 지독한 환후다. 설은 모나크나비의 죽음이 몰고 온 환후라 생각한다. 냄새가 참을 수 없을 만큼 심해진다. 코를 쥐며 고개를 든다. 아기를 가슴에 안은 하브가 지나간다. 하브 주위에 파리 떼가 윙윙거린다. 하브는 파리를 쫓을 생각도 하지 않는다. 포대기 밖으로 발가락이 없는 뭉뚝한 발이 빠져나와 있다. 설이 황급히 일어난다. 하브가 골목을 빠져나간다. 설은 하브를 쫓기 시작한다. 하브는 담쟁이넝쿨로 뒤덮은 건물 안으로 사라진다. 설은 건물 앞에 서서 간판을 올려다본다.

'나비 무덤'

설은 주춤 물러선다. 같은 이름의 상호를 가진 가게는 많다. 그리스 아테네의 스타벅스, 프라하의 스타벅스, 프랑스 파리 오페라 거리의 스타벅스처럼 상호가 같은 가게는 무수히 많다. 세계 어디서든 커피를 마시기 위해 스타벅스를 찾는 일은 어렵지 않다.

설이 살던 도시에도 '나비 무덤'이라는 가게가 있었다. 설이 살던 도시의 '나비 무덤'은 사람의 몸을 스케치북 삼아 오직 나비만 그리는 가게였다. 설은 '나비 무덤'에 간 적이 있었다. '나비 무덤'을 찾기란 쉬운 일이 아니었다. 길은 나뭇가지의 잔가지처럼 뻗어 있었고 헝클어진 머리카락처럼 엉켜 있었다. 길을 잃지 않으려면 집중해야 했다. 집중하지 않으면 길을 잃기 십상이었다. 그곳은 미로였다. 꼬리에 꼬리를 물고 이어지는 골목은 위로 올라갈수록 실타래처럼 엉켜 있었다. 금방 닿을 듯 가까이 다가왔던 목적지도 골목을 잘못 선택하면 까마득히 멀어져 버렸다. 위로 올라가야 하는데 아래로 길이 이어지기도 하였다. 설은 형의 뒤를 밟아 세 번 그 길로 들어섰지만, 매번 형을 놓치고 길을 잃었다.

그날은 혼자였다. 형이 없는 날.

설은 골목으로 들어섰다. 깊게 숨을 들이마셨다. 헤매지 않고 찾아갈 자신은 없었다. 그나마 다행인 것은 해가 떨어지지 않고 머리 위에 있다는 것이었다. 설은 자신의 뒤에 바짝 붙어 있는 사냥꾼을 돌아보았다. 델은 설을 혼자 보낼 수 없다고 했다. 설을 위해서라도 그 일은 전문가가 해야 한다고 설을 설득했다. 매서운 눈초리에 표정 없는 사냥꾼은 낯선 사람의 옆구리에 칼을 찔러 넣고도 아무 감정을 느끼지 못할 것처럼 보였다. 설은 검은 양복을 입은 사냥꾼의 손을 응시했다. 사냥꾼은 왼손에 가방을 들고 있었다. 사냥꾼은 설을 쏘아보았다. 손바닥에 땀이 차올랐다. 사실 헤매지 않고 간다면 채 이십 분도 걸리지 않을 거리였다. 그런데 꼬박 한 시간 삼십 분이 걸렸다. 언덕 위, 골목 끝, 금이 실핏줄처럼 벽을 타고 오르는 이 층 건물 지하. 지하로 내려가는 입구에 서서 계단 아래를 내려다보았다. 지린내가 쾌쾌한 공기와 섞여 올라왔다. 캄캄한 어둠 사이로 희미한 빛이 새어 나왔다. 설은 조심스럽게 계단을 밟고 내려갔다.

'나비 무덤'

지하로 내려가는 계단에 노란색 페인트로 쓴 글씨가 눈에 들어왔다. 군데군데 떨어져 나간 페인트가 흉물스러웠다. 설은 발꿈치로 글씨를 짓이겼다.

철문엔 간판조차 없었다. 빠끔히 열려 있는 철문 사이에 얼굴을 가져다댔다. 석유 냄새가 얼굴로 달려들었다. 사냥꾼이 먼저 안으로 들어갔다. 설은 사냥꾼을 따라 철문 안으로 들어갔다.

"누구?"

나른한 목소리가 뒤통수를 훑었다. 뒤돌아섰다. 은발의 청년이 서 있었다. 귀를 덮은 머리카락이 엉켜 있었다. 마른걸레 같은 살갗에 흘러내린 살가죽은 자신의 치수보다 큰 옷을 빌려 입은 것처럼 볼품없었다. 굽은 어깨와 근육이 빠져나간 가느다란 팔. 얼핏 보아서는 족히 일흔 살은 되어 보였다. 물감이 잔뜩 묻은 빛바랜 네이비블루 티셔츠에선 몸 냄새와 뒤섞인 쉰내가 났다.

"몸에 그림을 그려 준다고 해서."

은발의 청년은 담뱃갑을 뜯어 한 개비를 손에 들고 물감 더미를 헤집었다. 라이터를 찾은 청년은 담배에 불을 붙이고 선풍기 스위치를 눌렀다. 긴 숨을 뱉어내듯 담배 연기를 내뱉는 청년은 의자에 몸을 깊숙이 묻고 눈을 감았다. 설은 청년의 얼굴을 살피며 발을 떼었다.

"그림 그려 주는 사람이?"

청년은 대답 없이 담배 연기만 뱉어냈다. 설은 벽에 기대서서 방 안을 살폈다. 공기가 습했다. 창고로 쓰던 것을 개조했는지 먼지가 뿌옇게 앉은 장난감이 구석 한편에 쌓여 있었다. 생각했던 것과는 달리 방 안이 넓었다. 누가 쓰다 버린 것을 주워 온 듯 의자가 없는 육인용 식탁이 방 한가운데에 놓여 있었고, 식탁 위로 전구의 주황색 불빛이 떨어졌다. 식탁은 작업대를 대신해서 놓아둔 듯했다. 한쪽 벽에는 간이침대가 놓여 있고 침대 밑에 커피포트가 있었다. 침대 옆 책상 위엔 물감이 쌓여 있었다. 붓과 팔레트, 유화물감과 담배꽁초만 있을 뿐 어디에도 종이, 책, 캔버스는 보이지 않았다. 침대를 중심으로 각기 다른 의자가 세 개 놓여 있었으며 그 중 꽃무늬가 프린트된 가장 근사해 보이는 의자에 청년이 앉아 있었다. 설은 식탁으로 걸어갔다. 식탁을 손바닥으로 쓸어 보았다. 형이 여기에 피를 흘리며 누웠었다. 설은 이를 악물었다. 불빛이 어두웠다. 주황색 전구를 주시했다. 삼십 촉 전구였다. 원하는 정확한 색을 만들어내기에는 불빛이 너무 어두웠다. 설은 다시 방 안을 훑었다.

주황색 불빛 속에 노출된 공간은 혼란스럽고 퇴폐적이었다. 은발의 청년이 담배를 발로 비벼 끄고 일어섰다.

"어디 몸 좀 보자. 어디다 그리는 것이 좋을까."

청년의 시선이 재빠르게 설의 몸을 훑었다. 설은 반사적으로 몸을 옆으로 틀었다.

"나는 나비만 그려. 알고 있지? 그럼 옷 벗고 이 위에 올라가 누워 봐."

"당신이 그리나요?"

청년이 설의 얼굴을 보며 피식, 웃었다. 청년의 굽은 어깨가 간지럼을 타듯 떨렸다.

"그럼 내가 그리지. 누가 그려."

"그럼, 이 사람을 알겠네요?"

"누구?"

설은 사진 한 장을 청년 앞에 내밀었다.

"당신이 나비를 그려 주었죠."

청년이 뒤로 물러나며 황급히 일어섰다. 사냥꾼이 잽싸게 앞으로 나와 청년의 배를 걷어찼다. 청년은 구겨진 종이처럼 구석에 처박혔다. 사냥꾼은 양복 안주머니에서 단검을 꺼냈다. 청년을 탁자 앞으로 끌고 왔다. 유화 물감이 묻은 두 손을 탁자 위에 올려놓고 칼을 꽂았다. 청년은 소리를 질러댔다.

"씨발, 내 약을 가져갔단 말이야. 약 살 돈을 주면 아무 일 없었다고. 나는 약 없이는 살 수 없단 말이야."

사냥꾼은 청년의 입에 종이를 쑤셔 넣었다. 청년이 발버둥 치자 의자로 종아리를 내려쳤다. 청년은 더 이상 일어설 수 없었다. 사냥꾼은 가방에서 칼을 꺼냈다. 칼날 부분이 톱니로 된 소드 브레이커를 청년의 팔목에 가져다 댔다. 청년은 뭍으로 끌려 올라온 생선처럼 팔을 펄떡거렸다. 사냥꾼은 천천히 청년의 팔목에 톱니를 찔러 넣었다.

설은 '나비 무덤'이라고 써진 간판을 올려다보며 계단에 발을 내디딘다. 계단이 낡고 좁다. 천장 높이도 낮아 고개를 숙여야만 계단을 오를 수 있다. 급경사가 진 계단이 심하게 삐걱거린다. 설은 아치형 문을 열고 안으로 들어간다. 민머리가 수건에 손을 닦으며 돌아선다. 문신이 민머리 몸을 덮고 있다. 몸 전체가 도화지 같다. 선과 면으로 이루어진 문신은 네

모와 세모가 연속적으로 이어진 기하학적인 형태를 이루고 있다.

"희귀한 것을 수집한다고 들었어요."

하브는 탁자에 걸터앉더니 치마를 걷어 올린다. 빈약한 하체가 드러난다. 속옷을 입지 않았다. 성기가 적나라하게 드러난다. 하브는 누가 보든 상관없다는 듯 치마를 허리까지 걷어 올린다. 민머리는 손을 수건으로 닦으며 하브 앞에 선다. 일순간, 민머리의 얼굴이 일그러진다. 민머리는 코를 싸쥐면서 물러선다.

"가슴에 안은 아기 내려놓지."

하브는 들은 척도 하지 않고 앞만 바라보고 있다. 민머리는 서랍에서 마스크를 꺼내 쓴다.

"기술자가 한 것이에요."

하브는 포대기를 움켜쥐며 이야기한다. 하브의 허벅지에 나무 한 그루가 뿌리내려 있다. 밝은 형광빛이 도는 코발트블루 잎사귀를 가진 나무다. 햇빛을 받은 코발트블루빛 잎사귀는 유리알처럼 반짝인다. 작은 무늬 하나하나 세세하게 새겨 넣은 정밀한 문신이다. 순간, 민머리의 눈동자가 반짝인다.

"치마를 벗어야겠어. 많이 아플 거야."

하브가 탁자에서 내려와 치마를 벗는다.

"일행인가?"

하브가 말없이 설을 쳐다본다. 하브와 설을 번갈아 쳐다보던 민머리는 설을 아래위로 한번 훑는다. 민머리는 'Close'라고 써진 푯말을 밖에다 걸고 문을 덧문까지 닫아건다. 냉장고에서 얼음주머니와 알약을 꺼낸다. 하브의 허벅지에 얼음주머니를 올려놓고 알약을 입에 밀어 넣는다. 민머리는 의자를 끌어다 장식장 앞에 놓고 올라선다. 장식장 맨 위의 선반 구석에 놓인 상자 하나를 끄집어내 칼과 집게를 꺼낸다. 칼날은 섬뜩할 정도로 번뜩인다. 민머리는 칼날을 알코올로 닦아내고 불에 달군다. 민머리의 행동이 재빠르고 능숙하다. 한 손에 칼을 든 민머리가 얼음주머니를 치우고 집게로 하브의 허벅지를 집는다. 하브는 입술을 깨문다. 이것쯤은 아무것도 아니라는 듯 하브의 입에선 신음조차 새어 나오지 않는다. 의자를 끌어다 앉은 민머리가 요리에 사용할 고기처럼 하브의 허벅지에 칼집을 낸다. 앙다문 하브의 입 근육이 실룩거린다. 집게를 치우고 살가죽 밑으로 칼을 비스듬히 집어넣는다. 칼이 부드럽게 살가죽 밑으로 지나간다. 손놀림이 능숙하고 부드러워 종이를 잘라내는 것같이 간단해 보인다. 순식간에 하브의 허벅지에서 나무 문신이 분리된다. 분리된 나무 문신을 수돗물로 씻어 가게 한복판을 가로지르는 빨랫줄에 넌다. 민머리는 담배 한 개비를 반으로 잘라 살가죽이 벗겨진 허벅지 위에 뿌린다. 하브의 입술 사이로 신음이 새어 나온다. 종아리로 흘러내리는 피를 닦고 허벅지에 붕대를 감는다. 붉은 피가 붕대 위로 배어난다. 하브가 바닥에 내려선다. 다리가 풀썩 꺾인다. 민머리가 하브를 부축해 의자에 앉히고 치마를 입혀 준다.

"내가 미쳤다고 생각하지. 나는 미치지 않았어. 속일 생각은 하지 마. 제대로 값을 쳐서 줘."

민머리는 하브가 가슴에 안고 있는 포대기를 바라보다 금고에서 지폐를 꺼내 하브 앞에 내민다.

"관은 구했어?"

하브는 민머리의 손에서 돈을 낚아채 설을 지나쳐 경사진 계단을 내려간다. 설도 하브를 따라 계단을 내려간다. 골목으로 들어선 하브가 발을 멈추고 뒤돌아선다. 하브는 따라오지 말라는 듯 설을 쏘아본다. 하브와 설은 마치 대치 중인 적군처럼 서 있다.

골목 끝이 시끄럽다. 골목으로 관광객이 몰려들어 온다. 때맞춰 든든한 아군이 도착한 것처럼 하브의 뒤편이 사람들로 가득 찬다. 하브가 관광객 속으로 사라진다. 하브가 사라진 자리에 핏방울이 점점이 떨어져 있다. 설은 바닥에 떨어진 핏방울을 바라보다 여관으로 향한다.

"어딜 쏘다니는 거야? 경찰한테 걸리면 끝이야. 일 시작하기 전까지는 조용히 있어."

흑표범은 계단을 오르는 설을 향해 소리친다. 설은 방문을 닫고 텔레비전 볼륨을 높인다. 채널은 항상 포르노 채널에 고정되어 있다. 온 방 안이 거친 숨소리로 가득 찬다. 설은 침대 모서리에 앉아 이틀 전 흑표범이 한 이야기를 되씹어 본다. 흑표범은 설을 숨겨 주겠다고 했다. 경찰은 절대 설을 찾을 수 없을 것이라며 한쪽 입꼬리를 올리며 웃었다. 단, 한 가지 조건이 있다며 흑표범은 주위를 살폈다. 축제 마지막 날, 유조선이 해협을 통과할 것이라고 했다. 해양 경찰로부터 나온 정보이니 정확하다며. 이번 일만 잘되면 한동안 해적 짓은 하지 않아도 된다며 설의 어깨를 움켜쥐었다. 아직 상처가 아물지 않은 어깨가 아팠다.

설은 귀를 틀어막으며 침대에 눕는다. 어린 선원의 비명이 포르노 배우의 신음과 섞여 방 안에 흘러넘친다. 설은 바지 주머니에서 마지막 사탕을 꺼내 입에 넣는다. 혀끝에 닿자 사탕은 꿈처럼 녹아내린다. 사탕을 입에 물자 벽지도, 옷걸이도, 시계도 흐물흐물 흘러내린다. 기분이 좋다. 귓가에서는 끝없이 귀를 핥는 속삭임이 들린다. 칼을 꺼내. 형이 올 거야. 분명 형이 설, 너를 보러 올 거야. 칼을 깊숙이 찔러 넣어. 동맥을 끊어야 해. 푸른 정맥이 아니야. 동맥이란 말이야. 굵고 튼튼한 동맥, 동맥을 끊어야 한다고. 재빨리 긋는 거야.

한 손에 칼을 쥐고 있다. 손목을 긋는다.

설은 푸른 정맥처럼 펄떡거리는 텔레비전을 등지고 앉아 손목을 타고 흐르는 피를 본다. 붉은 피가 침대 시트를 적신다. 눈꺼풀이 까무룩 주저앉는다. 설의 등 뒤로 그림자가 길게 늘어진다. 어둠이 서서히 설의 그림자를 갉아먹는다. 짧아진 그림자는 어둠 속에 묻힌다.

텔레비전의 푸른빛은 어둠을 훑고 지나간다. 어

둠 속에 묻혀 있는 설을 발견하지 못하고 푸른빛은 단단한 어둠의 껍데기만 핥는다. 누군가 방문을 두드린다. 자물쇠가 신통치 않은 문이 힘없이 밀린다. 방문을 여는 소리가 들린다. 설이 실눈을 뜬다. 흑표범이 고개를 들이민다. 흑표범은 인상을 쓰며 설을 내려다본다. 뺨을 여러 번 흔들어 보더니 한차례 세차게 때린다. 아프지 않다. 흑표범의 입 모양이 느린 화면처럼 움직인다. 씨발. 연거푸 욕을 내뱉던 흑표범이 방을 살핀다. 침대 밑에 놓인 캐리어를 끄집어낸다. 밤새 실랑이해도 열리지 않던 캐리어가 흑표범이 힘 한번 주었을 뿐인데 맥없이 열린다. 옷을 끄집어내던 흑표범이 입을 틀어막고 뒤로 물러나 앉는다.

"미친놈."

흑표범이 설을 향해 소리를 지른다. 다시 까무룩 눈꺼풀이 주저앉는다.

5

설에게는 설과 전혀 닮지 않은 형이 있었다. 설은 쌍꺼풀이 진 커다란 눈에 파란 눈동자를 가지고 있었지만, 형은 눈동자도 제대로 보이지 않을 정도로 가늘고 작은 눈을 가지고 있었다.

형은 밤이 되면 눈 주위를 여러 번 까맣게 덧칠하고 붉은 립스틱으로 입술을 도톰하게 그린 뒤 밖으로 나갔다. 아침이 되어서야 돌아온 형은 옆구리로 파고드는 설을 거칠게 밀어냈다. 옆으로 밀려난 설은 형의 낯선 등을 바라보며 울음보를 터뜨렸다. 그러면 형은 핸드백 속을 더듬어 하얀 가루가 잔뜩 묻은 사탕 하나를 꺼내 입에 넣어 주었다. 사탕이 혀끝에 닿는 순간, 거짓말처럼 울음이 멈췄다. 행복했다. 구름 위를 산책하는 듯 둥실둥실 떠오르는 것만 같았다.

쥐가 떼 지어 천장 위를 돌아다니던 날, 사탕을 먹고 싶어 설은 울기 시작했다. 울음은 길고 지루하게 이어졌다. 누렇게 변색된 벽을 보고 모로 누워 있던 형이 스프링처럼 튀어 올랐다. 설은 울음을 멈추지 않았다. 울음을 멈추면 형은 달콤한 사탕을 주지 않을 것이 분명했기 때문이다. 설은 더 큰 소리로 맹렬하게 울었다. 침대 끝에 앉아 허공을 응시하던 형은 머리카락을 그러쥐고 진저리를 쳤다. 형은 화난 맹수처럼 설의 목을 낚아채 흔들었다. 숨이 막혔다. 그런데도 울음을 멈출 수 없었다. 이미 사탕 생각은 머릿속에서 말끔히 지워졌지만, 울음이 멈추질 않았다.

"울지 마. 울 때마다 손가락을 하나씩 잘라 버릴 거야. 농담하는 거 아니야. 정말 자를 거라고."

설은 정말 울음을 멈추고 싶었다. 형은 설의 손을 식탁에 올려놓았다.

"울지 마. 제발. 정말 자를 거라고."

설도 울음을 멈추고 싶었다. 하지만 울음은 설의 의지와는 상관없었다. 고장 난 인형처럼 목을 비틀어 전선을 끊지 않고서는 멈추지 않을 태세였다. 형은 새끼손가락 위에 과도를 올려놓고 온 힘을 다해 눌렀다. 우두둑 소리가 났다. 입 밖으로 기어 나오던 울음소리가 목구멍으로 꿀꺽 넘어갔다. 형은 과도를 싱크대에 던지고 그대로 침대에 쓰러져 아기처럼 새근거리며 잠이 들었다. 그날 이후 설은 울지 않았다. 설은 생각했다. 이제 형은 내가 울면 사탕을 주는 대신 손가락을 하나씩 자를 거야. 아침이 되어도 형이 돌아오지 않는 날이 늘었다. 형이 돌아오지 않는 날은 굶어야 했다. 배가 고프면 설은 잠을 잤다.

추운 날이었다. 얼어 죽은 사람들과 갈비뼈가 앙상하게 드러난 개와 시체 사이를 오가며 내장과 눈알을 파먹는 쥐들이 골목을 차지하고 있는 날이 계속되고 있었다. 며칠을 굶었는지 기억조차 나지 않았다. 팬티 속으로 파고드는 바퀴벌레를 먹은 것이 다였다. 설은 물을 들이켜고 잠이 들었다. 빛조차 들어오지 않는 방은 밤인지 낮인지 구분할 수 없었다. 아귀가 잘 맞지 않는 문이 몇 번의 시도 끝에 벌컥 열렸다. 형이 돌아왔다. 발목까지 오는 긴 코트를 벗자 가슴과 등이 파인 원피스가 드러났다. 형이 콧노래를 부르며 설에게 다가왔다. 눈만 겨우 뜨고 있는 설의 입에 사탕 하나를 넣어 주었다. 사탕을 물고 오물거리며 옆구리를 파고드는 설을 일으켜 앉히고 머리를 빗겨 주었다. 형은 화장대 앞에 앉아 노래를 부르듯 말했다.

"짐 챙겨. 그린 시티로 갈 거야."

설은 침대 모서리에 걸터앉아 형의 뒷모습을 바라보았다. 형은 설을 차에 짐짝처럼 싣고 잡지에서 보았던 러시아 소녀의 눈동자보다 더 푸른 사탕 하나를 입에 넣어 주었다. 설이 간 곳은 하늘과 맞닿은 아파트 건물 꼭대기 층이었다. 아파트 앞에 서서 이십이 층까지 세었을 때 형은 설의 손목을 끌고 건물 안으로 들어갔다. 아파트는 설이 센 것보다 더 많은 층수가 남아 있었다. 형은 머리 모양을 매만지고 짧은 원피스를 이리저리 잡아당겨 보았다. 엘리베이터 문이 열리자 앞치마를 두른 남자가 문 앞에 서 있었다. 남자는 형에게 손을 내밀었고 형은 모른 척 딴전을 피웠다. 남자가 다가와 설의 손을 잡자 형은 넘겨주지 않으려 맞잡은 손에 힘을 주었다. 남자와 형 사이에 작은 실랑이가 벌어졌다. 남자는 형을 향해 차갑게 웃으며 비켜섰다. 집 안에 여자는 없었다. 요리하는 사람도, 청소하는 사람도, 화초에 물을 주는 사람도 모두 남자였다. 남자는 설이 살던 집을 스무 개쯤 합쳐 놓은 것 같은 방에 형과 설을 남겨 놓고 문을 닫았다. 형은 그제야 설의 손을 놓았다. 설은 형을 향해 나지막이 속삭였다.

"우리 여기서 사는 거야?"

형은 소파 등받이를 쓸어내리며 만족스러운 듯이 웃을 뿐이었다.

"형, 우리 여기서 사는 거야?"

대답 없이 형은 설을 향해 손을 내밀었다. 설은 형

이 내민 손을 물끄러미 쳐다보았다. 방문이 열리고 델이 들어왔다. 델은 백발의 노신사였다. 델은 반대편에 앉아 설을 유심히 쳐다보았다. 설은 고개를 숙이고 손을 세게 비벼댔다. 새끼손가락이 사라진 자리가 아파졌다.

"사탕을 좋아한다며. 먹겠니?"

델은 웃으며 사탕 통을 설에게 내밀었다. 하얀 가루가 잔뜩 묻은 사탕이 가득 들어 있었다. 설은 사탕한 개를 얼른 집어 들어 입에 넣었다. 형이 가져다주던 사탕과는 비교도 되지 않을 정도로 달콤했다. 온몸이 녹아내릴 것만 같았다. 아니 온몸이 녹아내리고 있었다. 가장 먼저 눈꺼풀이 녹아내렸다. 설이 눈처럼 하얀 침대에서 눈을 떴을 때 형은 없었다. 형은 어디에도 없었다. 집은 축구 경기장보다 넓었다. 방이 스무 개나 되었다. 스무 개나 되는 방에서 설이 들어갈 수 있는 곳은 설의 방과 델의 방뿐이었다.

델은 볼품없이 마른 설의 몸을 만져 보고는 고기를 먹였다. 설은 처음 맛보는 고기를 허겁지겁 집어먹고 토하고 설사를 했다. 한동안 먹고 토하고 설사하는 일이 반복되었다. 살이 오르고 토하지 않게 되자 델은 설을 방으로 불렀다. 설은 사탕을 입에 물고 델 곁에서 잠이 들었다. 깨어나면 설은 항상 자기 방에 누워 있었다.

설은 혼자 지내기에는 너무 넓은 방에서 한쪽 벽을 다 차지하는 텔레비전을 틀어 놓고, 배가 터지도록 밥을 먹고, 잠을 잤다. 견딜 수 없었다. 형이 보고 싶었다. 견딜 수 없이 형이 보고 싶어져 설은 면도칼로 손목을 그었다. 설이 눈처럼 하얀 침대에서 깨어났을 때 형은 초조한 얼굴로 침대 머리맡에 앉아 있었다.

"길거리에 버려지고 싶니? 굶주린 개와 쥐 들이 들끓는 길에 말이야."

형은 화를 냈다. 델은 형의 뒤편에 앉아 있었다. 소파에 몸을 깊숙이 묻고 왼쪽 팔에 고개를 살짝 얹은 델은 설을 보고 있었다.

"너 같은 녀석은 길거리에서 하루도 버틸 수 없어. 그러니 여기서 살라고."

형은 두 눈을 부릅뜬 채 뒤쪽에 앉아 있는 델을 힐끗거리며 목소리를 낮췄다.

"이러지 마. 설아. 네가 잘 살아야 나도 살 수 있단 말이야."

"형이 이렇게 찾아와 준다면 나도 이런 짓 하지
않을 거야."

설과 형은 매달 마지막 날 설의 방에서 만났다. 둘
은 말없이 앉아 있는 시간이 많았다. 같이 할 수 있는
이야기도, 놀이도 없었다. 무릎을 맞대고 앉아 추억
을 떠올리기란 더욱 어려웠다. 설은 형 앞에 커다란
보드게임 판을 꺼냈다. 형은 블루마블 게임이 유치하
고 재미없었다. 종이돈으로 하드보드지에 그려진 땅
을 사고 집을 짓는 것이 우스웠다. 형이 생각하는 돈
이란 집세를 내고, 담배를 사고, 술을 마시고, 엑스터
시를 살 수 있는 것이었다. 종이돈으로는 껌 하나도
살 수 없었다. 델이 매달 보내 주는 돈이야말로 집세
를 낼 수 있는 진짜 돈이었다. 형은 블루마블을 옆으
로 밀어 놓고 설의 방을 돌며 서랍을 뒤졌다. 돈 되는
것을 모두 바지 주머니에 쓸어 넣고 나면 소파에 앉
아 지루한 표정으로 시계를 힐끗거렸다.

"항상 궁금했어. 형은 눈을 본 적도 없잖아. 그런
데 왜 내 이름이 설이야?"

형은 소파에 앉아 설의 눈을 바라보았다.

"내가 너를 안고 나올 때 눈이 내리고 있었어."

형이 웃고 있었다. 입가에 웃음이 번졌다. 행복해
보였다.

"아주 잠깐이었지만. 분명해. 눈이었어. 볼에 닿았
는데 아주 차가웠다고."

설의 어머니는 몸을 파는 여자였다. 남자들의 변
태적인 요구에 맞춰 엉덩이를 들썩일 때도 배 속에서
설은 천진스럽게 손가락을 빨고 있었다. 불룩한 배를
안고 어머니는 남자든, 여자든 가리지 않고 관계를
했다.

동쪽 어느 작은 섬 포구에서 생선 배를 따는 일을
했다는 남자 앞에서 어머니는 옷을 벗었다. 남자는
자신이 곧 죽을 것이며 가지고 있는 돈을 모두 어머
니에게 주겠다고 했다. 남자는 지폐 뭉치를 꺼내 놓
으며 어머니에게 대신 소중하게 여기는 것을 달라고
하였다. 어머니는 웃옷을 걷어 문신을 보여 주었다.
옆구리에 볼품없는 반쪽짜리 하트가 있었다. 처음 사
랑했던 남자가 은침으로 직접 새겨 준 문신이라고 했
다. 색도, 선도 분명하지 않고 흐릿했다. 어머니는 문
신을 주겠다고 약속했다. 어머니의 옆구리에서 문신

을 떠내는 일은 남자에겐 눈 감고도 할 수 있는 일이었다. 남자는 어머니의 두 손과 두 발을 침대에 묶고 눈을 가렸다. 어머니는 배를 내밀었다. 차가운 금속이 옆구리에 닿는 것을 느꼈다. 금속은 천천히 옆구리를 지나갔다. 어머니는 침대 위에서 생선처럼 퍼떡였다. 핏물이 침대보에 스며들었다. 어머니는 산 채로 끓는 물에 넣어진 것처럼 펄떡거렸다. 남자는 일이 잘못되었다는 것을 알았다. 칼을 너무 깊숙이 찔러 넣었다. 남자는 한동안 생선처럼 퍼떡이는 어머니를 내려다보다 배를 가르고 설을 꺼냈다. 남자는 설을 침대 위에 올려놓고 도망쳤다. 남자가 사라지자 침대 밑에서 형이 기어 나왔다. 형은 설을 침대 시트로 감싸 안고 밖으로 나왔다. 눈이 흩날리고 있었다. 소름 끼치게 차가운 눈이 설의 볼에 닿았다. 설은 겁이 났다. 입 밖으로 나오려는 울음을 밀어 넣었다. 차가운 눈이 설의 피부 속으로 스며들었다. 혈관을 타고 심장으로 흘러 들어갔다. 심장이 얼어붙는 것 같았다. 설은 힘껏 주먹을 쥐었다. 형이 설의 주먹을 어루만졌다. 작고 부드러운 손이었다.

"이건 눈이야. 나도 눈을 보는 것은 처음이야. 너

를 해치지 않아. 무서워할 것 없어."

형의 작고 부드러운 손이 주먹에 묻은 눈을 닦아 주었다. 설의 얼어붙은 심장이 아이스크림처럼 녹아내렸다.

"눈. 그래, 설이라 부를게. 설은 눈이라는 뜻이래. 엄마가 그랬어. 눈을 보았다는 손님이 알려 주었대. 눈을 한자로 뭐라고 하냐고 물었더니, '눈 설'이라고 한다고. 설, 나는 네 형이야."

"그래서 네 이름이 설이야."

형은 중지 관절을 꺾으며 배시시 웃었다. 설은 형의 발밑에 누웠다. 설은 핏줄이 선명하게 보이는 형의 발등을 쓸어내렸다. 형은 몸을 비틀며 발을 뺐다.

"간지러워?"

"그래."

"부드러워. 핏줄이 다 보여."

형은 설의 머리를 집게손가락으로 가볍게 밀치고 탁자 위에 있는 리모컨을 찾아 버튼을 눌렀다. 불을 껐다. 텔레비전의 푸른 정맥이 어둠 속에서 펄떡거렸다. 형은 이미 엑스터시에 취해 있었다. 눈꺼풀은 오랫동안 사용하지 않은 바이올린 현처럼 느슨했다. 텔레비전이 어둠 속에서 펄떡거릴 때마다 졸음에 겨운 눈은 무의식적으로 화면을 좇았다. 마지막 힘을 다해 눈꺼풀을 밀어 올렸을 때 브라운관에는 나비 이름을 본떠 지은 모나크라는 나라가 소개되고 있었다. 세 세대에 걸쳐 지구 반 바퀴를 돌아 모나크로 돌아오는 나비였다. 태어난 곳으로 돌아온 모나크나비는 알을 낳고 죽었다. 알에서 깨어난 모나크나비는 황금빛으로 반짝이는 날개를 펄럭이며 대서양을 건너 다시 지구 반 바퀴를 돌아 반대편으로 날아갔다.

기자는 축제에 관한 이야기를 하면서 유칼립투스로 관을 짜는 노인을 소개했다. 노인은 육십 년째 관을 짜는 일을 하고 있었다. 사람이 죽으면 관에 넣고 유칼립투스 밑에 묻는다고 하였다. 노인이 탁자 위에 어른의 키를 훌쩍 넘는 나무를 올려놓고 톱질하고 있었다. 노인의 깡마른 팔이 움직일 때마다 톱밥이 떨어졌다. 톱밥은 노인의 살점처럼 버석거렸다. 톱밥이 떨어질 때마다 마치 노인의 마른 살점이 떨어져 나가는 것 같은 착각이 들었다. 노인의 뒷모습은 시대를 가늠할 수조차 없는 화석 같았다. 노인의 등이 활처럼 휘어져 있었다. 대패질할 때마다 뼈를 깎는 듯한 소리가 들렸다. 그 소리는 노인의 깡마른 몸을 조금씩 잘라내는 듯한 착각을 불러일으켰다. 톱이 나무에 깊숙이 박힐수록 등은 점점 활처럼 휘었다.

모나크나비가 돌아오는 시기에 맞춰 축제는 시작되고 산란을 끝낸 나비가 나뭇잎처럼 후드득 떨어져 마지막 날을 맞이하는 날, 축제는 끝난다. 축제가 끝나고 나면 외지에서 들어온 대부분의 사람은 자신이 살던 곳으로 돌아갔다. 축제가 끝나도 집으로 돌아가지 않는 사람들이 있었다. 그들은 허름한 여인숙에, 늙고 뚱뚱한 창녀가 있는 술집에, 쥐가 우글거리는 골목의 어둠 속에 몸을 숨기고 있었다. 축제가 끝나고 숲이 거대한 나비 무덤으로 변하면 그들은 여인숙에서, 창녀의 품에서, 어두운 골목에서 빠져나왔다. 그들은 불빛을 보고 달려드는 나방 같았다. 은밀한 축제를 위해 모나크를 찾아온 그들은 관을 예약하고 축제가 끝나면 유칼립투스 밑에 묻혔다. 처음 보는 광경이었다. 설이 사는 도시에는 사람이 죽으면 시체를 길거리에 버렸다. 죽은 사람들은 사용할 수 없는 물건들과 함께 버려졌다. 거리마다 시체 썩는 냄새로 코가 문드러질 것 같았다. 시체마다 갈비뼈가 앙상한 개와 고양이가 붙어 있었다. 먹을 것이 부족해지자 사람들은 죽지 않은 사람도 길거리에 버렸다. 버려진 사람들은 밤사이 급격하게 떨어지는 기온을 견디지 못하고 동사했다.

형은 턱을 괴고 텔레비전 화면을 주시하고 있었다. 설은 형이 앉아 있는 소파 옆으로 걸어가 앉았다. 형이 설의 머리를 쓰다듬었다.

"내가 죽어도 길거리에다 버리지 않겠다고 약속해 줘."

설은 머리를 쓸어내리는 형의 손을 잡았다.

"형을 버리지 않아. 길에는 더더욱 버리지 않아."

형은 설의 희디흰 손을 바라보다 욕실로 걸어갔다. 설은 어둠 속에 누워 거울에 비치는 형을 쳐다보았다. 붉은 립스틱을 바르고 있었다. 예뻤다. 설은 형이 잘 보이도록 화장실 가까이 기어가 누웠다. 마스카라로 한껏 속눈썹을 끌어 올린 형은 설이 선물한 브래지어를 하고 거울에 비춰 보았다. 마음에 드는 모양이었다. 한참을 이리저리 비춰 보던 형은 팬티를 무릎까지 내리고 수챗구멍에 쪼그리고 앉아 오줌을 누었다. 길고 긴 오줌 소리는 수챗구멍을 타고 아득히 떨어졌다. 불현듯 수챗구멍은 깊이를 알 수 없는 동굴로 변해 버렸다. 안으로 들어갈수록 습하고 어두운 그곳은 질긴 생명력을 지니고 있었다. 오줌 누는 소리가 멈췄다. 끝없이 이어질 것만 같던 소리가 끊겼다. 형이 설의 이마에 가볍게 입을 맞췄다. 형의 부드러운 머리카락이 설의 얼굴 위로 떨어졌다.

"브래지어가 꼭 맞아. 착용감도 아주 좋아."

형은 방문 앞에서 옷매무새를 매만졌다. 소매를 한껏 부풀리고 치마를 끌어 올렸다. 형은 설을 향해 돌아서며 웃었다. 코트를 어깨에 걸치고 핸드백을 들었다.

"사랑하는 내 동생. 다음에 보자."

창문을 열어젖혔다. 지독한 연무. 도시를 삼켜 버린 연무로 덮여 있었다. 설은 들개처럼 창밖에 고개를 내밀고 코를 킁킁거린다. 시궁창이 아니어도 어디서든 지독한 냄새가 났다. 형이 택시를 잡았다. 설은 형을 향해 손을 흔들었다. 형은 두 팔을 활짝 펴서 나비처럼 펄럭였다.

6

먼저 후각이 깨어난다. 코가 문드러질 것 같은 썩는 냄새가 콧속을 파고든다. 손목이 끊어질 것 같은 통증은 그다음이다. 왼쪽 손목을 더듬어 본다. 흰 천이 감겨 있다. 설은 기억을 더듬어 본다. 기억은 아주 단편적이다.

설은 하늘이 보이는 곳에 누워 있었다. 눈이 내리고 있었다. 눈을 실제로 보는 것은 처음이었다. 설이 살던 곳은 항상 추웠다. 기온이 영하 십오 도 위로 올라가지 않았다. 그런데도 눈은 내리지 않았다. ─ 형은 설이 태어나던 날 눈이 내렸다고 말했지만, 설은 눈을 텔레비전과 책으로만 보았다 ─ 손을 뻗어 보려 했지만 손가락 하나 까딱할 수 없었다. 문득 눈을 맞으며 죽는 것도 나쁘지 않을 것 같다는 생각이 들었다. 눈이 얼굴 위로 떨어졌다. 차갑지 않았다. 너무 많은 피가 몸에서 빠져나가 감각이 마비됐다고 생각했다. 눈은 녹지 않고 얼굴 위에 쌓였다. 얼굴 위로 떨어지는 눈이 이상하게도 따뜻했다. 타는 냄새가 났다. 설은 재가 눈처럼 날리는 쓰레기장에 누워 있었다. 설은 흑표범이 자신을 자루에 구겨 넣던 것이 생각났다. 자루가 작아서 제대로 묶이지 않는다고 흑표범이 욕을 하며 걷어찼다. 흑표범은 설을 병원에 데려가지 않고 쓰레기장에 버렸다.

설이 몸을 일으켜 주위를 살핀다. 하브가 창가에 앉아 빵을 뜯어 먹고 있다. 하브 주위에 파리 떼가 윙윙거리며 난다. 하브가 빵을 창틀에 올려 놓고 설에게로 걸어온다. 하브는 팔목에 난 상처를 확인한다. 설은 콧속으로 파고드는 썩는 냄새를 참아 가며 조심스럽게 묻는다.

"혹시, 유리병 보지 못했나요?"

백태가 낀 하브의 눈동자가 잠시 설의 얼굴에 머물렀다가 이내 손목으로 미끄러져 내려간다.

"자루 안에 없던가요. 유리병?"

하브는 울지도 않는 아기의 엉덩이를 토닥이며 창가로 걸어간다. 설은 하브를 따라간다.

"저한테 아주 중요한 거예요."

하브는 빵을 뜯어 먹으며 무심히 창밖을 바라본다.

"중요한 것이라고?"

"네. 아주 중요한 것."

설은 하브의 가슴을 내려다본다. 하브의 가슴께

가 젖어든다. 젖이 흘러내리고 있다.

"중요한 것? 무엇?"

설은 새끼손가락이 잘린 자리를 세게 비빈다.

"형이 있어요. 병 안에."

"형?"

설은 블루마블을 펴 놓고 형을 기다렸다. 시간이
지났는데도 형은 오지 않았다. 형이 설과 만나는 날
을 잊었을 리 없었다. 설은 시계와 방문을 번갈아 쳐
다보았다. 방문 손잡이가 돌아갔다. 설은 일어나 방
문 쪽으로 걸어갔다. 델이었다. 델은 소파에 앉아 손
을 모아 쥐었다. 설은 델 앞에 앉았다. 델은 설의 얼
굴을 한동안 말없이 바라보았다. 설은 새끼손가락이
잘린 자리를 만지작거렸다.

"형이 죽었어."

설은 델이 무슨 말을 하는지 알아들을 수 없었다.
형이. 죽었다.

"봐야겠지. 그런데 보러 가지 않는 것이 좋을 것
같아."

시체 안치소는 추웠다. 알싸한 소독약 냄새 때문에 더 춥게 느껴졌다. 형을 덮고 있는 시트가 걷혔다. 숨을 참았다. 순간, 머릿속에서 나비 떼가 한꺼번에 날개를 펄럭였다. 검은색에 가까운 푸른빛 날개가 먹구름처럼 머릿속을 뒤덮었다. 날개를 펄럭일 때마다 바람이 일었다. 바람은 머릿속을 헤집고 다녔다. 델이 설의 어깨를 감싸 안았다. 바늘에 찔린 풍선처럼 참았던 숨이 한꺼번에 터졌다. 바람이 다 빠져나간 인형처럼 힘이 빠져나갔다. 힘이 빠져나가자 썩는 냄새가 거머리처럼 세포에 들러붙었다. 설은 형을 내려다보았다. 형의 몸에 나비 떼가 얌전히 앉아 있었다. 날개를 반쯤 편 나비가 형의 몸을 뒤덮고 있었다. 얼핏 보면 황금빛 유화 물감을 뒤집어쓴 것처럼 보였다. 머리, 눈꺼풀, 귓구멍, 팔, 허벅지, 발톱까지 황금빛 나비로 뒤덮인 형은 타들어 가는 꽃 같았다. 알아볼 수 없을 만큼 부풀어 오른 얼굴은 시퍼런 멍으로 뒤덮여 있었다.

두 손이 없었다.

형의 부드러운 손이 보이지 않았다. 잘 들지 않는 칼로 억지로 손을 잘라낸 것처럼 손목 부분이 너덜너

딜했다.

"왜 이렇죠?"

"많이 얻어맞았어."

"아니요. 손이 없잖아요."

"……."

설은 너덜너덜한 손목을 어루만졌다.

"언제나 원하는 것이 있으면 말하라고 했죠. 형의 손이 망가지기 전에 찾아 주세요."

델은 세 시간도 되지 않아 형의 손을 찾아왔다. 나비로 뒤덮인 손은 지폐 뭉치를 움켜쥐고 있었다. 왼손의 검지와 중지는 거의 잘린 상태였다. 설은 손을 가슴에 안았다. 가슴이 아팠다.

델에게 말했다.

"모나크로 가겠어요."

형의 몸 전체를 가지고 모나크에 가기는 무리였다. 포르말린이 가득 든 병에 지폐를 움켜쥔 형의 손을 넣었다.

"변하지 않도록 보관할 수 있어. 내년에 정식으로 절차를 밟고 가는 것이 좋지 않겠니? 밀입국은 위험해. 찬성할 수 없어."

설은 손이 든 병을 조심스럽게 캐리어 안에 넣었다. 델은 마지못해 종이 한 장을 설에게 내밀었다. 배를 타는 장소와 시간이 적혀 있었다. 설은 종이를 외투 주머니에 넣었다.

"돌아올 거니?"

"……."

델은 한숨을 내쉬며 네 개의 봉투를 내밀었다.

"돈이 필요할 거야. 필요한 만큼 빼놓고 나눠서 보이지 않는 곳에 넣어."

설은 봉투를 캐리어 깊숙이 넣었다. 델이 설의 손을 잡았다. 따스했다. 델의 품에 안겨 울고 싶을 정도로 따뜻했다.

"형을, 유리병에 넣었다고?"

"온전히 다 가져올 수가 없었어요. 그래서 손을 유리병에 넣어서 가져왔어요."

설은 입을 다문다. 이상한 사람으로 오해받기 싫다. 설은 하브의 시선을 외면한 채 창밖으로 고개를 돌린다. 하얀 재가 눈처럼 날리고 있다. 쓰레기 소각장에서 날아오는 재 때문에 창문을 열어 놓을 수 없다. 선풍기는 천장에 거꾸로 매달려 헉헉거리며 더운 바람을 뱉어낸다. 치장을 벗겨낸 거리와 건물은 낡고 더럽다. 듬성듬성 털이 빠진 개가 긴 혀를 빼물고 거리를 어슬렁거린다. 발 디딜 틈 없이 사람으로 넘쳐나던 거리는 술병을 들고 고래고래 소리를 지르는 주정뱅이가 차지하고 있다. 하얀 재가 눈처럼 날리는 도시는 낮에도 조도가 낮은 전구 아래 있는 것처럼 흐릿하다. 소녀의 울음소리도, 여자가 악을 쓰며 욕하는 소리도, 중얼거리듯 부르는 소년의 노랫소리도 흐릿하다.

골목 입구가 시끄럽다. 팬티만 입은 흑표범이 황급히 골목으로 뛰어든다. 흑표범을 따라 아무것도 입지 않은 여자가 골목으로 뛰어든다. 여자의 손에 칼이 들려 있다. 여자는 흑표범의 성기를 잘라 버리겠다며 칼을 휘두른다. 흑표범은 늙은 암돼지라며 여자에게 욕을 퍼붓는다.

"어디서 돈을 내놓으라고 지랄이야."

여자가 사나운 짐승처럼 으르렁대며 흑표범에게 달려든다. 흑표범이 여자의 음부를 사정없이 걷어찬다. 외마디 비명이 더운 공기를 관통한다. 흑표범이 발로 여자의 가슴을 짓이긴다. 축제 기간 내내 골목마다 소요가 있었다. 남자는 여자를 때렸고, 여자는 남자의 손을 물어뜯었다. 화대를 내지 않고 도망치는 남자들이 벌거벗고 골목을 질주했고, 추격자처럼 여자들이 뒤따랐다.

흑표범이 거꾸러진 여자에게 침을 뱉는다. 흑표범이 득의양양하게 목을 만지며 고개를 든다. 설은 황급히 주저앉는다. 설이 고개를 들려고 하자 하브가 손으로 머리를 누른다.

"고개 들지 마. 여기를 보고 있어."

하브는 빵을 내려놓고 커튼을 친다.

"갔어."

설은 커튼 뒤에 숨어 골목을 내려다본다. 흑표범도, 구경꾼도 사라지고 없다. 벌거벗은 여자만 거리에 쓰러져 있다.

"관이 필요하지 않아요? 구할 수 있어요."

설은 하브를 향해 돌아선다. 하브는 아기의 입에 젖을 물리다 말고 설을 쳐다본다.

7

흑표범이 수레에 관을 싣고 있다. 팔과 다리를 최
대한 오그려야 들어갈 수 있는 작은 관이다. 장의사
는 줄자로 관의 너비를 재며 교통사고로 하반신을 잃
은 여자의 관이라고 했다. 수레가 골목 어귀를 돈다.
관이 수레 위에서 이리저리 요동친다. 설은 수레가
완전히 보이지 않을 때까지 커튼 뒤에 숨어 있다. 하
브가 옷장을 연다. 옷장엔 여성용 손수건에서부터 시
작해 구두, 지갑, 가방, 양복, 원피스, 배낭, 핸드백까
지 빼곡하게 들어차 있다. 설과 하브는 캐리어를 찾
는다. 하브가 설의 어깨를 친다. 하브가 선반을 가리
킨다. 캐리어가 선반 위에 있다. 설이 조심스럽게 캐
리어를 내린다. 가방이 텅 비어 있다.

"내 방에서 뭘 하시는 건가?"

설과 하브가 동시에 일어선다. 방문 앞에 흑표범
이 서 있다.

"썩는 냄새가 골목에 진동하잖아. 그래서 혹시 하
고 되돌아와 봤지."

흑표범이 코를 싸쥐며 웃는다.

"잘못 본 것이 아니었어. 창가에 서 있었던 놈이

설, 네가 맞았구나. 살았으면 나한테 연락해야지."

흑표범이 방문을 걸고 손잡이 밑에 의자를 껴 넣는다.

"어울리는 한 쌍이군. 유리병에 손을 넣고 다니는 또라이랑, 썩는 냄새가 풀풀 나는 아기를 안고 다니는 미친년이랑. 그런데 여기서 뭘 하는 거지?"

흑표범이 설에게로 다가선다. 설이 뒤로 주춤 물러선다.

"혹시, 이것 찾는 건가?"

휴대용 냉장고에서 유리병을 꺼낸다. 유리병에는 성화 봉송자처럼 지폐를 움켜쥐고 있는 형의 손이 있다.

"나도 이것을 어떻게 할지 생각 중이었어. 돈만 꺼낼까. 아니면 몽땅 수집가에게 넘길까. 생각 중이었지."

하브가 달려든다. 흑표범은 가볍게 하브를 구석으로 날려 버린다. 설은 탁자에 있는 손거울을 집어 던진다. 흑표범이 고개를 숙이며 재빨리 몸을 피한다. 설은 그 틈을 타 신발에 숨겨 온 칼을 꺼내 든다. 흑표범이 휘파람을 불며 유리병을 옆 테이블에 올려놓는다. 흑표범도 허리에서 칼을 꺼낸다. 설이 흑표범을 향해 칼을 치켜든다. 흑표범은 설의 공격을 가뿐하게 막아낸다. 흑표범은 칼을 들고 있는 설의 손을 내리친다. 칼이 바닥에 떨어진다. 설은 흑표범의 허리를 잡고 늘어진다. 내장이 터질 것만 같은 충격에 고꾸라진다. 흑표범이 얼굴과 배를 걷어찬다. 설이 배를 가리자 발로 어깨를 밟는다.

"유조선에서 칼에 찔린 곳이 여기였던가. 아직 아물지 않았지? 어때, 죽을 것 같지?"

순간, 흑표범이 칼을 떨어뜨리고 비틀거린다. 손으로 등을 더듬는다. 등에 칼이 꽂혀 있다. 하브가 눈을 감은 채 흑표범 뒤에 서 있다. 흑표범은 방문에 세워 둔 의자를 치우려 해 보지만 뜻대로 되지 않는다. 흑표범은 비틀거리며 방 안을 돌아다닌다. 하브는 옆 테이블에 놓여 있는 유리병을 가슴에 안고 설을 일으킨다. 흑표범이 의자 위로 쓰러진다.

8

유칼립투스 숲으로 걸어 들어간다. 앙상한 나뭇

가지가 볼썽사납게 드러난 숲이다. 숲은 적요하다. 숲은 차가운 바람이 부딪칠 때마다 고단한 숨을 토해 낸다. 하브가 앞서 걷는 설의 손을 잡는다. 설이 걸음을 멈춘 채 고개를 돌려 하브를 본다. 백태 긴 하브의 눈 속에 안개가 자욱하다. 하브가 앞서 걷는다. 숲의 차가운 한기가 발을 타고 오른다. 하브가 뛰기 시작한다. 설은 하브의 손을 놓친다. 설은 하브를 따라 뛴다. 하브가 전등을 땅에 내려놓고 나무 밑에 앉아 있다. 하브 옆으로 방사형을 그리며 족히 수백 개가 넘는 나뭇조각이 땅에 꽂혀 있다. 나뭇조각에는 암호처럼 기호와 숫자만 적혀 있다. 설은 나뭇조각 사이를 지나 하브가 쪼그리고 앉아 있는 곳으로 간다. 하브가 나뭇조각 하나를 뽑아 든다. 나뭇조각은 금방이라도 으스러질 것처럼 버석거린다. 나뭇조각에 글씨가 쓰여 있다.

'Q 여기에 잠들다.'

설은 주위를 살핀다.

'J 영원히, A54, P 마도로스, K · K 함께.'

설과 하브는 거대한 무덤 위에 서 있다. 하브는 손에 들고 있던 나뭇조각을 도로 제자리에 꽂는다. 나뭇조각을 내려다보던 하브는 나뭇조각 사이를 조심스럽게 걷는다. 하브는 나뭇조각이 꽂혀 있지 않은 곳을 찾는다. 나뭇조각이 없는 자리를 찾기 쉽지 않다. 하브는 숲속으로, 더 깊은 숲속으로 들어간다.

더 깊은 숲속은 소리가 없다. 바람 소리도 나지 않는다. 풀벌레 소리도, 새소리도, 바스락거리는 나뭇잎 소리도 나지 않는다. 모든 소리가 사라져 버렸다. 유칼립투스뿐이다. 설은 뒤를 돌아본다. 숲을 빠져나갈 수 있을지 의문이다. 이미 설과 하브가 걸어온 길은 어둠으로 지워져 있다. 설은 앞서 걷고 있는 하브의 뒷모습을 바라본다. 마치 미리 정해 놓은 자리가 있는 듯 하브는 망설임 없이 걷는다.

하브가 멈춰 선다. 하브는 무릎을 모으고 앉아 손전등을 땅에 내려놓는다.

"이쯤이면 편히 잘 수 있을 거야. 방해받지 않고."

하브는 혼잣말처럼 중얼거린다. 설은 배낭에서 산악용 삽을 꺼낸다. 반으로 접힌 삽을 펴서 하브가 응시하고 있는 땅에 꽂는다. 배낭을 얌전하게 하브 옆에 내려놓고 땅을 파기 시작한다. 유칼립투스 뿌리와 흙이 뒤엉겨 있다. 번번이 유칼립투스 뿌리는 삽을 움켜쥐고 놓아주지 않는다. 땀이 목을 타고 등으로 흘러내린다. 수건을 목에 걸고 삽을 땅에 꽂는다. 밑으로 내려갈수록 삽질은 점점 어려워진다. 하브는 쪼그리고 앉아 아기 엉덩이를 토닥거린다. 설은 구덩이로 들어간다. 나무뿌리를 삽으로 정리하고 다시 땅을 판다. 설은 구덩이 깊이를 확인하고 삽을 밖으로 던진다. 설은 구덩이에서 빠져나온다. 옷에 묻은 흙을 털어내고 꼼꼼하게 손을 닦는다. 설이 배낭에서 조심스럽게 유칼립투스 관을 꺼낸다. 장난감 인형이 들어갈 만큼 작은 관이다. 설은 유리병에서 지폐를 움켜쥐고 있는 형의 두 손을 꺼내 관에 담고 감싸 쥔다. 예전과 다름없이 작고 따뜻하다.

'이제 아무도 형을 해치지 못해.'

설은 유칼립투스 관에 손을 넣고 구덩이에 내려놓는다. 설은 숨을 고르고 여행 가방에서 유칼립투스 관을 하나 더 꺼낸다. 하브가 조심스럽게 유칼립투스 관에 아기를 내려놓는다. 설이 뚜껑을 닫으려 하자 하브는 아기의 가슴을 토닥이며 자장가를 부른다. 낮고 잔잔한 자장가다. 하브의 자장가가 숲에 퍼진다. 숲이 일렁인다. 모나크나비의 날개처럼 나뭇잎이 펄

럭인다. 자장가가 끝난다. 하브가 아기의 이마에 키
스한다.

"잘 자라. 우리 아가. 아주 조용한 곳이지. 마음에
드니? 한 번도 행복한 꿈을 꿔 본 적 없지. 이젠 꿈꿀
수 있을 거야. 잘 자렴. 우리 아가."

뚜껑을 닫고 관을 구덩이에 넣는다. 형과 아기가
나란히 누워 있다. 설이 관 위로 흙을 뿌린다. 유칼립
투스나무 밑에 형과 아기가 묻힌다. 바람이 분다. 서
쪽에서 불어오는 따뜻한 바람이다. 바람이 설과 하브
를 감싸 안는다. 하브가 설의 손을 잡아당긴다.

"떠나야 해. 시간이 다 되었어."

바람이 설의 손등을 스쳐 숲을 빠져나간다.

집으로 가는 길을 알려 주세요

나는 마치 거인국에 사는 소인 같았다. 서점을 찾아
들어오는 사람은 없었다. 사람들 눈에는 서점이 보이지
않는 것 같았다. 가끔 서점 앞을 기웃거리는 사람은 있었
지만 문을 열고 들어오진 않았다. 시간이 멈춰 버린 시계
에 갇힌 것 같았다. 순두부찌개를 먹는 시간만이 유일하
게 살아 있는 것처럼 느껴졌다.

1

도대체 '집'을 찾을 수가 없었다. 약도에 그려진 길과 눈앞에 펼쳐져 있는 길은 전혀 다른 길이었다. 약도에는 넓은 길이 시원스럽게 뻗어 있었다. 넓은 길을 따라가다 보면 희망마트가 나온다고 표시되어 있었다. 갈림길에서 희망마트를 끼고 왼쪽 길을 따라 들어가면 그곳에서부터 소나무 숲이 펼쳐진다고 되어 있었다. 소나무 숲 끝에 '집'이 있다고 약도에 표시되어 있었다. 약도만 보면 그 '집'은 찾기 쉬운 곳에 있었다. 나 같은 지독한 길치도 쉽게 찾을 수 있는 곳에 '집'이 있는 것이 분명했다.

나는 조금 당황했다. 약도에는 분명 '널찍한 길'이라고 되어 있었다. 약도와 눈앞에 펼쳐진 길을 번갈아 보았다. 두 대의 차가 같이 지나갈 수 없었다. 맞은편에서 차가 오면 가장자리로 바싹 붙어 서야 하는 널찍하지 않은 길을 보며 고개를 갸웃했다. 나는 그리 널찍하지 않은 길을 보며 '널찍한 길'로 들어섰다. 길은 상처가 덧난 살갗처럼 여기저기 움푹 파여 있었다. 딱히 인도라고도 할 수 없는 길은 대부분 보도블록이 깨져 있어 캐리어 바퀴가 자꾸 깨진 블록 틈에

졌다. 나는 틈에 낀 캐리어 바퀴를 빼내느라 멈춰 서야 했다. 바퀴는 모난 돌처럼 깨진 보도블록 틈에 박혀 잘 빠지지 않았다. 진땀을 뺐다. 나는 캐리어에 신경 쓰느라 길가에 어떤 상점이 있는지 제대로 볼 수 없었다. 갈림길에 다다랐을 때 나는 또 한 번 당황하고 말았다. 아무리 둘러보아도 희망마트가 보이지 않았다. 갈림길에 간판도 없는 가게 하나가 있을 뿐이었다. 나는 가게 주위에서 약도를 들고 맴돌았다. 가게 안에는 야구 경기를 보고 있는 청년뿐이었다. 청년은 오른손에 들고 있는 먼지떨이를 야구방망이처럼 휘두르며 텔레비전에 가까이 다가가 앉았다. 나는 청년이 쳐다봐 주기를 기다리며 약도를 들고 입구에서 기웃거렸다. 청년은 한 번 힐끔 쳐다보고는 이내 텔레비전으로 시선을 돌렸다. 청년에게 말을 걸기에는 너무 짧은 시간이었다. 하는 수 없이 가게 안으로 들어갔다. 가게는 계단 두 개를 내려가고도 고개를 숙여야만 안으로 들어갈 수 있었다. 가게 안 진열대에는 물건이 많지 않았다. 나는 커피 맛 껌 한 통을 집었다. 길을 묻는 값으로는 적당하다고 생각했다. 계산대에 껌을 올려놓았다. 청년은 금방이라도 텔레비전 속으로 뛰어 들어갈 듯 브라운관을 향해 고개를 내밀고 있었다. 나는 계산대를 가볍게 두드렸다. 청년은 굳어 버린 석고상처럼 꼼짝도 하지 않았다. 삼 대 삼, 투 아웃 만루의 순간이었다. 타석에 선 타자가 방망이를 좌우로 흔들며 자세를 잡았다. 사인을 주고받은 투수가 포수를 향해 공을 던졌다. 딱, 소리와 함께 공이 허공으로 날아갔다. 공은 커다란 포물선을 그리며 좌익수 글러브 안으로 빨려 들어갔다. 청년은 괴성을 내뱉으며 먼지떨이를 던졌다. 나는 이때를 놓치지 않고 잽싸게 말을 걸었다.

"계산해 주세요."

청년은 계산대를 내려다보았다. 그리고 나를 올려다보았다.

"천이백 원입니다."

나는 지갑에서 카드를 꺼내 계산대 위에 올려놓았다. 청년은 나를 올려다보며 피실피실 웃었다.

"현금 없으세요? 저희가 카드기가 고장 나서."

카드를 지갑에 넣고 만 원짜리 한 장을 꺼내 계산대에 올려놓았다. 청년은 금전출납기를 열더니 다시 닫았다.

"거스름돈이 모자라네요."

나는 커피 껌을 갑째 집어다 계산대에 올려놓았다. 청년은 갑에서 두 개를 빼고 사백 원을 거슬러 주었다. 나는 그때를 놓치지 않았다.

"저기, 희망마트가 어디에 있을까요?"

바닥에 떨어진 먼지떨이를 집어 든 청년은 고개를 갸웃거렸다.

"희망마트? 이 근처에 그런 마트는 없는데요."

나는 청년의 얼굴을 살폈다. 다른 마트를 물어보는 것을 기분 나빠하는 것은 아닌가, 그래서 거짓말을 하는 것은 아닌가. 청년은 멀뚱멀뚱 나를 쳐다보았다.

"그럼 소나무 숲은 어디로 가야 있나요?"

"소나무 숲? 그런 게 우리 동네에 있대요? 못 봤는데."

나는 껌 여덟 통을 트렌치코트 주머니에 나눠 넣고 캐리어를 끌고 계단을 올랐다. 캐리어는 주책없이 덜컹거렸다. 오른손에 먼지떨이를 든 청년이 캐리어가 미끄러지지 않게 발등으로 받쳐 주었다. 나는 갈라지는 길에 서서 열심히 약도를 들여다보았다. 알아보기 쉽게 그려져 있다고 생각했던 약도는 유치원 생이 그린 것처럼 유치하고 무성의해 보였다. 그제 야 처음부터 잘못되었다는 생각이 들었다. 그녀가 남기고 간 메모를 들고 '집'을 찾으러 나선 것부터 잘못된 것이라는 생각이 들자 불안해졌다. 그녀가 파 놓은 또 다른 함정에 빠져 버린 것만 같았다. 나는 캐리어 손잡이를 움켜쥐고 사방을 두리번거렸다. 그녀가 숨어서 내가 쩔쩔매는 꼴을 보며 웃고 있을 것만 같았다. 갈림길 한가운데 서서 방향을 잃은 조타수처럼 안절부절못했다.

약도에 있는 집을 찾지 못한다면 그녀에 대한 소식은 전혀 알 길이 없었다. 그뿐 아니라 나는 돌아갈 집도 없었다. 불과 여섯 시간 전만 해도 내가 집도 없이 캐리어 하나만을 끌고 길을 헤매고 있을 것이라고 생각하지 못했다.

사흘 전까지도 나는 한강이 내려다보이는 전망 좋은 아파트에 살고 있었다. 나는 그곳에서 그녀와 아이를 키우며 살 생각이었다. 그녀가 해 주는 아침 밥을 먹고 그녀를 닮은 아이가 재잘거리는 소리를 들으며 소파에 기대어 커피를 마시는 낭만적인 꿈을 꾸고 있었다. 그녀도 나와 같은 생각을 하고 있다고 믿었다. 여섯 시간 전까지만 해도 내 생각을 의심하지 않았다. 오사카 아동문학 세미나에서 돌아오면 일주일간 티티새가 날아다니는 티티섬으로 여행을 가기로 약속했다. 티티, 하고 지저귀는 티티새가 날아다니는 해변에서 그녀와 함께 에메랄드빛으로 물든 바다를 바라보며 두 손을 잡고 걸을 생각이었다. 그리고 에메랄드가 박힌 반지를 꺼내 그녀의 갈색 눈동자를 바라보며 영원토록 함께 하자고 말할 생각이었다. 그럼 그녀는 감격해서 울음을 터뜨릴지도 모른다는 생각을 하니 가슴이 설렜다. 티티섬으로 떠나는 휴가 계획에 대해 말했을 때 그녀의 눈이 하늘에서 빛나는 별처럼 반짝이는 것을 보았다. 그녀가 예약을 하겠다며 부산을 떨었다. 나는 그럴 수는 없다고 이것은 내가 그녀에게 주는 선물이라고 거절했다. 그녀는 한참 동안 번잡스럽게 그럴 것 없다, 곧 세미나를 가지 않느냐, 거의 떼를 쓰다시피 고집을 피웠다. 내가 완강하게 '이건 내가 해야 하는 일이야'라고 말하자 그녀는 한동안 말없이 나를 쳐다보다 손을 잡았다. '그럼 그렇게 해. 정말 기다려지는데. 정말 재밌는 일이 일어날 거야.' 맞잡은 그녀의 손이 차가웠다.

오사카 아동문학 세미나에서 돌아와 현관문을 열었을 때 나는 집을 잘못 찾아온 것이 아닌가 의심했다. 거실이 텅 비어 있었다. 소파도, 탁자도, 서랍장도, 함께 찍은 사진도 모두 사라졌다. 사흘 전까지만 해도 검은색 물소 가죽 소파가 있던 자리에는 먼지만 쌓여 있었다. 나는 현관으로 걸어 나와 집을 확인했다. 마침 801호 앞집 여자가 쓰레기봉투를 들고나왔다. 여자는 잠시 주춤거리다 눈인사를 했다. 나는 가볍게 고개를 숙이고 문을 닫았다. 그녀에게 전화를 걸었다. 지금 거신 번호는 없는 번호입니다. 확인 후 다시 걸어 주세요. 없는 번호라니. 믿을 수 없었다.

나는 안방으로 들어갔다. 철제 옷걸이 몇 개가 바닥에 떨어져 있었다. 옷걸이는 앙상한 뼈대가 드러난 개처럼 볼썽사나웠다. 드레스 룸 문을 열었다. 아무것도 없었다. 나는 드레스 룸에 서서 바닥으로 쏟아지는 햇살을 바라봤다. 한쪽 벽면을 다 차지한 창을 통해 햇살이 들어오고 있었다. 처음 집을 보러 왔을 때가 생각났다. 그녀는 두 손을 맞잡고 뛰어다녔다.

'황금물결이야. 와, 넘실거려.' 그녀가 아이처럼 좋아하는 것을 보고 있자니 나도 점점 집이 마음에 들었다. 그녀의 체온이 묻어나는 따뜻한 공기가 도는 집 같았다. 그녀와 내가 아이를 낳고 키우기에 적당한 집이라고 생각했다.

처음 집을 보러 왔을 때와 똑같이 햇살이 쏟아지고 있었다. 하지만 그때와는 달랐다. 창을 통해 무자비한 햇살이 바닥에 내리꽂혔다. 햇살은 불화살처럼 난폭하게 바닥에 꽂혔다. 나는 날아드는 불화살을 고스란히 맞으며 서재로 향했다. 책장과 책, 의자가 빠져나간 서재에 책상만 벽을 보고 우두커니 앉아 있었다. 틈틈이 그림 공부를 하겠다는 그녀를 위해 내가 참나무로 직접 짠 이인용 책상이었다.

나는 글을 쓰고 그녀는 삽화를 그렸다. 나와 그녀는 환상적인 커플이라고 생각했다. 그녀가 그리는 그림은 따뜻했다. 그녀가 그린 그림을 보고 있으면 솜방석 위에 앉아 있는 것처럼 푸근했다. 내 글을 한층 돋보이게 해 주는 그녀의 따뜻한 그림이 좋았다. 내가 쓰는 동화와 잘 어울리는 색감이었다. 나와 그녀는 이인용 참나무 책상에 나란히 앉아 글을 쓰고 그림을 그렸다.

나는 책상에 뿌옇게 내려앉은 먼지를 손으로 쓸었다. 책상에 메모지 한 장이 놓여 있었다. 메모지를 펼쳐 보았다. 약도와 전화번호가 적혀 있었다. 순간, 이 모든 것은 그녀가 준비한 정말 놀라운 선물일지도 모른다는 생각이 들었다. 전화를 걸었다. 한참 신호음이 울리고서야 남자가 전화를 받았다. 그녀를 바꿔 달라고 이야기하자 남자는 약도를 가지고 있냐고 물었다. 자세한 이야기는 없었다. 남자는 일단 찾아오라는 이야기만 남기고 전화를 끊었다. 남자는 전화를 끊기 전에 의미를 알 수 없는 말을 남겼다.

"길을 잃지 않고 찾아오는 게 중요해요."

택시 한 대가 갈림길을 향해 달려오고 있었다. 나는 손을 들었다. 택시 뒷자리에 캐리어를 밀어 넣고 캐리어 옆에 바짝 붙어 앉았다.

"어디로 모실까요?"

운전기사의 목소리는 게임 시작을 알리는 장내 아나운서처럼 우렁찼다.

"집으로 가 주세요."

"네. 집으로 모시겠습니다. 그런데 집이 어딘가요?"

"그러니까. 숲속을 따라 쭉 가다 보면 길 끝에 집이 있습니다."

운전기사는 룸 미러로 나를 쳐다보았다.

"하하. 젊은 양반이. 그러니까, 당신 집이 어디냐는 말이요?"

"그러니까, 소나무 숲을 따라 쭉……."

운전기사의 굵은 눈썹이 꿈틀거렸다.

"아니. 소나무 숲이 도대체 어디 있다는 말이냐고요?"

"그것이 널찍한 길을 따라 쭉 가면……."

운전기사가 고개를 돌렸다. 목소리가 점점 작아지고 목이 자라목처럼 움츠러들었다.

"널찍한 길? 그럼 소평로 사거리 말하는 건가요?"

"아닌데."

나는 발끝을 바라보며 혼잣말처럼 작은 목소리로 말했다.

"그럼 어디란 말인데요?"

처음 명랑했던 운전기사의 목소리는 이미 온데간

데없이 사라지고 짜증이 가득 찬 목소리로 변해 있
었다.

"그냥 널찍한 길."

"젊은 양반이 장난하나? 내가 운전대 잡고 있으
니까 우습게 보여요?"

급기야 소리를 질러댔다. 나는 황급히 팔을 내저
었다.

"아니요. 전혀. 그럴 리가요. 말도 안 됩니다. 저는
사람을 그렇게 평가하지 않습니다."

"그럼 낮술 했어요?"

운전기사 목소리가 누그러졌다.

"아닙니다. 알코올 알레르기가 있어 술은 입에도
대지 않습니다."

"그럼 도대체 왜 그러는 겁니까?"

나는 손에 들고 있는 약도를 운전기사 앞에 내밀
었다.

"여기 약도가."

운전기사는 내가 내민 약도를 보고는 한심하다는
듯 쳐다보았다.

"내비게이션을 쓰면 되지 않을까요?"

"이 집 전화번호나 줘 보시오."

운전기사에게 약도를 건네며 미처 전화를 걸어 볼 생각을 하지 못했던 내가 한참 모자라는 인간 같다는 생각이 들어 우울해졌다. 운전기사는 메모지에 적힌 번호로 전화를 걸었다. 신호음만 들릴 뿐 아무도 받지 않았다. 운전기사는 난감한 표정으로 내 얼굴을 쳐다보았다. 나는 운전기사마저 나를 버리고 가면 어쩌나 하는 생각에 손에 땀이 배고 등줄기에서 식은땀이 흘렀다.

"아무도 전화를 받지 않는데요. 손님이 오늘 찾아간다는 것은 알고 있나요? 핸드폰 번호는 없습니까?"

나는 겁먹은 아이처럼 고개를 가로저었다. 운전기사는 이것 참 곤란한데, 하는 얼굴로 나를 보았다. 운전기사에게 물었다.

"그냥 동네를 몇 바퀴 돌아보는 것은 어떨까요? 그러다 보면 찾을 수 있지 않을까요? 또 중간에 전화를 걸어 보아도 되고."

결국 드라이브를 즐기는 사람처럼 낯선 동네를 다섯 바퀴나 돌았다. 소나무 숲도, 희망마트도 찾을 수 없었다. 처음 출발했던 갈림길로 다시 돌아온 운전기사는 어떻게 할 것이냐고 물었다. 나는 캐리어를 끌고 택시에서 내렸다. 정류장으로 향하던 길에 캐리어 바퀴가 깨진 보도블록 사이에 꼈다. 목 줄기를 타고 땀이 흘러내렸다. 정류장까지 택시를 타고 가면 됐는데, 라는 생각이 들자 어깨에서 기운이 빠져나갔다.

나는 정류장에 서서 전화를 걸었다. 땀으로 범벅된 머리카락에서 손등을 타고 땀방울이 흘러내렸다. 수신음이 한 번 울렸을 뿐인데 상대방은 기다렸다는 듯이 전화를 받았다.

"저기, 오늘 찾아가기로 했는데. 희망마트를 찾을 수 없었어요. 그래서 버스 정류장으로 다시 돌아왔는데."

"귀찮게 하는구먼. 유치원생도 찾을 수 있는 쉬운 길인데. 약도대로만 오면 되는데.

"약도가."

"알았으니 거기서 기다려."

"핸드폰 번호가?"

"핸드폰? 그런 것 없는데."

"아, 그럼. 저는 연녹색 체크무늬 캐리어를 왼손

에 쥐고 있어요."

"그래서. 가방 들어 달라고?"

"아니. 저를 알아보기 쉽게 특징을 알려 드리는 거예요."

"알았어. 거기 꼼짝 말고 있어. 십 분이면 도착해."

나는 조잡하게 그려진 약도를 미련 없이 쓰레기 통에 버렸다. 끝없이 흘러내리던 땀이 천천히 식기 시작했다. 땀이 식자 살갗으로 한기가 파고들었다. 나는 트렌치코트를 여며 쥐고 캐리어에 걸터앉아 남자를 기다렸다. '집'이 십 분이면 닿을 수 있는 가까운 곳에 있었다고 생각하니 찾지 못한 내가 한심하기도 하고 한편으로는 마음이 놓이기도 하였다. 목이 말랐지만 남자를 만날 때까지 그냥 참기로 했다.

오 분. 십 분. 이십 분. 삼십 분.

십 분이면 온다던 남자가 삼십 분이 지나도 오지 않았다. 나는 일어서서 주위를 살폈다. 남자가 나를 알아보지 못하는 것은 아닌지 걱정되었다. 나처럼 주위를 살피는 사람이 없는지 훑어보았다. 의자에 앉아 이야기하거나 책을 보거나 게임을 하는 사람도 있었지만 대부분 버스가 오는 방향을 향해 고개를 돌리고 있었다. 나는 주머니에서 핸드폰을 꺼내 만지작거렸다. 바보같이 핸드폰 번호를 알려 주지 않았다. 입술을 잘근잘근 씹었다. 남자가 나타나지 않는다면? 아무 생각도 나지 않았다. 정지 버튼을 누른 것처럼 머릿속에 있는 모든 세포가 한꺼번에 멈춰 버린 것만 같았다. 쓰레기통을 쏘아 보았다. 쓰레기통 옆에서 남학생이 담배를 피우고 있었다. 담배 끝이 서서히 타들어 가고 있었다. 나는 캐리어를 끌고 쓰레기통 옆에 섰다. 남학생은 애인의 혀를 빨아들이듯 담배를 깊게 빨았다. 담배 끝에서 불꽃이 반짝였다. 나는 쓰레기통 앞을 서성거렸다. 담배 연기를 내뱉던 남학생이 나를 힐끗 쳐다보고는 담배를 쓰레기통에 던졌다. 담뱃불을 제대로 끄지도 않고 말이다. 나는 손을 다급하게 쓰레기통에 넣었다. 물컹하고 끈적거리는 액체가 만져졌다. 종이컵이 손가락에 들러붙었다. 종이컵을 꺼내 땅바닥에 던졌다. 나는 트렌치코트 소매를 접어 올리고 팔을 쓰레기통 깊숙이 밀어 넣었다. 미끈거리는 과자 봉지를 옆으로 밀어냈다. 축축하게 젖은 담배를 옆으로 밀어내고 빨대가 꽂혀 있는 커피 컵을 밀어내자 종이가 잡혔다. 조심스럽게 종이를 꺼냈다. 약도가 그려진 종이에 찐득한 커피가 잔뜩 묻어 있었다. 그나마 종이를 찢어서 버리지 않아 다행이었다. 나는 종이에 묻은 커피를 손바닥으로 닦았다. 커피 얼룩이 잉크 찌꺼기처럼 번졌다. 다행히 약도는 알아볼 수 있었다. 나는 약도를 되찾은 것에 만족했다. 사람들이 얼굴을 구긴 채 나를 쳐다보았다. 나는 트렌치코트 소매를 풀어 내렸다. 사람들이 슬금슬금 뒷걸음치며 물러났다. 캐리어를 끌고 다시 정류장 옆으로 이동할 자신이 없어졌다. 문득, 바퀴가 달린 덜컹거리는 캐리어가 짐처럼 느껴졌다. 캐리어도 책상과 함께 놓고 왔어야 했다. 나는 슬쩍 캐리어 손잡이를 놓았다. 캐리어 손잡이를 놓아 버리자 어깨에 매달려 있던 무거운 추가 없어진 것처럼 시원했다. 캐리어는 나와 아무 관계도 없는 물건처럼 느껴졌다. 나는 캐리어 옆에서 한 발 물러서 고개를 돌렸다. 장바구니를 들고 걸어오는 남자와 눈이 마주쳤다. 바구니 밖으로 파가 삐죽이 나와 있었다. 키가 작지만 다부진 체격의 남자가 곧장 나를 향해 걸어왔다. 주먹만 한 코가 얼굴 한복판에 자리 잡고 있었다. 코와 대조적으로 눈은 겨우 좁쌀 한 톨을 박아 놓은 것처럼

작았다. 남자의 머리는 겨우 내 어깨밖에 오지 않았
다. 남자는 나를 위아래로 한 번 훑어보더니 캐리어
를 쳐다보았다.

"전화한 사람인가? 장을 보느라 좀 늦었어."

나는 한 발 옆에 떨어져 있는 캐리어를 바라보았
다. 캐리어는 도도한 얼굴을 쳐들었다.

'그것 봐. 내가 있어야지. 너를 알아보잖아.'

나는 고개를 끄떡였다. 남자는 손을 물끄러미 내
려다봤다. 나는 얼른 약도를 움켜쥔 손을 주머니 속
에 찔러 넣었다. 남자는 말도 없이 돌아섰다. 나는 얼
떨결에 캐리어 손잡이를 움켜쥐었다. 남자는 빠른 걸
음으로 걷기 시작했다. 나는 남자를 놓치지 않기 위
해 뒤에 바짝 붙어 섰다. 남자는 내가 되돌아 나온 절
대 넓직하지 않은 길로 들어섰다. 남자는 장바구니를
겨드랑이 사이에 꼈다. 나는 캐리어 손잡이를 당겼
다. 캐리어가 움직이지 않았다. 캐리어 바퀴가 깨진
보도블록 사이에 꼈다. 손잡이를 힘껏 당겨 보았지만
헛수고였다. 남자가 멀어지고 있었다. 남자를 놓칠
수도 있다는 생각이 들었다. 다급해졌다. 나는 더듬
거리며 남자를 불렀다.

"저기, 아, 저기, 잠깐만. 저기, 잠깐만 기다려 주세요."

남자가 뒤돌아섰다.

"캐리어 바퀴가 바닥에 껴서요. 잠깐만."

좁쌀처럼 작은 눈을 가늘게 뜨고 보도블록에 낀 캐리어 바퀴를 노려보았다. 힘껏, 아주 힘껏 잡아당겨도 캐리어는 깊게 뿌리를 내린 나무처럼 꿈쩍도 하지 않았다. 이제는 정말 어쩔 수 없이 캐리어를 버리고 가야 하는 순간이 와 버렸다는 생각이 들었다. 캐리어 안에는 오사카에서 입었던 옷, 책 두 권, 여권, 그녀와 함께 마시기 위해 산 칠레산 와인 한 병이 들어 있었다. 남자가 내게로 다가왔다. 장바구니를 내게 내밀었다. 나는 남자가 내민 장바구니를 받아 들었다. 남자가 캐리어 손잡이를 잡고 밑을 가볍게 걸어차자 바퀴가 보도블록 위로 팅겨 올라왔다. 남자는 캐리어를 끌고 앞서 걸어갔다. 캐리어는 돌돌거리며 남자 뒤를 따랐다. 나는 파가 삐죽이 나와 있는 장바구니를 들고 남자를 뒤따랐다. 반대편에서 승합차가 오고 있었다. 나는 벽에 바싹 붙어 섰다. 남자는 돌돌거리는 캐리어를 끌고 유유히 걸어갔다. 승합차 뒤에

덤프트럭이 따라오고 있었다. 트럭은 승합차를 추월해 지나갔다. 덤프트럭이 빠져나간 길을 돌아보았다. 나는 눈을 비볐다. 길은 십오 톤 트럭 두 대가 지나가고도 남을 정도로 넓었다. 나는 고개를 갸웃거렸다. 내가 한눈을 파는 사이에 남자는 벌써 오 미터쯤 앞서가고 있었다. 나는 남자를 따라잡기 위해 장바구니를 옆구리에 끼고 뛰기 시작했다. 남자의 걸음은 빨랐다. 보폭이 넓은 것도 아니고 발걸음을 빨리 떼어놓는 것도 아닌데 남자는 나를 앞서갔고 나는 남자 뒤에서 종종걸음쳤다. 남자가 끄는 캐리어는 한 번도 깨진 블록 사이에 끼지 않았다. 길은 아까와 달리 평평해 보였다.

"아까도 이쪽 길로 왔었어요."

남자는 그런데 뭐, 하는 눈으로 나를 쳐다보았다.

"그런데 좀 다른 것 같습니다. 넓어졌다고 해야 하나. 길이 이렇게 순식간에 변할 수도 있는 것인지. 이 길이 맞는데."

남자는 길을 한번 살펴보고는 어깨를 으쓱했다.

"모르겠는데. 원래 이 길은 넓었어. 널찍한 길이 잖아."

"분명 길 끝에 '집'이 있는 것은 맞죠?"

"소나무 숲길 끝에 '집'이 있다고 약도에 적혀 있지 않나?"

남자는 주먹만 한 코를 킁킁거렸다. 나는 약도가 제대로 있는지 주머니를 만져 보았다. 남자는 트렌치코트 주머니를 물끄러미 쳐다보다 고개를 돌렸다. 나는 남자 옆에 바짝 붙어 섰다. 간판 없는 가게가 보였다. 갈림길이 나타났다. 남자는 왼쪽 길로 발을 내디뎠다.

"약도에는 희망마트에서 꺾으라고 되어 있는데……."

"저기가 희망마트잖아. 간판이 떨어져서 그렇지. 칠십 년 전에는 저기가 희망상회였어."

어이없었다. 그럼 약도에도 그렇게 썼어야 했다. 불현듯, 그녀가 생각났다. 그녀가 나를 놀리고 있다는 생각이 들었다. 화가 났다. 소나무 숲이 나타나지 않는다면 남자의 정강이를 걷어찰 생각이었다. 소나무는 보이지 않았다. 소나무는커녕 잡초 한 포기 없는 시멘트 바닥에 다닥다닥 붙어 있는 가게뿐이었다. 나를 놀린 것이 맞았다. 길가에는 안마 시술소, 다방,

룸살롱, 과부촌, 성인용품점, 김밥 가게, 네일 숍, 미용실, 옷 가게, 오리 꼬치구이밖에 없었다. 가게 앞에 여자들이 모여 서서 이야기하고 있었다. 대부분 엉덩이만 살짝 가려지는 짧은 치마를 입고 있었다.

"봐요. 소나무 숲이 없잖아요."

"우린 벌써 숲으로 들어섰는데. 잘 보라고."

"무슨 소리예요. 나무라고는 단 한 그루도 없는데."

나는 열심히 구석구석을 살폈다. 나무는 없었다. 나무와 비슷한 것도 없었다. 이제 장난은 그만 치라고 소리를 지르고 싶었다. 나는 걸음을 멈췄다. 여자와 눈이 마주쳤다. 눈이 마주친 여자가 옆의 여자 옆구리를 치며 턱으로 나를 가리켰다. 여자들이 일제히 나를 쳐다보았다. 순간, 들이마시던 숨이 목구멍에 걸렸다. 여자들의 얼굴이 그녀와 닮았다. 남자가 내 옆으로 다가섰다.

"숲속의 요정들이야. 요정들과 눈을 마주치면 안 돼. 눈을 마주치면 너를 숲속 깊은 곳으로 데리고 가기 위해 달려들 거야. 너를 유혹하기 위해 옆에서 티티새처럼 아름다운 목소리로 '티티' 하고 울어댈 거야. 노랫소리를 한 번 들으면 절대로 숲에서 빠져나갈 수 없어. 명심하도록. 만약 듣게 되면 못 들은 척해야 해. 알았지!"

나는 남자를 내려다보았다. 남자의 표정이 진지하다 못해 엄숙하기까지 했다. 나는 터무니없이 진지한 남자의 표정에 고개를 끄덕이고 말았다. 남자는 안도라도 하듯 한숨을 내쉬었다. 풍선에서 공기를 빼내듯 오랫동안 숨을 뱉어내고는 캐리어 손잡이를 단단히 움켜쥐었다. 남자의 키가 한 뼘쯤 작아진 것 같았다. 나는 여자들이 서 있던 곳을 슬쩍 곁눈질했다. 여자들은 보이지 않았다.

"볼 것 없어. 이미 요정들은 사라졌어. 벌써 숲속에 소문이 퍼졌을 거야. 모두 알고 있을 거라고. 요정들은 수다쟁이거든. 비밀을 오래 입 안에 담고 있지 못해. 입이 간지러워서 살 수 없다고. 지나가는 바람에게라도 말을 해야 해. 이미 호수 속 물고기들도 알고 있을 거야. 하는 수 없군. 좀 더 빨리 걷는 수밖에."

남자야말로 수다쟁이가 되어 버린 것 같았다. 남자는 도무지 알아들을 수 없는 말을 늘어놓고는 앞서 걷기 시작했다. 좀 전보다 걸음이 빨라졌다. 아무리 종종걸음쳐도 남자를 따라잡을 수 없었다. 발바닥이 아팠다. 구두를 신고 걷기에 적당한 길이 아니었다. 발걸음이 처졌다. 남자는 저만치 앞서갔다. 입에서 단내가 났다. 속이 쓰렸다. 생각해 보니 아무것도 먹지 못했다. 이제는 따라잡을 수도 없는 남자를 향해 소리쳤다.

"얼마나 가야 하나요?"

돌돌거리며 남자의 뒤를 따르던 캐리어가 멈췄다. 남자는 손가락을 꼼지락거리며 생각에 잠겼다. 그러고는 오래된 기억을 끄집어내는 듯 눈동자가 오른쪽 위로 향했다.

"한 십 분."

"나는 너무 배가 고파요."

"집에 도착하면 새우와 조개를 넣은 해물 스파게티를 해 줄 테니 참아. 그리고 그렇게 큰 소리로 말하면 안 돼. 나무에도 귀가 있다고. 우리 이야기를 듣고 있단 말이야. 주의하도록 해."

해물 스파게티는 그녀가 자주 해 주던 요리였다. 남자를 물끄러미 쳐다보자 다시 입모양만으로 '주의'라고 말했다. 나는 주위를 휘돌아보았다. 일 층 미용실에서 여자가 빨래 건조대를 들고나왔다. 이 층 짜장면 가게에서 흰색 라운드 티셔츠를 입은 주방장이 앞치마를 털었다. 시선이 삼 층을 향했다. 삼 층 당구장에서 고개를 빼어 밀고 담배를 피우는 민머리 남자와 눈이 마주쳤다. 용 한 마리가 민머리의 팔에서 불을 뿜고 있었다. 나는 얼른 시선을 피했다. 순간 담배꽁초가 포물선을 그리며 캐리어 위에 떨어졌다. 남자는 고개를 들고 민머리를 노려보았다. 민머리는 눈을 부라리며 남자를 내려다보았다. 금방이라도 뛰어 내려올 기세였다. 나는 남자 팔을 잡아당겼다. 단단한 근육이 만져졌다. 싸움이 벌어진다면 의외의 상황이 벌어질지도 모른다는 생각이 잠시 머릿속에 떠올랐다 사라졌다. 위험한 생각이었다. 나는 떼쓰는 아이처럼 남자의 팔을 잡고 늘어졌다.

"십 분이면 도착하는 것 확실하죠?"

남자가 고개를 끄떡했다. 남자는 당구장을 다시 한번 쳐다보았지만 인상을 쓰며 노려보지는 않았다. 다행이었다. 나는 남자 팔을 잡아끌었다. 빨리 위험한 길에서 벗어나고 싶었다.

"그럼. 참아 보죠. 참아 보겠다고요. 배가 고프지만."

나는 십 분을 참지 못할 만큼 참을성이 없는 사람
이 아니었다. 글을 쓰기 위해 모니터를 노려보며 컴
퓨터 앞에 열두 시간을 앉아 있기도 했다. 허리가 아
파도 참았고, 어깨가 부서질 것 같아도 참았고, 손가
락이 제대로 펴지지 않아도 참았다. 고작 십 분을 참
지 못할 사람이 아니었다.

"그럼, 좀 천천히 걷도록 하지요. 따라갈 수 없어
서요."

"그럼 늦어질 텐데. 배가 많이 고프다면서."

"참을 수 있어요."

남자는 이해할 수 없다는 표정으로 나를 쳐다보
았다. 이해할 수 없다는 표정으로 쳐다보아야 할 사
람은 나인데 남자는 고개까지 갸웃거렸다. 나는 장바
구니를 옆에 끼고 남자 옆에 섰다. 남자는 주먹만 한
코를 킁킁거리며 앞장서서 걷기 시작했다. 남자의 뒷
모습이 잘 훈련된 구조견과 흡사했다. 발달된 다리
근육과 예민한 코를 가진 개. 언제든지 뛰어나갈 준
비가 되어 있고 정확하게 길을 찾아내는 민감한 코를
가진 개. 어디서 본 듯한 개. 어디서 보았더라. 윤기가
도는 검은 코를 땅에 대고 냄새를 맡던 개. 개. 개. 그

래, 그녀가 그린 그림에서였다. 그녀가 어때, 하며 나에게 내밀었던 그림이었다. 그녀는 그림책을 준비하고 있었다. 처음으로 자신이 그린 그림이 책으로 세상에 나오게 되었다며 흥분했다. 개가 주인공이었다. 유달리 검고 큰 코를 가진 개가 숲속에서 조난자를 찾고 있었다. 큰 코를 끌고 숲속 여기저기 냄새 맡으며 돌아다녔다. 개는 폭포 아래서 조난자를 찾았다. 절벽에서 떨어진 조난자는 의식이 없는 상태였다. 개는 조난자와 함께 숲속에 갇혔다. 조난자가 숲을 벗어나지 못하면 개도 숲에서 나갈 수 없었다. 그것이 개의 운명이었다. 결말이 어떻게 되는 거야, 라고 물었을 때 그녀는 글쎄, 어떻게 할지 아직 결정하지 않았어, 라고 했던 것이 기억났다. 그녀가 그림을 끝까지 그렸던가? 그녀가 결말을 고민하며 삼분의 이쯤 그림을 그렸을 때 출판사는 도산하고 말았다. 며칠 동안 그녀는 참나무 책상 앞에 우두커니 앉아 벽만 주시하고 있었다. 말을 걸어도 대답하지 않았고, 잠도 자지 않았다. 그녀는 책상 서랍 속에 넣어 둔 그림을 꺼내 한참을 보다가 다시 서랍 깊은 곳에 밀어넣고는 열쇠로 잠갔다. 그림 공부를 더 해야 할까 봐.

유학을 가야겠어. 그녀가 책상을 박차고 일어서며 말했다. 그럼 이렇게 살지 않아도 되겠지. 지긋지긋해. 내가 그녀를 안고 머리를 쓰다듬으며 말했다. 출판사가 망한 것뿐이야. 다른 출판사를 찾아보자고. 자신을 괴롭히지 마, 라고 말했을 때 그녀는 나를 거칠게 밀어냈다. 나는 책상 모서리에 옆구리를 부딪쳤다. 참나무 몽둥이로 옆구리를 얻어맞은 것 같았다. 옆구리를 움켜잡고 주저앉았다. 그녀가 적의와 경멸이 가득 찬 얼굴로 나를 내려다보았다. 자기 이름이 박힌 책이 열아홉 권씩이나 있는 사람은 모르겠지. 어떻게 알겠어. 너도 나를 한낱 해물 스파게티나 요리하는 사람으로 생각하는 거지?

남자와 나는 걷고, 걷고 또 걸었다. 해가 졌다. 걸음이 눈에 띄게 느려졌지만, 남자와 나의 거리는 좁혀지지 않았다. 장바구니를 옆구리에 끼는 것조차 힘들었다. 눈에 보이는 것은 뭐든지 뜯어 먹을 수 있을 것만 같았다. 남자는 지치지도 않고 배고픔도 느끼지 않는 것 같았다. 나는 남자를 향해 소리쳤다. 저기요, 배가, 고파요. 소리를 지르고 있는 것이 분명한데 허공에 퍼지는 목소리는 풀벌레 소리보다 작았다.

"배가 고프다고요. 내 말이 들리지 않아."

나는 장바구니를 땅에 내려놓고 악을 썼다. 주먹을 움켜쥐고 땅을 발로 굴렀다.

"배가 고파. 나는 정말 배가 고프다고요. 해물 스파게티. 먹지 않아도 좋아요. 그런 것 필요 없어. 배속에 뭐라도 넣기만 하면 된다고. 아무 식당이나 들어가요. 배가 고파서 더 이상은 갈 수 없다고요."

순식간에 남자는 내 앞으로 달려왔다.

"안 돼. 숲속의 음식을 먹으면 안 된다고. 한 번 숲속의 음식에 입을 대면 밖의 음식은 먹지 못하게 돼. 몸에 변화가 생길 거야."

남자의 목소리는 단호했다. 나는 여기서 물러설수 없었다. 배 속에서는 빨리 음식을 넣어 달라고 아우성이었다. 넣지 않는다면 금방이라도 폭동을 일으켜 나를 잡아먹을 태세였다.

"십 분이면 된다고 했잖아요. 그런데 하늘을 봐요. 이미 해는 져 버렸고 어두워졌다고요. 혹시 십 분이라는 시간을 한 시간이나 두 시간쯤으로 잘못 이해하고 있는 것은 아닌가요?"

남자는 무슨 소리를 하고 있냐는 듯 의아한 눈으로 나를 쳐다봤다.

"아직 십 분이 되지 않았는데. 그리고 천천히 걷자고 했잖아. 늦어질지도 모른다고 말했을 때 괜찮다고 한 건 너였는데."

무릎이 풀썩 꺾였다. 땅에 주저앉았다. 일어설 힘도 없었다. 손끝이 떨리고 다리가 후들거렸다. 숨을 쉴 때마다 기운이 콧구멍을 통해, 귓구멍을 통해, 땀구멍을 통해 빠져나갔다. 나는 바람이 조금씩 빠져나가는 튜브맨 같았다. 바람이 모두 빠지면 혼자 서 있을 수조차 없는 튜브맨처럼 길에 누웠다. 소슬바람이 불었다. 바람은 가는 손가락을 펼쳐 얼굴을 쓰다듬었다. 허기가 지면 냄새에 민감해진다고 그녀가 나에게 이야기한 적이 있었다. 내가 웃자 그녀는 꽤나 진지한 얼굴로 달걀탕에서 비린내가 난다고 소곤거렸다. 나는 허공에 손을 뻗었다. 바람이 지나간 자리에서 소나무 냄새가 났다.

"할 수 없군."

남자는 나를 일으켜 세웠다. 남자는 비틀거리는 내 팔을 잡아 팔짱을 꼈다. 사방에서 맛있는 냄새가 한꺼번에 밀려왔다. 좀 전까지만 해도 맡지 못하던 냄새였다. 나는 침을 삼켰다. 냄새만으로도 입에 침이 고였다. 나는 김밥 전문점에 들어갔다. 나는 앉으면서 벽에 붙은 메뉴를 살폈다. 스페셜 메뉴인 왕돈가스와 라볶이, 모둠 메뉴인 김밥과 순두부찌개를 시켰다. 김밥이 가장 먼저 나왔다. 남자가 김밥을 향해 젓가락을 집게발처럼 벌리는 내 손을 잡았다.

"숲속의 음식을 먹으면 보이지 않던 것이 보일 거야. 숲을 벗어나지 못할지도 몰라. 길을 잃게 될지도 모른다는 얘기야."

나는 남자의 두툼한 손을 처냈다. 음식은 맛있었다. 도파민이 한꺼번에 축포처럼 터졌다. 잠들어 있던 미세한 세포를 깨우고 손가락 끝, 발가락 끝까지 뻗어 나갔다. 왕돈가스와 라볶이를 먹어 치우고 순두부찌개를 앞으로 잡아당기며 힐끗 남자를 보았다. 남자는 팔짱을 끼고 앉아 빈 그릇을 내려다보고 있었다. 나는 남자에게 음식을 먹겠냐고 물어보려다 그만두었다.

"배가 많이 고팠나 보네. 이건 손님에게만 주는 서비스요."

가게 주인은 달걀말이를 탁자 위에 내려놓았다. 달걀말이에서 김이 모락모락 피어올랐다. 나는 달걀말이를 집어 들며 주인을 올려다보았다.

"너무 맛있어요. 해물 스파게티 따위와 비교할 수도 없는 맛이에요. 이런 맛을 내려면 비법이 있겠지요. 비법이 뭔가요?"

"비법? 있기는 한데. 그럼 이야기해 줄 테니 누구에게도 말하면 안 돼요. 쇠고기 다시다, 다양한 화학 조미료, 왕성한 식욕, 손님들의 허기진 배."

진지한 가게 주인 표정에 나는 그만 뜨거운 달걀말이를 씹지도 않고 삼켜 버렸다. 많이 먹어요, 더 먹고 싶으면 말하고. 주인은 내 어깨를 두 차례 두드리고는 주방으로 들어가 버렸다. 나는 배가 고팠다. 순두부찌개를 먹었다. 맛있었다. 순두부가 혀끝에서 스르르 녹아내렸다. 순두부찌개가 반으로 줄었다. 그런데 배는 반도 차지 않은 것 같았다. 배가 고팠다. 가게 주인이 달걀말이를 들고 주방에서 나왔다. 주인은 달걀말이를 다른 테이블에도 가져다주었다. 주인은 달걀말이를 테이블에 내려놓으며 나에게 했던 말과 똑같은 말을 했다. 배가 많이 고팠나 보네. 이건 손님에게만 주는 서비스요. 사람들은 달걀말이를 한입 가득 물고 비법에 대해 물었고 가게 주인은 나에게 했던 말과 똑같이 대답했다. 그럼 이야기해 줄 테니 누구에게도 말하면 안 돼요. 쇠고기 다시다, 다양한 화학조미료, 왕성한 식욕, 손님들의 허기진 배. 사람들은 크게 고개를 끄덕이며 엄지를 치켜들었다. 개중에 종이를 꺼내 적는 사람도 있었다. 그러면 가게 주인은 기다렸다가 천천히 불러 주었다. 쇠, 고, 기, 다, 시, 다, 다, 양, 한, 화, 학, 조, 미, 료. 가게 주인은 '요'가 아니라 '료'라며 틀린 글자까지 자상하게 손가락으로 짚어 주었다. 쇠고기 다시다는 티스푼으로 정확하게 한 스푼 넣어야 해. 주인은 더없이 친절하고 섬세했다. 나는 이곳에서 주인이 해 주는 음식을 먹으며 천년만년 살고 싶었다. 쇠고기 다시다를 정확하게 한 스푼 넣은 순두부찌개를 먹으며 허기진 배를 달래고 싶었다.

남자가 코를 킁킁거리며 의자를 밀고 일어났다. 남자가 한숨을 내쉬었다. 길고 깊은 한숨이었다. 한숨을 내뱉자 남자의 키가 한 뼘 작아졌다. 남자 키는 이제 초등학생 남자아이만 했다. 남자는 빨리 일어나라고 눈짓했다. 나는 하는 수 없이 장바구니를 들고 일어섰다. 장바구니에 삐죽이 나와 있는 파가 풀이 죽은 듯 늘어져 있었다. 주인은 문 앞까지 나와 손을 흔들어 주었다. 나는 몇 번이고 멈춰서 가게를 돌아보았다. 가게 안에 있는 사람들이 일제히 입을 크게 벌리고 음식을 입 안으로 밀어 넣었다. 나도 모르게 침이 고였다.

걸음이 느려졌다. 남자와 거리는 점점 멀어졌다. 남자는 불러도 뒤돌아보지 않았다. 남자는 내 목소리가 들리지 않는 것 같았다. 나는 거리를 좁히기 위해 뛰기 시작했다. 아무리 뛰어도 남자와의 거리는 좀처럼 좁혀지지 않았다. 남자는 오르막길에서 내리막길로 접어들고 있었다. 나는 장바구니를 가슴에 안고 전속력으로 달렸다. 김밥 가게에서 먹은 맛있는 음식이 모두 소화되었다. 오르막길에 올랐을 때 트렌치코트는 땀으로 흠뻑 젖어 있었다. 숨을 몰아쉬며 내리막길을 내려다보았다. 남자가 보이지 않았다. 나는 내리막길을 단숨에 뛰어 내려갔다. 남자가 사라졌다. 남자가 나를 두고 가 버린 것일까. 아닐 거야. 나를 찾으러 되돌아올 거야. 나는 그 자리에 서 있기로

했다. 길을 잃었을 때 움직이면 서로 엇갈리는 경우
가 더 많았다. 삼십 분을 서 있었다. 다리가 아팠다.
어디에든 걸터앉고 싶었다. 캐리어가 없는 것이 아쉬
웠다. 그러다 문득, 남자가 나를 알아볼 수 없을지도
모른다는 생각이 들었다. 이제 나에게는 캐리어가 없
었다. 다른 사람들과 구분 지어 줄 캐리어가. 남자가
나를 보더라도 알아보지 못할지도 모른다는 생각이
들자 불안했다. '집'을 찾을 수 없을지도 몰랐다. 남자
가 나를 알아보지 못한다면 어떻게 해야 할까. 쓰레
기통에서 찾은 약도가 생각났다. 트렌치코트 주머니
에 손을 찔러 넣었다. 종이가 잡혔다. 종이를 꺼내 펼
쳤다. 여기가 소나무 숲길 어디쯤일까 생각해 보았
다. 나는 주위를 살폈다. 소나무는 보이지 않았다. 소
나무가 없는 소나무 숲길. 한숨이 나왔다. 왜 그녀는
나에게 약도를 남기고 갔을까. 정말 그녀가 약도를
남긴 것일까. 하늘을 올려다보았다. 금방이라도 쏟아
질 것 같은 별이 하늘에 촘촘하게 박혀 있었다. 한 번
도 본 적 없는 하늘이었다. 도시에서는 볼 수 없는 광
경이었다. 북극성을 찾아보려고 했다. 책 속에서는
길 잃은 많은 사람들이 북극성을 길잡이별로 잡아 집

으로 돌아갔다. 나도 동화를 쓸 때 북극성을 여러 번 길잡이별로 등장시켰다. 목이 아팠다. 하늘에는 별이 너무 많았다. 수많은 별 중에 북극성을 찾아보려 했지만 찾을 수 없었다. 머리로만 쓰려고 하지 마. 숲속에 들어가 본 적이 있기는 한 거야. 하늘을 올려다본 적은 있냐고. 별들이 어떻게 움직이는지는 알아. 아니 책으로 말고. 눈으로 말고. 실제로, 가슴으로, 마음으로 보았냐고. 그녀가 별자리 도감을 뒤적거리는 나에게 한 말이었다. 나는 도감을 덮었다. 별자리 도감에 나오는 단어는 너무 어려웠다. 몇 장 보지 않았는데 머리가 지끈거렸다. 나는 결국 인터넷을 뒤져 동화에 옮겨 넣고 각주를 달았다. 후회되었다. 그때 별자리 도감을 열심히 보았어야 했다. 열심히 보았다면 북극성을 찾지 못해 힘들어하지 않아도 되는데 말이다. 나는 소나무 숲길이 시작되었던 곳으로 다시 돌아가기로 결정했다. 길을 되짚어가는 것도 만만치 않았다. 길은 살아 있는 것처럼 수시로 변했다. 골목은 잔가지처럼 수도 없이 뻗어 나갔다. 나는 길을 잃지 않도록 보이는 간판마다 죄다 중얼중얼 외웠다. 오리 꼬치구이, 옷 가게, 미용실, 네일 숍, 김밥 가게, 성인용품점, 서점, 서점? 아까는 분명 서점이 없었다. 서점이 있었다면 기억하고 있었을 것이다. 오리 꼬치구이, 옷 가게, 미용실, 네일 숍, 김밥 가게, 성인용품점 가운데에 서점이라니. 어울리지 않는 조합이었다. 마치 거인국 사람들 속에 서 있는 소인 같다고나 할까. 거인 속에 소인이 서 있었다면 보지 못하고 지나치는 것은 당연했다. 나는 서점 앞에 섰다. 서점은 위풍당당하게 이름 없이 '서점'이라고 쓰인 간판을 달고 있었다. 문을 밀고 서점 안으로 들어갔다. 문에 달린 종이 경쾌하게 달랑였다. 두꺼운 돋보기 안경을 쓴 노인이 나를 멀뚱히 쳐다만 보고 있었다. 내가 다가서자 노인이 뒤로 한 발짝 물러났다.

"저기, 길을 물어보려고 하는데. 길을 안내하던 사람을 놓쳐서요. 도통 길을 찾을 수 없네요."

카운터 앞에 섰다. 카운터에는 김밥 전문점 메뉴판과 전화번호가 붙어 있었다. 나는 메뉴판 위에 약도를 올려놓았다. 노인의 눈이 커졌다. 노인은 잽싸게 약도를 집어 들고 안경 가까이 가져갔다.

"약도가 잘못되었어. 여기는 희망마트가 아니라 희망상회야."

"어떻게 아셨어요. 그 남자도 희망상회라고 하던데."

"누가?"

코끝에 걸쳐 있던 안경을 끌어 올리며 노인이 물었다.

"그러니까. 코를 킁킁거리는 키 작은 남자가요."

노인은 내 눈을 물끄러미 쳐다보더니 얼굴 가득 주름이 지도록 함박웃음을 지었다.

"여우한테 홀렸구먼. 가끔 여우가 나타나긴 하지. 그래도 요즘은 나타나지 않았는데."

나는 주먹만 한 코를 벌름거리는 남자의 얼굴을 떠올렸다. 여우와는 거리가 먼 생김새였다.

"내가 아는 것은 여기까지니 밖에 나가서 좀 물어 봐 주지."

내가 노인을 따라나서려 하자 노인은 내 어깨를 잡았다.

"이곳 사람들은 낯선 사람들을 싫어해. 나 혼자 갔다 오는 것이 나을 거야. 편히 앉아서 기다리게."

나는 책꽂이 앞에 있는 독서용 의자에 앉았다. 노인은 외투를 걸치고 모자까지 썼다. 노인은 약도를 외투 주머니에 넣고 돌아섰다.

"어때. 하늘에 별이 많던가? 북극성이 보이면 길을 잃지 않을 거야. 그렇겠지?"

나는 무슨 의미인지 모르는 채로 고개를 끄떡였다. 경쾌한 종소리가 서점 안에 퍼졌다. 나는 책꽂이에 꽂혀 있는 책을 둘러보며 노인을 기다렸다. 서점 안에는 베스트셀러라든가, 이름 있는 작가의 책은 한 권도 없었다. 모두 독자들에게 외면당했거나 서점 진열대에는 단 한 번도 진열되어 본 적 없는 책들뿐이었다. 책꽂이에서 한 권을 뽑았다. 잘 썼지만 대중적이지 못했다. 사건 전개가 늦고, 쓸데없이 진지했다. 나는 중간까지 읽고 책을 덮었다. 한 시간이 지나 있었다. 노인이 돌아오지 않았다. 나는 책을 제자리에 꽂고 밖으로 나갔다. 길에 사람이 부쩍 많아졌다. 여자들이 가슴골이 보이는 옷을 입고 룸살롱 입구 앞에 서 있었다. 내가 옆으로 지나가자 가장 나이가 어려 보이는 여자가 인사를 했다. 김 씨 할아범, 안녕. 나는 얼떨결에 여자들을 향해 손을 흔들었다. 여자들이 자지러지게 웃었다. 나는 얼른 손을 내렸다. 두리번거리다 김밥 전문점으로 들어갔다.

"서점 김 씨 할아버지 아니에요. 오늘은 무슨 일로 주문하지 않고 오셨어요. 그래 오늘도 김치찌개?"

나는 가게 주인에게 얼굴을 들이밀고 최대한 천천히 또박또박 말했다.

"저는 김 씨 할아버지가 아닌데요. 아까 순두부찌개 먹은. 있잖아요. 키 작은 남자랑 같이 왔었잖아요. 생각 안 나세요?"

"어, 순두부찌개라고요. 식성이 바뀌었네요. 알았어요. 순두부찌개."

주인은 나를 자리에 앉혔다. 주인은 서비스라며 달걀말이를 주었다. 달걀말이에서 김이 모락모락 났다. 입 안에 침이 고이기 시작했다.

2

나는 마치 거인국에 사는 소인 같았다. 서점을 찾아 들어오는 사람은 없었다. 사람들 눈에는 서점이 보이지 않는 것 같았다. 가끔 서점 앞을 기웃거리는 사람은 있었지만 문을 열고 들어오진 않았다. 시간이 멈춰 버린 시계에 갇힌 것 같았다. 순두부찌개를

먹는 시간만이 유일하게 살아 있는 것처럼 느껴졌
다. 지금도 순두부찌개를 시키고 기다리는 중이다.
가게 주인은 주문이 밀려 음식이 늦어질 것 같다고
했다. 참기 힘든 시간이었지만 참아야 했다. 김밥 전
문점 음식은 맛있었다. 특히 달걀말이와 순두부찌개
는 먹어도 먹어도 질리지 않았다. 김밥 전문점은 24
시간 영업을 했고 나는 하루 세 끼를 김밥 전문점에
서 해결했다. 밥값은 걱정하지 않아도 되었다. 말일
경에 회사에서 한꺼번에 결제했다.

　책은 토요일에 배달되었다. 몇백 권이 차에서 쏟
아져 나왔다. 내가 책을 정리할 필요는 없었다. 배달
원과 함께 온 직원이 순식간에 책을 정리했다. 나는
직원이 떠나려 할 때 몰래 트럭에 올라타기도 했지
만, 매번 들켜 서점으로 돌아왔다. 소나무 숲속 서점
에서 벗어날 수가 없었다. 함께 갈 수는 없겠냐고 두
손을 모아 가슴에 얹고 물은 적도 많았다. 직원은 고
개를 저으며 말했다. 서점 주인은 떠날 수 없어요. 다
음 주인이 올 때까지. 나는 떠나는 차를 향해 손을
흔들었다. 나를 향해 손을 흔들어 주는 사람은 없었
다. 그래도 나는 차가 보이지 않을 때까지 손을 흔들

고 서점 안으로 들어와 새로운 책을 둘러보았다. 새로 들어온 수백 권의 책이 가지런히 꽂혀 있었다. 일주일 전까지 서점 안에 꽂혀 있던 책은 지하실 책꽂이로 내려갔다. 서점은 겉보기와 달랐다. 지하실에는 어디가 끝인지 감도 잡히지 않는 동굴이 있었다. 오래된 책은 동굴 속으로 밀려났다. 딱 한 번 나도 동굴 속으로 들어가 본 적이 있다. 동굴은 깊은 데다가 여러 갈래로 나뉘어 있었다. 나는 첫 번째 갈림길에서 동굴 속 탐험을 그만두었다. 새로 들어온 책 중에서 그녀의 그림책을 발견했다. 그녀의 그림은 여전히 따뜻했다. 동화를 쓰는 남자가 주인공이었다. 남자는 이인용 책상에서 글을 썼다. 단 한 번도 밖으로 나가지 않고 책상에서만 생각하던 남자는 결국 책상이 되었다.

　더는 음식을 기다릴 수 없었다. 김밥 전문점에 전화를 걸려고 전화기를 들었다. 순간, 경쾌한 종소리가 서점 안에 울려 퍼졌다. 나는 고개를 들었다. 김밥 전문점 배달원이 아니었다. 미니스커트를 입은 아가씨가 서점 안으로 들어섰다. 아가씨는 거침없이 카운터 앞으로 걸어와 종이 한 장을 내려놓았다.

"아, 짜증 나. 무슨 길이 이따위야. 이곳을 찾아가
려고 하는데 어떻게 가야 하는지 아세요?"

낭만적 진실

그토록 원하던 추위와 더위를 피할 수 있는 공간이
생겼고, 굶지 않아도 되자 이상하게도 도무지 글을 쓰고
싶다는 생각이 생기지 않았다. 희곡은 여전히 옥상 난간
에 서서 자살하려는 남자의 장면에 멈춰 있었다. 격정하
지 않고 먹고 잘 곳이 생기자 남자에게서 자살할 이유가
사라져 버렸다.

1

"많은 사람이 여기서 지냈죠. 그리고 사람들의 운명이 바뀌었지요."

마담은 너에게서 눈을 떼지 않는다. 그녀는 이목구비가 서구적으로 생긴 쿼터 혼혈이다. 특히 그녀의 눈동자는 비현실적으로 크고 검다. 마치 눈의 대부분이 눈동자로 이루어진 것 같은 착각이 들 정도다. 그녀는 두 손을 모으고 서서 자그마한 입술을 조금씩 움찔거리며 말한다. 마담의 시선은 생기 없는 너의 눈동자에 머무르는 듯싶더니 문득, 내부로 들어선다. 너는 점점 투명해진다. 긴장한 나머지 왼손으로 오른손 검지를 아플 정도로 꼭 쥔다. 마담의 시선이 여과 없이 투과되어 장기에 남아 있는 찌꺼기를, 혈관을 타고 흐르는 붉은 피를, 머릿속의 난잡한 생각을 꿰뚫어 보고 있는 것 같아 제대로 숨도 쉴 수 없다. 세포를 각성시킨다. 네 안에서 쉴 사이 없이 떠들어대던 원, 투, 쓰리는 숨죽인 채 조용하다.

『봄의 왈츠』를 쓴 소설가 윤도 여기서 생활했고, 〈아버지, 저 결혼하기로 결심했어요〉를 쓴 드라마 작가 K도, 〈몬스터 Q〉의 웹툰 작가 인트로도 여기서 작품을 썼어요. 천만 관객을 동원한 〈지구인〉을 감독한 제인 정도 이곳 출신입니다. 그들 말고도 배우, 운동선수, 소리 연구가… 여러 사람이 여기에 머물렀죠."

마담은 기업의 제품 성공 사례를 말하듯 '이곳'을 지나간 사람들의 성공 사례를 이야기하며 장차 네가 생활하게 될 '이곳'이 돈 주고도 살 수 없는 지상 최고의 명당자리임을 노골적으로 드러낸다. 말하자면 너는 성공을 보장받은 운수 좋은 사람이라는 뜻이다. 마담의 표정을 통해 그녀가 가지고 있는 '이곳'에 대한 자부심을 읽을 수 있다. 그녀가 방문 옆으로 물러난다. 비현실적으로 크고 검은 그녀의 눈동자에 네가 담겨 있다. 너는 캐리어를 끌고 거실을 가로지른다. 손잡이에 단단히 묶은 황금색 보자기 꾸러미가 오리 궁둥이처럼 흔들린다. 황금색 보자기에는 이불 한 채와 전기매트, 옷가지가 들어 있다. 그 사이에 돌돌 말린 벽지가 지팡이처럼 꽂혀 있다.

문고리를 내려다본다. 동그란 문고리가 유독 낡아 보인다. 많은 사람의 손을 거친 듯 칠이 벗겨지고 찌그러진 부분도 있다. 문고리를 잡는다. 흠칫 놀라 문고리를 놓는다. 잠시 문고리를 응시하고 서 있던 너는 다시 조심스럽게 문고리를 잡는다. 사람의 손을 잡은 듯 온기가 느껴진다. 네 마음을 내가 다 알고 있다는 듯. 따뜻하다. 거친 피부에 뼈만 앙상하게 남은 손, 고스란히 살아온 세월이 담겨 있는 노인의 손을 잡은 느낌이다. 오랫동안 지치고 절망에 빠진 사람들의 손을 잡아 주었을 것 같은 손. 문고리는 말을 걸 듯. 너의 손을 잡고 있다. '당신에게 붙은 옴을 떼어 주겠어요. 우리, 잘 지내봅시다'라고.

문이 열린다.

"이 방은 '시인의 욕실'이라고 불렸죠. 옛날엔 귀부인의 집에 시인이 머물며 시를 짓는 경우가 많았죠. 고서를 읽다 보면 귀부인의 집에 머무는 시인들이 등장하죠. 기록을 보면 귀부인의 욕실에 머물며 시를 썼다는 시인이 있어요. 그 기록 속의 욕실이, 욕조가 이것입니다."

너는 마담에게로 고개를 돌린다. 그녀의 표정이 진지하다.

"안타깝게도 지금은 어디에서도 시인을 찾아볼 수 없게 되었지만. 그래서. 시인이 없는 세상이 되어버렸기 때문에 이렇게 재능 있는 다양한 분야의 사람들에게 방문이 열리게 되었죠."

시인이 없는 세상. 시는 있지만, 사람은, 시인은 없는 세상. 너는 멋진 은유적 표현이라고 생각한다. 너는 욕실 안을 살핀다. 특별한 것 없는 욕실이다. 안쪽에 욕조가 - 샤워기와 욕조 수전이 없었다 - 있고, 그 옆에 세면기와 양변기가 차례대로 설치되어 있고, 벽에 히터가 설치되어 있다. 특이한 점이 있다면 욕실을 제 용도로 사용한 흔적이 보이지 않는다는 점과 사람들의 필적이 곳곳에 남아 있다는 것이다. 벽에, 욕조에, 천장에 이름과 글이 남겨져 있다. 너는 이불 사이에 꽂혀 있는 벽지를 뽑아 마담에게 준다. 마담은 벽지를 조심스럽게 받아 들고 한 발짝 물러선다.

"편안하고 안락한 공간이 되었으면 합니다."

마담을 쳐다본다. 그녀가 웃는다. 싸늘한 한기가 등줄기를 타고 오른다. 입은 웃고 있지만, 눈은 웃고 있지 않다. 검게 뚫려 있는 동굴 같은 그녀의 눈동자 속에 네가 엉거주춤 서 있다. 그녀의 시선을 피한다. 너는 캐리어와 황금색 보자기 꾸러미를 욕실 안에 들여놓는다.

"계약한 대로 주방은 마음대로 사용할 수 있습니

다. 유 작가가 먹을 음식에는 이름표가 붙어 있을 것입니다. 헛갈릴 것이 아무것도 없죠."

마담이 살짝 고개를 숙여 인사를 하고 욕실 문을 닫는다.

시발. 뭐가 저렇게 으스스해. 무서워 죽는 줄 알았네.

원이 몸서리치며 말한다.

여기서 생활하는 거야? 정말? 여기가 옥탑방과 다를 게 뭐가 있어.

쓰리가 우울한 목소리로 말한다.

도둑질하는 것보다는 나아. 밥도 먹여 준다는데. 이 정도면 감지덕지하지. 안 그래, 유?

투가 너에게 물었지만, 다리가 풀려 버려 캐리어에 털썩 주저앉는다. 붙박이 가구처럼 박혀 있는 양변기와 세면기를 번갈아 본다. 가져온 것은 몇 가지되지 않지만 어디서부터 어떻게 정리해야 할지 까마득하다.

야, 유!

유!

유, 유야.

원, 투, 쓰리가 한꺼번에 너를 불러댄다. 너는 눈을 감는다. 정말 너희들은 너무 시끄러워. 너희들 때문에 도대체 생각이라는 것을 할 수 없단 말이지. 너는 황금색 보자기 꾸러미를 베고 모로 눕는다. 몸을 옭아매고 있던 긴장이 풀린다. 졸음이 몰려온다. 졸음 때문에 생각이라는 것을 할 수 없다. 너는 중얼거린다. 생각해야 하는데. 생각해야 하는데.

2

도둑질이라도 할 생각이었다. 너는 손잡이를 뚫어지게 쳐다보며 현관문 앞에 서 있었다. 창문 위로 번쩍 또 번쩍 번개가 지나갔다. 불길한 징조라고 생각했다. 언제나 이런 식이라고. 안 되는 놈은 뒤로 넘어져도 코가 깨진다고. 말짱하던 하늘이 네가 마트를 털 결심을 하고 자리에서 일어나자 보란 듯이 천둥과 번개를 동반한 비를 쏟아붓기 시작했다. 세상의 모든 비는 너의 옥탑방 지붕 위로 쏟아지고 있었다. 동네의 길고양이들이 지붕 위에서 빗방울 소리에 맞춰 우다다 우다다 뛰어다니는 것 같았다. 슬레이트를 얹어 만든 지붕은 금방이라도 내려앉을 것처럼 들썩거렸다. 지붕이 무너진 곳으로 터진 수도관처럼 빗물이 쏟아져 들어올 것 같았고, 번개가 방바닥에 꽂힐 것 같았다. 방은 비상 재난 지역으로 변해 버릴 것만 같았다.

이미 이곳은 재난 지역이라고. 뭘 망설이는 거야. 망설일 이유가 전혀 없잖아.

원, 투, 쓰리가 지껄이기 시작했다.

굶어 죽을 수는 없잖아. 문을 열고 나가. 마트에 들어가는 거야. 그래 봤자 고작 라면 몇 개잖아. 그것 때문에 경찰이 너를 잡아가지는 않아.

원이 소사스럽게 간질거리는 목소리로 말했다. 너는 꼭 쥐고 있던 주먹을 풀었다.

유, 정신 차려. 저 자식 이야기를 들어서는 안 돼. 그만둬. 나는 분명히 말했다. 네가 하려는 짓은 도덕적이지 않아. 그건 도둑질이라고.

투가 다분히 명령적이고 엄숙한 어조로 말했다. 너는 도로 손을 움켜쥐었다.

도둑질이라니. 지나가는 개가 웃겠다. 라면 몇 개 들고나오는 게 도둑질이라고. 그건 동네 애새끼들도 하는 일이야. 굶어 죽을 거야? 굶어 죽을 거냐고!

원은 너를 다그쳤다. 너는 손잡이를 만지작거렸다. 삼 주일 전에 전기가 끊겼다. 가스는 한 달 전에 끊겼으며 보름 전에는 샤워하다 물이 나오지 않아 바닥 분수가 있는 공원까지 뛰어가야 했다. 바닥 분수에는 꽥꽥 소리를 질러대는 아이들밖에 없었다. 너는 눈치를 살피며 아이들이 없는 가장자리에 섰다. 바닥에서 물줄기가 솟아올랐고 너는 재빠르게 손을 움직였다. 머리카락에 손을 찔러 넣고 벅벅. 얼굴과 목을 벅벅. 팔과 가슴을 벅벅. 허벅지와 종아리를 벅벅. 벤치에 앉아 있던 여자가 미간을 좁히며 너를 쏘아보았다. 몸에서 버글버글 거품이 흘러내렸다. 그 순간, 너는 거품이 되어 사라져 버렸으면 좋겠다고 생각했다. 벤치에 앉아 있던 여자 중 한 명이 너에게 다가왔다. 이봐요. 뭐 하시는 거예요. 여기가 공중목욕탕인 줄 아세요? 너는 다만 씻는 일을 빨리 마치고 이곳을 빠져나가고 싶었다. 여자를 무시한 채 발가락 사이에 손가락을 밀어 넣고, 비눗기를 깨끗이 제거했다. 여자는 어이없다는 표정으로 너를 쳐다보았다. 벤치에 앉아 있던 여자 중 한 명이 공원 관리인을 앞세우고 나타났다. 이봐. 거기서 씻으면 안 돼. 너는 바닥 분수에서 빠져나왔다. 이봐. 이봐! 비눗기가 남아 있는 옷이 꺼림칙했지만 도망칠 수밖에 없었다. 뒤도 돌아보지 않고 뛰기 시작했다. 몸이 물에 젖은 솜뭉치처럼 무거웠다. 걸을 때마다 머리에서, 옷에서 물방울이 떨어졌다. 물방울이 툭 하고 떨어질 때마다 엄지발가락이 툭, 검지가 툭, 콩팥이 툭, 심장이 툭 떨어져 나가는 것 같았다. 무섭고 서러웠다.

나 같으면 그렇게 하지 않겠어. 손잡이를 만지지 않겠다고. 전기가 오르면 어떻게 하려고 그래. 유, 너는. 이런 말 하긴 좀 그렇지만 천하에 재수 없는 놈이잖아. 휴. 그러니까, 그러니까 나는, 유가 지금, 이 순간, 밖에 나가는 것 반대야. 밖은, 너무 위험해. 봐. 번개가 치잖아. 마트에 도착하기 전에 벼락에 맞아 죽을 거야. 재수 없는 놈은 뒤로 넘어져도 코가 깨진다고 하는데. 너는, 너는 세상에서 최고로, 재수 없는 놈이잖아.

쓰리의 목소리가 바들바들 떨렸다. 걱정과 근심 때문에 목소리가 쪼그라들었다. 너는 쓰리의 조바심을 노파심으로 치부해 버릴 수 없었다. 쓰리의 말은 부정할 수 없는 사실이었기 때문에 너는 우울해졌다.

재수 옴 붙은 놈.

이 별명은 고등학교 때부터 너를 따라다녔다. 재수 없는 놈은 뒤로 넘어져도 코가 깨진다는 속담이 있었다. 너는 자신을 두고 하는 말이라고 생각했다. 고교 시절에 D와 가방이 바뀌어 근신 처리 되었다. D와 가방이 바뀐 날 때마침 가방 검사가 있었고 바뀐 가방에서는 담배와 일명 맥가이버 칼이라고 불리는 군용 다기능 칼이 나왔다. 그것뿐이 아니었다. 라벨을 떼지 않은 고가의 티셔츠가 무더기로 쏟아져 나왔다. D의 가방에서는 너의 가방이 아니라고 증명할 것이 하나도 나오지 않았다. 네가 가방에서 나온 물건을 보며 어쩔 줄 몰라 하는 동안 D는 여유로운 표정으로 바지에 묻은 흙먼지를 툭툭 털어냈다. 가방을 열어 보라는 선도부장 선생님의 말에 D는 한껏 어깨를 펴고 호기롭게 가방 지퍼를 내렸다. 자신의 것이라고 지목한 가방에서 네 것이라고 증명할 수 있는 물건은 하나도 나오지 않았다. 네가 밤새워 준비한 '윤리와 사상' 과제는 온데간데없이 사라졌고, 유성 매직펜으로 크게 이름을 새겨 넣은 수학 문제집도 없었다. 가방에는 누구 것인지도 모르는 생활복만 덩그러니 들어 있었다. 선도부장 선생님은 D의 머리를 '생활과 윤리' 교과서로 툭툭 치며 말했다. 책 좀 가지고 다녀라. 이게 학생 가방이냐. D는 목덜미를 만지며 실실거렸다. 선도부장 선생님이 각도를 바꿔 몸을 틀었다. 각도가 바뀐 만큼 표정도 바뀌어 있었다. 굵고 검은 눈썹을 꿈틀거리며 사정없이 너의 머리를 내리쳤다. 윤리와 도덕도 없는 새끼. 몇 대 맞지 않았는데 중심을 잃고 넘어졌다. 팔이 부러졌다. 팔이 부러진 덕분에 근신하며 화단의 쓰레기를 줍는 정도로 사건은 일단락되었다. 쓰레기를 줍는 너와 마주친 D는 하늘이 무너져도 솟아날 구멍은 있는 거야, 라고 말하며 선심 쓰듯 네가 모아 둔 쓰레기를 수거해 쓰레기장에 버렸다. 이것을 본 선도부장 선생님은 D에게 선행상을 주었다.

병신. 지랄도. 사람이 벼락에 맞을 확률이 얼마나 되는 줄 알아. 그것 때문에 밖에 나가지 못한다면 너는 집구석에 앉아 굶어 죽어도 싸. 그냥 뒈지는 게 이 나라를 위해서도, 너를 위해서도 나아. 쪽팔리게.

원의 말에 투가 혀를 차며 말했다.

너는 유를 몰라도 너무 몰라. 그 확률을 피해 갈 수 없는 사람이 유라고. 그리고 무엇보다 유는 도둑질할 수 없어. 도덕적이지 못한 것을 떠나 결정적으로 너무 어설프다고. 그리고 라면을 훔쳤다고 해도 어떻게 끓여 먹을 거야. 가스도 끊겼는데.

차라리 아랫집에 내려가 밥을 나눠 달라고 해. 그게.

라고 쓰리가 말했을 때 사람의 형체가 현관문 유리 위로 어른거렸다. 너는 다급하게 몸을 웅크리고 앉았다.

"젊은 청년이 살고 있는데 살림살이가 별로 없어서 집이 깨끗한 편입니다."

현관문 너머에서 빗소리 사이로 경쾌한 남자 목소리가 들렸다. 열쇠 구멍에 열쇠가 꽂히는 소리가 들렸고, 벌컥 문이 열렸다. 순식간에 벌어진 일이었다. 네가 숨을 만한 곳을 찾을 시간적 여유가 없었다.

"뭐 하는 겁니까?"

네가 고개를 들었다. 우산에서 흘러내린 물방울이 얼굴로 떨어졌다. 남자가 너를 내려다보고 있었다. 부동산 중개업자였다. 그는 우산을 접어 문 옆에 세웠다. 너는 멋쩍게 웃으며 엉덩이를 털어내며 일어났다. 부동산 중개업자는 너와 눈이 마주치자 미간을 좁히며 한심하다는 눈빛으로 쳐다보았다.

"집 좀 둘러보겠습니다."

너는 문 옆으로 물러났다. 부동산 중개업자를 따라 마담이 문으로 들어섰다. 그녀는 물기를 툭툭 털어내며 네 앞을 지나갔다. 찬바람이 그녀를 따라 네 앞을 지나갔다. 어깨가 움츠러들었다. 마담은 신발을 신은 채 현관에 서 있었다. 방이며, 부엌이며, 거실이며, 작업실인 공간은 종이로 발 디딜 틈이 없었다. 부동산 중개업자는 발로 종이를 밀며 길을 냈다. 마담은 종이 한 장을 집어 들었다. 네가 이틀을 굶고 겨우 찬밥 한 덩이를 얻어먹은 날 쓴 희곡 일부분이었다. 자살하기 위해 옥상에 올라간 젊은 남자가 담배를 피우고 있는 남자를 발견한 장면이었다. 괜찮으니까. 하던 것 마저 하세요. 마음 쓰지 않아도 됩니다, 라고 담배를 피우던 남자가 옥상 난간에 서 있는 젊은 남자에게 말하는 장면이었다.

"저기, 사모님. 신발 벗기 꺼림칙하면 신고 올라오셔도 됩니다. 보다시피 밟고 오셔도 되는 쓰레기이니까요."

부동산 중개업자가 현관에 못 박혀 있는 마담에게 말했다. 그제야 종이에 찍혀 있던 신발 자국에 대한 의문이 풀렸다. 집주인이 네가 사는 방을 내놓았다. 너는 방 주인의 허락 없이도 문을 열고 들어와 방을 훑어볼 수 있다는 사실을 처음 알았다. 처음부터 부동산 중개업자가 함부로 잠긴 문을 열고 들어왔던 것은 아니었다. 몇 번 허탕을 치고 돌아가는 일이 생기자 집주인은 부동산 중개업자에게 열쇠를 넘겨주었다. 부동산 중개업자가 허탕을 치고 갔던 날, 너는 집에 있었다. 하지만 없는 척했다. 창문 아래 쪼그리고 앉아 부동산 중개업자가 그만 문을 두드리고 가버리기를 기다렸다. 그는 끈질겼다. 양손을 망원경처럼 만들어 창문에 대고 집 안을 살폈다. 너는 집에 있는 것을 들킬까 봐 스파이더맨처럼 벽에 붙어 있었다. 숨을 멈춘 채 어둠에 잠겨 있었다. 높은 건물에 둘러싸여 있는 옥탑방은 항상 어두웠다. 햇빛은 창문을 넘지 못하고 마당을 서성거리다 사라져 버렸다. 방은 언제나 심연 같았다. 어두웠고, 고요했고, 고독했고, 시선이 맞닿는 곳마다 어둠이 고여 있었다.

마담은 신발을 벗고 너의 공간으로 발을 내디뎠다. 그녀는 쪼그리고 앉아 바닥에 떨어져 있는 종이를 주웠다. 부동산 중개업자의 미간이 구겨졌다. 너를 볼 때의 표정으로 마담을 쳐다보았다. 마담이 벽 앞에 멈춰 섰다. 벽은 메모장이었다. 벽에 생각나는 대사를 적어 두었다. 인물 관계도가 적혀 있었고, 무대가 그려져 있었다. 스쳐 가는 모든 생각을 벽지에 적어 두었다. 얼굴이 달아올랐다. 마담은 천천히 벽지에 적혀 있는 글을 읽어 나갔다. 너의 마음은 그녀를 가로막고 싶었지만, 오른쪽 엄지만 세게 잡아당기며 서 있을 뿐이었다. 그녀를 가로막은 것은 부동산 중개업자였다.

"벽지는 이사할 때 새로 하시면 됩니다. 전혀 신경 쓸 필요 없죠."

마담은 부동산 중개업자를 무시한 채 너를 향해 돌아섰다. 너의 눈을 응시했다. 잠시였지만 침묵은 무겁게 너의 어깨에 내려앉았다. 그녀가 입을 뗐다.

"전 수집가입니다. 할머니의 할머니도. 또 그 위의 할머니도 수집가였죠. 당신이 남긴 쪽지를 보았어요. 주소가 적혀 있는 쪽지 말이에요. 희곡 작가라는 짧은 메모와 먹을 것을 나눠 달라는 글이 적혀 있는 쪽지 말이에요. 그래서 확인하러 온 것이죠."

일주일째 주택 앞과 시장 입구에 내놓은 바구니가 비어 있었다. '굶고 있습니다. 제발, 음식을 나눠 주세요. 여기에 음식을 넣어 주세요.'라고 쓴 문구에는 잔뜩 낙서가 되어 있었다. 뒈져라, 일하지 않는 자 먹지도 말라, 거지새끼, 찌질한 새끼. 바구니 안의 상황도 마찬가지였다. 음식은 없고 쓰레기뿐이었다. 비닐봉지와 아이스크림 포장지, 씹다 뱉은 껌과 음료수병, 담배꽁초와 누런 가래, 욕설을 적어 놓은 종이가 바구니에 가득했다. 병신, 구걸하지 말고 일을 해. 간혹 점잖은 말투로 훈계를 늘어놓은 글도 있었다. 노동을 통해 정당한 소득과 권리를 누리세요. 처음부터 쓰레기와 욕설이 적힌 종이가 있었던 것은 아니었다. 처음한 달은 주먹밥, 김치, 장아찌, 빵, 쌀 등이 바구니에 담겨 있었다. 두 달째 접어드는 시점부터 음식은 담겨있지 않고, 쓰레기가 담기기 시작했다. 마담은 시장

입구에 놓여 있는 바구니를 보았다고 했다. 쓰레기 속에서 쪽지를 발견했다고 했다. 이것이 마담과 너의 첫 만남이었다. 비바람이 창문을 잡고 흔들어댔던 날, 도둑질을 결심했던 날 마담이 네 앞에 나타났다.

3

너는 양손에 바나나를 쥐고 거실 창가에 서서 잔디가 잘 다듬어진 마당을 내다본다. 햇살이 푸른 잔디 위에 고르게 퍼진다. 너는 양손에 쥔 바나나를 한 입씩 베어 물고 점심에는 닭볶음탕을 먹으면 좋겠다고 생각한다. 너는 창고 앞을 살핀다. 마담이 보이지 않는다. 그녀는 언제나 마당 구석에 있는 창고 앞에서 식사 준비를 한다. 창고 앞에 수도와 조리대가 있다. 마담이 나타난다. 장바구니를 들고 숲에서 나온다. 창고를 경계로 잘 다듬어진 잔디는 끝난다. 창고 뒤는 소나무가 빽빽한 숲이다. 마담은 반찬거리를 구하기 위해 숲으로 들어간다. 숲에서 돌아오는 그녀의 손에는 버섯이 들려 있기도 하고, 도라지가 들려 있기도 하다. 장바구니를 거꾸로 들고 대야에 쏟는다. 버섯이다. 오늘은 버섯을 배불리 먹을 수 있을 것이다. 마담은 언제나 쉴 틈 없이 바쁘다. 너의 생활에 전혀 간섭하지 않는다. 마주치는 일도 거의 없다. 새벽에 일어나서 밤늦게까지 앞치마를 두르고 마당에 있는 창고에서 일한다. 종일 백 포기가 넘는 배추를 다듬을 때도 있고, 스무 마리가 넘는 닭을 삶아 창고로 들고 들어갈 때도 있다. 햇살이 창창하게 좋은 날에는 빨래를 한다. 마당을 가로지르는 빨랫줄에 이불빨래부터 옷가지가 가득 걸려 바람에 나부낀다. 옷의 사이즈도, 모양도, 색깔도 다양하다. 창고에서 무슨 일을 하는지 모르지만, 마담은 바쁘다. 그녀가 고개를 들어 네가 서 있는 쪽을 쳐다본다. 너는 창가에서 물러선다. 한참을 네가 서 있는 쪽을 바라보던 그녀가 창고로 향한다. 어디든 갈 수 있는 네가 접근할 수 없는 곳이 딱 한 곳 있다. 창고. 입주 때 작성한 계약 조건에도 창고 근처에는 가지 않는다, 라는 사항이 명시되어 있다. 너는 짐작할 뿐이다. 창고에 마담이 수집하는 물건들이 - 벽지를 뜯어 마담에게 주었을 때 그녀가 거주하는 이 층이 아닌 창고로 가지고 갔다 - 있을 것이라고.

너는 역시 바나나만으로는 아쉽다고 생각한다. 냉장고 문을 열어 사과를 꺼내 들고 욕실로 들어간다. 카펫에 앉아 욕조 안에 새겨진 이니셜을 응시한다.

D. 문. 1991. 3

이니셜 아래 문장이 흩어져 있다.

입 안에서 부서지는 말. 부서지는 혀. 불온한 성찰. 고압 전선에 목을 매단 달.

이니셜을 발견한 것은 '시인의 욕실'에 입주한 다음 날이었다. 캐리어 위에서 꼬박 하루를 자고 일어나 짐 정리를 시작했을 때였다. 이불을 들고 욕조에 발을 내디딜 때였다. 욕조 수전을 떼어낸 자리 밑에 'D. 문'이라는 이니셜이 박혀 있었다.

네가 알고 있는 'D. 문'은 한 사람이다. 시인이자 희곡 작가. 문학상을 휩쓸고 홀연히 세상에서 사라진 사람. 네가 글을 쓰겠다고 결심하게 만든 사람이었다. 그가 남긴 유일한 희곡 작품은 일인극이었다. 주인공 남자는 글자가 빼꼭하게 적힌 옷을 입고 무대에 섰다. 말을 하고, 사람들을 만나고, 거짓말을 하고, 떠들어댈 때마다 옷에 적힌 글자를 하나씩 잃어버렸다. 종국에 모든 글자를 잃게 된 남자는 벙어리가 되어 버렸다. 네가 희곡 작가가 되겠다고 말했을 때 사람들의 반응이 이랬다. 말을 잃은 사람처럼 너를 물끄러미 쳐다만 보았다. 그리고 한참 후에 되물었다. 희곡 작가가 아직도 이 세상에 있어? 그런 직업이 아직도 존재한다고.

1991년이라면⋯ D. 문의 세 번째 시집이 나왔을 때였다. 그는 시집 끝에 이렇게 썼다. 배를 많이 곯았다. 가난이 뼛속까지 새겨져 많은 단어를 갉아먹었다.

너는 사과를 씹으며 D. 문의 문장을 되씹는다. 배를 곯았다. 부서지는 혀. 불온한 성찰.

너는 자주 헷갈렸다. 미니어처처럼 작고 좁은 옥탑방을 집이라고 불러야 할지 방이라고 불러야 할지 자주 망설였다. 이사를 온 이곳도 마찬가지이다. 이곳을 방이라고 불러야 할지 욕실이라고 불러야 할지 헷갈린다. 양변기는 대소변을 보기 위해 사용되기도 하지만 의자로 사용되는 일도 있고, 욕조는 이불과 베개가 놓인 침대 대용으로 사용하고 있다. 욕실 바닥에는 의류 수거함에서 주워 온 모서리가 낡은 카펫이 깔려 있다. 욕실 수납장에는 수첩, 필기도구, 잡다

한 물품이 놓여 있다. 책은 욕조 벽에 줄 맞춰 있다. 빨래를 바구니에 가득 담아 들고 마담이 문 앞에 서 있다.

"방이 마음에 드나요? 방을 아늑하게 잘 꾸몄네요."

마담은 한 치의 망설임도 없이 욕실을 방이라고 지칭한다. 문 앞에 서서 방을 찬찬히 훑어보고는 만족스럽다는 듯 미소를 짓는다. 너도 마담을 따라 입꼬리를 한껏 올리며 웃는다. 대단히 만족스럽다는 듯이.

"그럼. 이제 유 작가가 하고 싶은 일을 하세요."

마담이 물끄러미 쳐다본다. 하고 싶은 일.

너는 공간이 필요했다. 글을 쓸 수 있는 공간. 추위를 피할 수 있는 공간. 그래서 방인지 집인지 분간되지 않는 옥탑방을 지키고 싶었다. 공간을 사수하는 일은 아주 중요한 문제였다. 전기, 가스, 수도도 끊겼지만, 이 공간은 그가 생명을 – 또 글을 쓸 수 있는 – 이어 갈 수 있는 중요한 공간이었다. 곧 겨울이 오기 때문이었다. 여름과 겨울은 질기고 혹독했고, 봄과 가을은 봄인가, 가을인가 느낄 사이도 없이 사라져 버렸다. 사계절이 뚜렷하다는 말은 옛말이 되어 버렸

다. 봄가을이라고 지칭할 수 있는 기간은 합쳐야 고
작 한 달이 채 되지 않았다. 봄에 피는 꽃은 거의 볼
수 없게 되었다. 여름에는 수은주가 영상 삼십육 도
밑으로 내려온 적이 없었으며 겨울에는 영하 십오 도
를 밑돌았다. 기온은 느닷없이 치솟았다 떨어졌다.
그러므로 공간을 사수하는 일은 생존과 직결된 중요
한 문제였다. 물론 옥탑방도 여름에 미친 듯이 덥고,
겨울엔 더럽게 추운 것은 마찬가지였다. 그렇지만 책
을 짊어지고 길을 떠돌아다닐 수는 없었다. 그렇다고
책을 버릴 수도 없었다. 패딩을 몇 겹씩 입고 이불을
둘둘 말고 추위와 싸워야 하는 모양새가 노숙 생활과
별반 다르지 않았지만 그래도 집이라는, 방이라는 공
간이 있고 없고는 물리적으로도, 심리적으로도 천지
차이였다.

　옥탑방의 집주인이 식빵 한 봉지를 손에 들고 찾
아온 적이 – 집주인을 보는 것은 옥탑으로 이사를 들
어오고 여섯 번째였다. 모두 월세가 밀렸을 때였다 –
있었다. 옥탑방을 내놓았다는 집주인에게 너는 간절
하게 말했다. 여기서 겨울을 나게 해 주세요. 집주인
은 한숨을 내쉬었다.

"염치없다는 것 압니다."

"알면 빨리 짐 빼도록 해. 보게. 우리 집 형편도 그다지 좋지 않아. 겨우 세나 주고 사는 형편인 것 알지 않나."

너는 주인집의 형편을 몰랐다. 금장시계와 용무늬가 정교하게 세공된 굵은 금반지를 끼고 있는 그의 '형편'까지 생각할 겨를이 없었다.

"겨울이 되기 전에 나가게. 친구에게 몇 밤 재워달라고 하고 그곳에 그냥 눌러앉아. 그러면 되지 않나. 친구가 참지 못하고 내쫓으면 다른 친구를 찾아가게. 다른 친구도 참지 못하면 또 다른 친구를. 그렇게 지내는 사이에 유 작가가 유명한 드라마 작가가되어 있을 줄 누가 아나. 아니 분명 유명한 작가가 될거네."

"저는 희곡을 씁니다. 그러니까 드라마 작가가 될일은 없습니다."

"어, 뭐라고? 희곡? 그게 뭔가? 사람들이 모르는일을 하는 것을 보니 유명해지긴 글러 먹었구먼. 사람들이 아는 일을 해. 돈이 되는 일을 하라고. 하긴그건 내가 참견할 일은 아니지만. 어찌 되었든 친구들 집을 순례하다 더는 찾아갈 친구가 남지 않게 되면 길에서 노숙하게. 할 수 없지 않나. 노숙 생활이 글 쓰는 데 좋은 경험이 될 수 있을 거네. 작가는 경험이 중요하지 않나? 하여튼 유 작가는 젊으니 길거리에서 잔다고 죽지 않을 거야. 길거리에서 노숙하는 사람들을 보게. 다들 유 작가보다 나이가 많은 사람들이네. 그런데도 탈 없이 지내지 않나. 지금 이렇게 지내는 것이나 길에서 노숙하는 것이나 뭐가 다른가. 내 말이 틀린가?"

집주인은 네가 손에 꼭 쥐고 있는 식빵 봉지를 내려다보았다. 마음 같아서는 이따위 식빵 필요 없습니다, 하고 팽개치고 싶었지만, 손이 식빵 봉지를 놓지 않았다. 생각해 보니 집주인 말이 맞았다. 뉴스에서 노숙자가 얼어 죽었다거나 더워 죽었다는 말은 들어보지 못했다. 얼어 죽는 사람은 술에 취해 고주망태가 되어 귀가하던 사람들이었다. 더워 죽는 사람들 또한 집을 가진 노인들과 아이들이었다. 노숙자는 얼어 죽거나 더워 죽을 확률보다 장기 밀매 조직의 꼬임에 빠져 장기를 적출당한 뒤 죽을 확률이 더 높았다. 너는 입술을 깨물었다. 다급한 목소리로 쓰리가 속삭였다.

유, 우린 식빵이 필요해.

쓰리의 말을 받아 투가 말했다.

비굴, 치욕이라는 단어 따윈 머릿속에서 지워 버려.

원이 이죽거렸다.

이미 지운 지 오래된 것 아니었어. 바구니를 길거리에 내놓는 순간 말이야. 저 꼰대의 말이 맞잖아.

집주인은 너에게 기한을 정해 주었다.

"보름이네. 보름."

보름이라는 기한은 너무 짧았다. 보름 안에 해결될 일이었다면 집주인의 모욕적인 언사를 참을 필요가 없었다. 그가 정해 준 기한 전에 방을 얻어 이사했을 것이다. 보름이 아니라 한 달, 반년의 기한을 주어도 해결될 문제가 아니었다. 너는 벽에 기대앉아 식빵을 뜯어 먹었다.

다 먹어 치울 생각이야?

쓰리가 물었지만 너는 못 들은 척했다.

야. 먹어. 먹어. 한 번 배 터지게 먹고 뒈져 보자.

원이 큰소리쳤다.

글쎄. 나는 다 먹어 버리는 것에 반대야. 좋은 생각이 아닌 것 같아. 바구니도 이제 별 소용 없잖아.

너는 입 안 가득 식빵을 물고 우물거렸다. 식빵은 입 안에서 점점 동그랗고 커다란 공이 되었다. 삼키려 했지만, 목에 걸리고 말았다. 너는 컥컥거리며 일어나 냉장고를 열었다. 빈 생수병만 있었다. 밤에 공원에 다녀올 생각이었다. 공원 화장실에서 속옷도 빨고, 먹을 물도 받아 올 생각이었다. 그리고 공원에 버려진 음식을 주워 올 생각이었다.

숨을 쉴 수 없었다. 식빵이 목구멍에 걸려 내려가지도 올라오지도 않았다.

아, 씨발 정말 뒈지게 생겼네. 아, 씨발. 아, 병신새끼.

원의 짜증스러운 목소리가 귓속을 긁었다. 너는 어떻게든 삼켜 보려 애썼다. 게워내기는 아까웠다.

뱉어. 뱉어내! 삼키다가는 죽어.

투가 다급하게 소리쳤다. 쓰리는 입도 떼지 못하고 떨고 있었다. 너는 목이 찢어질 것 같았다. 가슴을 세게 때렸다. 야구공만 한 식빵 덩어리가 입에서 튀어나왔다. 일순 조용해졌다. 방바닥에 떨어진 식빵 덩어리를 주시했다. 정지 버튼을 누른 듯 모든 것이 정지되어 있었다. 묘한 긴장감마저 돌았다. 게워낸 식빵은 한 끼로 충분한 양이었고, 하루를 버티기에 충분한 식사가 될 수 있었다. 너는 식빵 덩어리를 향해 손을 뻗었다. 식빵 덩어리는 물컹하고 미끈거렸다. 반을 베어 물고 씹지도 않고 삼켰다. 다른 사람도 아닌 내가 뱉어낸 것 아닌가. 이쯤이면 괜찮아. 괜찮아, 라고 되뇌었다. 원, 투, 쓰리 모두 꿀 먹은 벙어리마냥 조용했다.

지금, 너에게 겨울을 날 수 있는 공간이 있고, 이젠 게워낸 식빵을 먹으며 괜찮다고 생각하지 않아도 된다. 공간은 욕실이었지만 괜찮다. 욕실은 생각보다 안락하고 편안하다. 욕조에 누워 있으면 잠이 쏟아진다. 푹신한 이불 위에 전기매트를 깔고 누우면 천국이 따로 없다. 게다가 맛있는 밥을 걱정 없이 배불리 먹을 수 있다. 그러나 부른 배를 안고 이불에 들어가면 아무 생각도 하고 싶지 않았다.

마담이 다시 말한다.

"하고 싶은 일을 하세요. 이곳을 방으로 사용할 것인지 욕실로 사용할 것인지는 유 작가가 결정할 일입니다. 양변기를 의자나 좌식 책상으로 사용할지 똥 오줌을 누는 변기로 사용할지 그것은 유 작가가 결정할 일이라는 것이죠. 어떤 선택을 하냐에 따라 이곳의 사용 용도는 달라지겠죠. 부디 하고 싶은 일을 하세요."

마담은 조용히 문을 닫는다. 너는 욕조에 모로 누워 그녀의 말을 생각한다. '하고 싶은 일을 하세요.' 하고 싶은 일. 몇 번이고 입 속으로 되뇐다. 희곡을 쓰고 싶은가. 희곡을 써야 하는가. 무엇을 하고 싶은가.

4

아무것도 하지 않은 채 여름을 맞았다. 그사이 겨울은 어김없이 찾아왔고 너는 욕조 안에서 보내는 시간이 더 많았다. 욕조에 누워 책을 읽지만, 온전히 읽은 책은 한 권도 없었다. 책을 펼쳐 보지만 몇 쪽 읽지 못하고 잠 속으로 빨려 들었다. 잠에서 깨면 조도가 높은 주광색 형광등이 욕실을 고르게 비추고 있었다. 지나칠 정도로 밝은 흰빛이었다. 욕실에서 생활하다 보면 시간을 가늠하기 어려웠다. 그것은 창문이 없어서이기도 하지만 너무 밝은 주광색 빛 때문이라고 너는 생각했다. 덕분에 시간은 모호해지고, 생활 방식을 지키고 자신을 지키는 일이 점점 힘들어졌다. 잠깐만 자고 일어나려 했는데 꼬박 하루를 자고 일어나는 경우가 허다했다. 그럴 때면 잠에서 깬 날이 새로운 오늘인지, 잠들기 전의 어제인지 구분하기 힘들었다. 그래서 불을 꺼 보기도 했다. 하지만 불을 끄고는 단 오 분도 버틸 수 없었다. 밀도 높은 어둠이 발목을, 손목을, 목을 옭아맸다. 산 채로 땅에 묻힌 것처럼 고통스러웠다. 몇 번을 어제 같은 오늘을, 오늘 같은 내일을 보내면서 생각했다. 굳이 어제와 오늘을, 내일을 구분할 필요 있을까. 어제도 오늘 같고, 오늘도 어제 같은데. 굳이. 그리고 욕조에서 빠져나와 냉장고에서 아침, 점심, 저녁이라고 써진 밥을 한꺼번에 꺼내 먹었다. 위가 팽팽해졌다. 만족스러웠다. 몸 전체가 위로 이루어져 있는 것 같았다. 이젠 굶지 않게 되었는데도 있을 때 먹어 두어야 한다는 생각은 변하지 않았다. 먹는 것을 보면 몽땅 입 안으로 밀어넣어야 안심되었다. 위가 아플 정도로 팽팽해져도 먹는 것을 멈출 수 없었다. 먹고 자고, 다시 먹고 자는 일이 반복되었다. 그사이에 몸무게가 급속도로 늘어

욕조에 바로 누우면 몸이 끼었다. 옥탑방에서 가져온 옷은 죄다 맞지 않아 마담이 가져다준 옷을 입었다. 사이즈는 자주 바뀌었다. 지금은 성인 남자 두 명이 들어갈 수 있는 사이즈의 옷을 입는다. 옷을 갈아입고 나온 너를 보며 마담이 물었다.

"지내기 불편하지는 않나요?"

마담이 너를 빤히 쳐다보았다.

"불편하지 않습니다."

"다행이네요. 산책은 하나요?"

너는 이쑤시개처럼 가늘어진 팔다리를 웅그렸다. 산책은 준수 사항은 아니었지만, 권고 사항으로 계약 조건에 있었다.

"산책해 보는 것은 어떨까요? 사람이 오가는 낮에 말이에요. 사람들이 생활하는 모습도, 풍경도 구경하며 햇빛을 듬뿍 받는 것도 좋을 것 같아요. 그럼 글을 쓰는 데."

마담이 말을 멈춘다. 마담은 네가 글을 쓰지 않는다는 것을 알고 있었다. 너는 죄지은 사람처럼 고개를 숙이고 손가락만 만지작거렸다.

그토록 원하던 추위와 더위를 피할 수 있는 공간

이 생겼고, 굶지 않아도 되자 이상하게도 도무지 글을 쓰고 싶다는 생각이 생기지 않았다. 희곡은 여전히 옥상 난간에 서서 자살하려는 남자의 장면에 멈춰 있었다. 걱정하지 않고 먹고 잘 곳이 생기자 남자에게서 자살할 이유가 사라져 버렸다. 남자는 너무 오래도록 난간에 서 있었으므로 자신이 왜 이곳에 서 있는지 잊어버렸다. 너는 난감했다. 그 남자는 왜 죽으려고 했을까, 왜? 이렇게 행복한데. 너는 난간에 서 있는 남자를 생각하다 달콤한 잠에 빠졌다.

마담은 작아서 입을 수 없는 옷을 받아 들고 너를 건너다보았다. 그녀의 검은 눈동자 안에 네가 보름달처럼 차올랐다.

너는 입에 샌드위치를 물고 욕조에 눕는다. 여름이 지나면 겨울이 올 것이다. 계약 기간은 일 년이었다. 너는 그것보다 욕실에서 오래 살고 싶었지만 말하지 못했다. 계약금도 없었고, 월세도 없었다. 벽지를 뜯어 주는 것으로 일 년 동안 무상으로 이곳에서 먹고 잘 수 있었다. 계약을 연장할 것인지 아닌지는 일 년 후에 결정하자고 했다. 계약 기간이 끝나면 너는 갈 곳이 없다. 막막하다. 너는 공원 화장실, 역사 화장실, 빌딩 화장실. 수많은 화장실을 떠올린다.

한동안 백화점과 마트의 화장실과 시식 코너를 이용했던 적이 있었다. 백화점 화장실은 너의 옥탑방보다 넓고 깨끗했다. 따뜻한 물이 나왔고, 향긋한 비누가 있었다. 백화점 화장실은 여름엔 시원했고, 겨울엔 따뜻했다. 옥탑방은 패딩을 입은 채 이불을 뒤집어쓰고 있어도 한기가 뼛속까지 스몄다. 백화점 화장실에는 휴식을 취할 수 있는 일인용 가죽 소파와 테이블이 여러 개 있었다. 마음대로 사용할 수 있는 전기 콘센트도 있었다. 화장실이라기보다는 휴게실에 가까웠다. 너는 한동안 백화점 화장실에서 생활했다. 노트북을 들고 백화점 남자 화장실로 향했다. 화장실에서 밤새 참았던 대소변을 해결하고, 세수하고, 비치된 핸드크림을 얼굴과 손, 목까지 꼼꼼하게 바르고 소파를 차지하고 앉았다. 남자 화장실 청소 시간은 정해져 있었고, 그 시간 외에는 화장실을 관리하는 담당자가 – 화장실을 이용하는 사람도 많지 않았다 – 나타나지 않았다. 너는 청소 시간에는 식료품 코너를 돌았다. 식료품 코너에 설치된 시식 코너를 돌고 나면 청소 시간은 끝나 있었다. 그럼 화장실의 안락한 소파는 너의 차지가 되었다. 그렇게 화장실에서 한 달쯤 지내고 있을 때였다. 그날도 평소와 다름없이 소파에 앉아 희곡을 쓰고 있었다. 자살하려고 옥상 난간에 서 있는 남자가 담배를 피우는 남자에게 화를 내는 장면이었다. 콜록콜록. 담배 연기가 이리로 오지 않습니까. 나는 담배를 아주 싫어합니다. 그렇군요. 저는 애연가입니다. 여자 없이는 살아도 담배 없이는 살 수 없죠. 콜록콜록. 담배 연기 때문에 곧 죽을 것만 같습니다. 제발 저리로 가 주세요. 참나. 죽는 것이 당신 자유이듯이 담배를 피우는 것도 내 자유입니다. 담배 연기가 당신에게 날아가는 것까지 내가 어떻게 할 수 있겠습니까? 정 담배 연기가 싫으면 연기가 닿지 않는 곳으로 자리를 옮기세요. 그럼 당신은 방해받지 않고 하던 일을 계속할 수 있겠죠. 며칠째 이 장면에 멈춰 있었다. 머리카락을 쥐어뜯고 있을 때였다. 뒤에서 기침 소리가 들렸다. 뒤돌아보았다. 이름표를 가슴에 단 백화점 관리자가 서 있었다.

"잠깐 저와 함께 가실까요."

너는 노트북 전원을 껐다. 태연한 척했지만, 손은 방향을 잃고 허둥거렸다. 볼펜을 집어 들다 떨어뜨렸고 어댑터는 엉망으로 엉켜 버렸다. 배낭을 열다 멈췄다. 배낭 속에 백화점 화장실에서 가지고 온 화장지 뭉치가 있었다. 힐끔 관리자를 쳐다보았다.

"천천히 하십시오."

관리자는 허둥대는 너를 재촉하지 않았다.

유. 튀어.

원이 흥분해서 소리쳤다.

도망간다고 해결된 문제가 아니야. 조용히 따라가. 그리고 잘못했다고 빌어.

투가 짜증스러운 목소리로 말했다.

어쩌면 좋아. 어떻게 해. 유.

쓰리는 울고 있었다. 너는 관리자의 안내에 따라 이동했다. 관리자가 멈춘 곳은 통제실이었다.

"앉으세요."

관리자가 너에게 의자를 내주었다. 너는 가방을 가슴에 끌어안고 의자에 앉았다.

"커피를 한 잔 드릴까요? 커피 좋아하시죠?"

관리자는 너에게 커피를 내어 주고 녹화된 CCTV

를 틀었다. 화면에 네가 있었다. 백화점 입구로 들어서는 너, 에스컬레이터를 타는 너, 화장실로 들어서는 너, 가방을 안고 화장실 칸으로 들어가는 너, 세수하고 비치된 핸드크림을 바르는 너, 시식 코너를 도는 너, 시식 코너에서 받은 커피를 들고 화장실로 향하는 너, 고객 센터에서 커피믹스를 들고 오는 너, 화장실 소파에 앉아 글을 쓰는 너. 화면에 너의 일상이 다큐멘터리처럼 담겨 있었다. 관리자는 CCTV를 통해 너를 지켜보고 있었다. 관리자가 화면을 껐다. 너는 무릎을 가지런히 모으고 앉았다.

"고객님, 이제 저희 화장실을 사용하시면 안 됩니다. 시식 코너도 마찬가지입니다. 사용하지 않겠다고 약속하시면 보내 드리겠습니다."

아, 씨발. 대충 알았다고 해. 쪽팔리게 이게 뭐냐.

원이 성질냈다. 너는 잔뜩 주눅 든 얼굴로 고개를 끄떡였다.

"알겠습니다. 가셔도 됩니다."

관리자가 비켜섰다. 빨리 통제실을 빠져나가고 싶었지만, 다리가 후들거려 제대로 걸을 수 없었다. 불현듯 관리자가 문을 열고 나가려는 너를 불러 세웠다.

"저기. 개인적으로 궁금해서 말입니다. 그 남자, 옥상 난간에 서 있는 남자요. 죽게 되나요? 살게 되나요? 죽게 내버려 두진 않을 거죠?"

너는 통제실 문을 박차고 나와 출구를 찾아 뛰었다. CCTV가 너의 뒤를 쫓았다.

5

너는 마담의 권고를 받아들이기로 했다. 산책을 시작했다. 욕조에 몸이 낀 채 빠져나오지 못해 낑낑거리던 날 결심했다. 바로 누운 것도 아니고 모로 누웠는데 몸이 꼈다. 몇십 분 동안 욕조와 실랑이 끝에 겨우 몸을 뺄 수 있었다. 너는 욕조에 걸터앉아 생각했다. 욕조에 껴서 죽는 것은 볼썽사나울 뿐 아니라 욕조에 대한 모독이다. D. 문의 글이 새겨진 욕조가 아닌가. 너로 인해 욕조를 부술 수밖에 없는 사태가 벌어지는 것을 원치 않았다. 너도 D. 문의 이니셜 옆에 이니셜을 새겨 넣었다. D. 문처럼 멋진 글을 새겨 넣고 싶었지만 떠오르지 않아 그것은 뒤로 미루기로 했다. 글을 전혀 쓰지 않는 지금 같아서는 글을 새겨 넣는 것이 막연하게 느껴졌다.

거실을 가로질러 마당을 걸어 나오는데도 땀이 비 오듯 쏟아진다. 마당은 잡초 한 포기 없이 정갈하다. 네가 지나가는 자리마다 잔디가 맥없이 주저앉는다. 너는 코를 벌름거린다. 마당 가득 음식 냄새가 진동한다. 창고 안에서 나는 냄새다. 너는 숨을 몰아쉬며 발을 내디딘다. 냄새를 따라 움직인다. 숨이 차오르고 토할 것만 같다. 주저앉고 싶다. 주저앉으면 혼자서는 일어날 수 없다. 너는 주위를 살핀다. 창고 문이 열려 있다. 창고 안에 마담이 있을 것이다. 그녀가 없더라도 몸을 지지할 수 있는 도구는 있을 것이다.

창고 안 돼. 마담이 말했잖아.

너는 화들짝 놀란다.

가지 마.

투, 쓰리가 합창하듯 동시에 말한다. 오랜만에 듣는 투, 쓰리의 목소리이다. 몸무게가 느는 속도에 반해 원, 투, 쓰리의 말수는 줄어들었다. 근래에 들어서는 전혀 말을 하지 않았다. 조용했다. 새근새근 숨소리는 들리지만 말소리는 들리지 않았다. 원, 투, 쓰리는 네가 말하고 걷기 시작하면서부터 줄곧 함께하며 너의 일에 참견하고 떠들어댔다. 귀가 아플 정도로 시끄러울 때가 많았다. 성가셨다. 그런데 네가 먹고 자는 데 시간을 모두 쓰는 동안 원, 투, 쓰리는 겨울잠에 빠진 것처럼 조용해졌다. 불편한 침묵이지만 아무 일도 일어나지 않으므로 괜찮다고 생각했다. 네게 붙은 재수 없는 옴이 떨어져 나간 것 같았다. 괜찮았다.

너는 듣지 못한 척한다. 걷기 힘든 것은 둘째고 냄새의 유혹을 버텨내기 힘들었다.

기분이 좋지 않아. 머리가 아파.

실제로 머리가 아플 턱이 없는데 쓰리는 두통약이 필요한 사람처럼 군다.

이건 계약 위반이야. 당장 쫓겨날지도 몰라.

투의 말에 너는 발을 멈춘다. 당장 쫓겨난다면. 길거리에서 생활해야 한다. 곧 겨울이 올 텐데, 라는 생각까지 미치자 망설여진다.

들어가지 않으면 되잖아. 밖에서 보는 것이 뭐가 문제가 된다고 그래.

원이 이제야 잠에서 깬 듯 잠긴 목소리로 말한다.

근처라고 했어. 창고 근처에 오면 안 된다고.

투가 계약 조건을 다시 상기시켰지만 너의 발은 창고 쪽으로 향하고 있다. 후각이 이미 이성을 마비

시킨 상태이다. 투와 쓰리가 와글와글 떠들어댔지만
하나도 들리지 않는다. 어느새 창고 앞에 서 있다.

절대 들어가서는 안 돼. 절대.

투가 말렸지만 너는 창고 안으로 발을 내디딘다.
창고는 깨끗하다. 패브릭 삼인용 소파와 탁자, 책상
과 스탠드가 창고 중앙에 놓여 있을 뿐이다. 스탠드
불빛이 떨어지는 곳을 제외하면 모두 어둠이다. 너는
코를 벌름거린다. 음식 냄새는 창고 안에서 난다. 너
는 음식 냄새를 찾아 움직인다. 멈춘다. 벽에 문이 있
다. 어른 키의 반 정도밖에 되지 않는 문이다. 음식 냄
새는 문 너머에서 난다. 문을 연다. 계단이 있다. 계단
은 지하로 이어지고 있다. 너는 고개를 밀어 넣는다.
고기 굽는 냄새, 고소한 참기름 냄새가 침샘을 자극
한다. 너는 다리부터 밀어 넣는다. 문을 통과하는 것
이 이만저만 힘든 일이 아니다. 결국 몸이 문에 껴 오
도 가도 못하게 된다. 원, 투, 쓰리가 떠들어대기 시작
한다. 애를 써도 몸은 빠지지 않는다.

내가 이럴 줄 알았어. 마담이 나타나면 어쩌려고
그래. 나, 너무 무서워. 어떻게 해. 진작 살을 뺐어야
지. 어지간히 먹어야지.

당황스러울 정도로 너의 몸은 퍼즐 조각처럼 문에 꼭 맞았다. 마담을 기다리는 수밖에 없다고 생각한다. 삼십 분쯤 지났을 때 지하에서 마담의 목소리가 들린다.

"마담, 마담! 살려 주세요."

너는 발을 동동거리며 소리친다.

"유 작가님? 거기서 뭐 하세요."

"몸이 문에 꼈어요. 꺼내 주세요."

네가 문에 껴 있는 이상 마담도 꼼짝할 수 없이 갇힌 신세이다. 마담은 너를 문밖으로 밀어내려 했지만 조금도 밀리지 않는다. 별수 없이 너를 지하로 끌어내리기로 하고 다리에 밧줄을 맨다. 너는 밧줄을 맨 채 그대로 있다. 십 분쯤 지나자 마담의 목소리가 들린다.

"도와주세요. 자, 여러분! 하나, 둘, 셋 하면 당기는 겁니다."

너는 지하에서 무슨 일이 벌어지는지 모른다. 마담이 힘차게 하나, 둘, 셋을 외치자 엄청난 힘으로 몸이 당겨진다. 문에서 몸이 빠지면서 지하로 끌려 내려간다. 일어나려 했지만 일어날 수 없다. 몸이 비대해져 짚을 곳 없이는 혼자 일어날 수 없다. 버둥거리는 너를 마담이 내려다본다. 마담의 등 뒤로 다른 얼굴이 나타난다. 그 뒤로 또 다른 얼굴, 얼굴. 그 얼굴 속에 아는 얼굴이 있다.

D. 문이다.

"자, 이제 다들 들어가도 됩니다. 고맙습니다."

"어, 저기, 저기."

네가 손을 뻗었지만 D. 문은 몸을 돌려 사라진다. 마담이 너를 일으킨다. 너는 D. 문이 사라진 복도를 가리킨다.

"방금. 저기로 사라진 사람. 시인 D. 문이었죠? 맞죠?"

마담은 표정 없이 너를 건너다본다. 그녀의 검은 눈동자 속에 네가 사로잡혀 있다.

"전에도 말했듯이 저는 수집가입니다. 유 작가님."

너는 삼계탕을 먹는다. 두 마리째이다.

밖은 이미 겨울일 것이다. 지하로 내려온 이후 지상으로 올라가지 않았다. 통로는 좁고 너는 통로에 비해 너무 컸다. 너는 살이 빠지지 않도록 관리하고 있다. 혹시라도 살이 빠져 문을 통과하게 되지 않을까, 염려하며 전보다 많이 먹고 있다. 마담도 너를 말리지 않는다.

얼마 전 너는 희곡을 완성했다. 초고가 거의 완성되었을 때 지하에서는 열띤 토론이 이루어졌다. 담배 피우는 남자가 죽어야 한다는 쪽과 살아남는 것이 맞다는 쪽으로 나뉘어 당위성을 주장했다. 의견은 좁혀지지 않았다. 그래서 희곡은 두 가지 버전으로 완성되었다. 곧 지하의 중앙홀에서 공연될 예정이었다. 홀이라고 하지만 삼인용 소파 한 개와 일인용 소파 세 개가 놓여 있을 뿐이었다. 극 중 인물인 담배 피우는 남자와 자살하려는 남자는 세 번째 복도 5호실에 사는 장 배우와 첫 번째 복도 2호실에 사는 윤 배우가 맡아 준비했다.

지하에 머물게 된 후 원, 투, 쓰리는 목소리를 잃었다. 조용했다. 평화로웠다. 나쁜 일은 일어나지 않았다. 그러므로 괜찮았다. 네게 붙었던 옴은 지하로 내려오는 문을 통과하면서 떨어져 나간 것 같았다. 괜찮았다. 너는 정말 괜찮다고 생각했다.

유령들

요단의 아이들은 모두 참기 힘든 냄새가 났다. 머리
에서, 입에서, 눈에서, 겨드랑이에서, 사타구니에서, 땀
구멍에서 상한 음식 냄새가 났다. 루도 그들 중의 한 명
이었고 냄새 때문에 신경 쓸 일은 전혀 없었다. 냄새를,
악취를 인식하게 된 것은 온에게서 '좋은 냄새'를 맡은
후였다.

1

이든강 하류에 도시의 쓰레기가 유입되었다. 루는 외발 수레를 끌고 나왔다. 동도 트지 않은 새벽이었다. 사위를 분간할 수 없는 어둠이 길 곳곳에 켜켜이 박혀 있었다. 루의 외발 수레는 튀어나온 돌부리도, 움푹 파인 웅덩이도, 대나무로 묶어 만든 다리도 한 번에 통과할 수 있었다. 루는 이 길을 누구보다도 잘 알고 있었다. 루는 요단에서 태어나고 자랐다. 눈을 감고도 다닐 수 있을 정도로 요단과 이든강은 루에게 익숙했다. 그런데 루의 외발 수레가 땅에 박혀 움직이지 않았다. 어젯밤 소나기가 지나갔다. 소나기가 내린 탓도 있었지만 요단은 우기였다. 습한 바람이 불었다. 건기 동안 하늘은 단 한 방울의 비도 내려주지 않았다. 강이 바닥을 보이고 모습을 드러낼 쯤이면 비가 쏟아지기 시작했다. 건기에는 강바닥의 쓰레기가 고스란히 드러났다. 쓰레기를 수집하기 수월해졌지만 먹고 마실 물이 부족했다. 요단에는 중간이 없었다. 한 방울의 비도 오지 않거나 구멍이 뚫린 듯 쏟아지거나 둘 중 하나였다. '적당히'라는 말은 요단과 어울리지 않았다. 사람들도 마찬가지였다. 빈번하

게 싸움이 벌어졌지만 죽일 듯이 싸우다가도 패자가
되면 찍소리도 하지 않고 물러났다.

우기의 요단은 아수라장으로 변했다. 이든강은
시도 때도 없이 범람했다. 일주일 전 지나간 태풍은
나흘 내내 요단에 비를 쏟아부었다. 도로보다 낮게
위치한 집은 침수되어 얼마 되지도 않는 세간이 떠내
려갔다. 쓰레기 더미 옆에 지어진 집은 쓰레기가 덮
쳐 무너졌다. 쓰레기에서 나온 썩은 물이 길가에, 집
안에 고였다. 땅은 항상 물기를 머금고 있었다. 루의
외발 수레가 습기 가득한 땅에 박혀 움직이지 않았
다. 이 상태라면 외발 수레는 물건을 실어도 제 역할
을 하지 못할 확률이 컸다. 루는 좌우로 흔들며 발로
바퀴를 차올렸다. 덜컹. 루는 손잡이를 잡은 채 모로
쓰러졌다. 앞바퀴는 땅에 그대로 박혀 있었다. 난감
했다. 외발 수레는 중요한 돈벌이 수단이었다. 도시
의 고물상까지 고물을 싣고 나르는 데는 외발 수레의
역할이 컸다. 외발 수레가 없으면 많이 가지고 갈 수
없었고 힘도 배로 들었다. 막막했지만 지금은 망가진
외발 수레를 생각하고 있을 여유가 없었다. 루는 앞
바퀴를 외발 수레에 담아 집에 끌어다 놓고 쓰레기로

뒤덮인 길을 내달렸다. 늦게 도착하면 좋은 자리는 남아 있지 않을 것이며 좋은 물건도 건질 수 없었다. 쓰레기 더미에서 쓸 만한 물건을 건지기 위해서는 좋은 자리를 선점하는 것이 중요했고, 이를 알아볼 수 있는 숙련된 감각이 필요했다. 일찍 도착한다고 해서 좋은 물건을 건지는 것은 아니었다. 다른 아이들보다 늦게 도착해도 값나가는 물건을 건져 가는 아이도 있었다. 숙련된 감각이 없다면 종일 있어도 제대로 된 물건 하나 건지기 어려웠다. 숙련된 감각을 가지고 있지 않은 초짜라면 어쩔 수 없이 누구보다 빨리 쓰레기 더미에 도착해 쓰레기를 파헤치는 것이 중요했다. 루는 숙련된 감각은 없었지만 좋은 눈과 손의 감각을 가지고 있었다. 좋은 물건은 아니지만 괜찮은 물건을 건졌다. 좋은 물건은 언제나 온의 몫이었다. 온은 좋은 물건을 찾아내는 탁월한 감각을 가지고 있었다. 돈이 되는 물건을 귀신같이 찾아냈다. 고철, 플라스틱 용기, 운동화, 슬리퍼 등. 루도 쓰레기 더미에서 작동이 되는 텔레비전을 – 물론 한 채널밖에 나오지 않았지만 – 찾아내기도 했다. 루는 텔레비전을 팔고 싶지 않았지만 아버지는 텔레비전 따위는 우리 집에서는 아무 소용 없는 물건이라고 잘라 말했다.

온은 루와도 다른 아이들과도 확실히 달랐다. 온은 금장시계를 찾았다. 남자가 팔목에 차고 있었다. 남자는 쓰레기와 섞여 허리가 꺾인 상태였다. 남자의 머리는 몽둥이로 얻어맞았는지 함몰되어 있었다. 시체를 발견하는 것은 특별한 일이 아니었다. 이든강이 범람하면 쓰레기 더미 속에 시체가 섞여 하류로 흘러왔다. 발견되는 시체는 부패가 한참 진행된 상태일 때도 있었지만 그렇지 않을 때도 있었다. 부패가 한참 진행되었든 아니든, 코가 썩을 것 같은 냄새를 풍기며 쓰레기보다 더 쓰레기 같은 자태로 버려졌다. 신분을 알아볼 수 있는 물건은 아무것도 없었으며, 성별을 구분하기 힘든 경우도 있었다. 쓰레기 더미에 묻혀 해골이 될 때까지 발견되지 않는 경우도 많았다. 발견된 시체는 여자인 경우 착용하고 있는 싸구려 액세서리와 속옷과 신발을, 남자인 경우 옷과 신발을 벗겼다. 금장시계를 습득하는 일은 천지가 개벽하는 일만큼 진귀한 일이었다. 보통 시계와 반지 같은 귀중품은 시체가 쓰레기 더미에 버려지기 전에 도난당했다. 온은 재빨리 금장시계를 벗겨 주머니에 넣었다.

쓰레기 더미에는 없는 것이 없었지만 대체로 쓸데없는 것들이었다. 책이 그랬다. 쓰레기 더미에서 책이 발견되면 온에게 던져 주었다. 무용한 물건이 온에게는 유용하게 쓰였다. 온의 누나, 제인은 책을 읽었다. 글을 읽고 쓸 줄 알았다. 요단에서는 아무짝에도 쓸모없는 특이한 재주였다. 글을 읽고 쓸 수 있는 사람은 요단에서 흔치 않았다. 게다가 여자가 글을 읽고 쓸 수 있다는 것은 가물에 콩 나듯 – 콩은 먹을 수나 있지 글을 읽고 쓰는 일은 먹고사는 데 하나도 보탬이 되지 않았다 – 드문 일이었다. 제인은 온이 만들어 준 평상에 모로 누워 책을 읽었다. 기이한 풍경이었다. 온이 새로운 책을 가져다줄 때까지 낡은 책을 반복해서 읽으며 하루를 보냈다. 루가 부채로 파리 떼를 쫓으며 책을 읽는 제인을 힐끗거리며 온에게 물었다.

"네 누나, 제인 말이야. 어디 아프냐?"

"글쎄."

온은 애매하게 대답했다. 온도 사실은 제인이 아픈 것인지, 아프지 않은 것인지 정확히 알지 못했다.

제인이 다른 사람들보다 기운 없고, 약한 것은 사실이었다. 하지만 어디가 딱히 아프다고 말할 수는 없었다.

"글쎄라니, 뭐야!"

요단에서 쓸모없이 집 안에서 빈둥대는 여자는 없었다. 말하고 걸을 수 있는 나이가 되면 동생을 돌보거나 집안일을 도왔다. 루가 보기에 제인은 쓸모없는 여자였다. 루가 볼 때마다 제인은 평상에 누워 책을 읽고 있었다. 검지에 침을 묻혀 책장을 넘기며 천천히 부채질하는 모습은 마치 요단에서 벌어지는 일은 자신과는 상관이 없는 일이라 말하는 것 같았다.

루가 쓰레기 더미에 도착했을 때에는 이미 서너 명의 아이들이 쓰레기 더미를 뒤적거리고 있었다. 루는 쓰레기 더미를 휘둘러보았다. 끝이 보이지 않았다. 끝없이 펼쳐진 쓰레기 더미가 이든강 하류를 뒤덮고 있었다. 문득, 쓸쓸하고 비루해졌다. 쓰레기가 내뿜는 냄새가 더 지독하게 느껴졌다. 온이 있을 때는 쓰레기를 줍는 일이 힘들어도 위안이 되었다.

온은 쓰레기 더미를 떠났다.

쓰레기 더미에 루만 남겨졌다. 온은 쓰레기를 주우러 이든강에 올 필요가 없었다. 루는 온이 어떤 연유로 도시에서 일하게 되었는지 몰랐지만 부러웠다. 도시에서 일하게 된 온은 가장 가지고 싶어 하던 배트맨 셔츠를 입고 있었다. 청바지에 반짝반짝 광이 나는 구두를 신은 온은 근사했다. 온의 몸에서는 더 이상 쓰레기 냄새가 나지 않았다. 좋은 냄새가 났다. 루가 킁킁거리며 냄새를 맡자 별거 아니라는 듯 옷을 쓸어내렸다. 루는 온이 도시에서 어떤 일을 하는지 궁금했다. 도대체 어떤 일을 하는데 하루아침에 모양새가 백팔십도 바뀔 수 있는지 궁금했다. 온의 외모만 백팔십도로 바뀐 것은 아니었다. 말투도 변했고, 표정도 변했다. 말을 하면서 추임새처럼 '씨발'을 중간에 섞어서 말했다. 그때마다 눈이 무섭게 번뜩였다. 그런 온을 루는 생경하게 바라보았다. 쓰레기를 주우면서도 하지 않던 욕을 도시에서 일하게 되면서 하고 있었다. 루는 온에게 도시에서 무슨 일을 하는지 물었다. 온은 한쪽 눈을 찡긋하며 말했다.

"비밀이야. 너는 몰라도 돼."

루가 아무리 물어도 온은 대답해 주지 않았다. 대

신 온은 루에게 집에 있는 어머니와 제인을 돌봐 달라고 부탁했다. 온은 '너와 나는 형제 같은 친구이니까'라고 말했다. 도시에서 일하게 된 온은 어머니와 누나만 집에 남게 된 것을 걱정했다. 아직 요단에서 도시로 출퇴근하는 온은 집으로 돌아오지 않는 경우가 많았다. 돌아온다고 하여도 새벽이나 아침이 되어서야 파죽음이 되어 집으로 기어들어 왔다. 낮에는 내내 자다 어둑해진 저녁이 되기 전에 다시 도시로 갔다.

"도시로 이주할 때까지만. 해 줄 수 있지?"

온은 루의 눈을 응시했다. 온의 표정에는 이미 루의 대답을 들은 것 같은 확신이 있었다. 루는 온이 도시로, 라고 말할 때 눈동자에서 반짝이는 빛을 보았다. 루는 속으로 되뇌어 보았다. 도시로. 꿈같았다. 눈을 감으면 보이지만 눈을 뜨면 사라져 버리는 실재하지 않는 곳. 보이지만 손이 닿지 않는 곳. 도시는 잡히지 않는 꿈이었다.

재수가 좋았다. 제인에게 줄 책을 발견했다. 또 자동차 와이퍼를 주웠다. 와이퍼 말고도 밥솥과 칼을 주웠다. 그리고 뜯지도 않은 통조림과 봉지에 밀봉된 빵을 주웠다. 루는 자루에 물건을 쑤셔 넣으며 하늘을 올려다보았다. 회색빛 하늘이 낮게 가라앉아 있었다. 태양은 무거운 눈꺼풀을 겨우 치켜뜨고 백태가 낀 희뿌연 눈동자로 세상을 힘겹게 내려다보았다. 루는 자루를 단단히 묶고 집으로 향했다. 요단에서는 쓰레기만큼 흔한 것이 벌레와 개였다. 구덩이마다 썩은 물이 고여 있었고, 썩은 물이 있는 곳에는 파리 떼와 구더기가 구물거렸다. 구더기가 구물거리는 썩은 물에 개는 고개를 박고 철퍽철퍽 물을 마셨다. 골목마다 갈비뼈가 앙상하게 드러난 개가 누워 있었다. 개들은 몸에 부스럼이 피어 있었다. 부스럼 때문에 수시로 피가 나도록 몸을 긁었다. 발로 긁어내지만 간지러움도, 부스럼도 쉽게 몸에서 떨어지지 않았다. 결국 바닥에 누워 뒹굴었다. 바닥에 몸을 비비고, 비비고 또 비비고 몸에서 시뻘건 피가 나고서야 부스럼이 떨어졌다. 부스럼이 떨어지고, 피부가 벗겨진 자리에는 벌건 속살이 드러났다. 며칠이 지나면 벌건 살 위로 새살이 올라오고, 딱지가 앉고, 다시 부스럼이 피었다. 루가 골목으로 들어서자 누워 있던 개들이 고개를 들었다. 개는 혀를 길게 빼물고 구정물이 쿨렁쿨렁 올라오는 골목을 가로질렀다. 루의 주위를 맴돌았다. 루는 자루를 움켜쥐었다. 개는 루의 뒤를 어슬렁거리며 따라왔다. 개가 미지근하고 끈적거리는 긴 혀로 루의 다리를 쓱, 핥았다. 나눠 먹자는 뜻이었다. 루는 자루를 말아 쥐었다.

"저리 꺼져."

루는 자신을 뒤따르는 개에게 돌을 던졌다. 깨갱, 날카로운 비명 소리가 골목을 따라 길게 늘어졌다. 하지만 개는 멀리 가지 않았다. 저만치에서 루를, 손에 든 자루를 보고 있었다. 개도 지금 먹지 않으면 종일 굶어야 한다는 것을 알고 있었다. 루는 개를 경계하며 걸음을 빨리했다. 개는 끈질기게 루를 따라왔다. 루는 다시 개를 향해 돌을 집어 던졌다. 돌은 개의 앞에, 옆에 혹은 썩은 물이 고인 웅덩이에 떨어졌다. 루는 걸음을 재촉했다. 걸을 때마다 쓰레기에서 흘러나온 오물을 머금은 땅에서 찰박찰박 소리가 났다. 이든강 하류를 벗어나자 개도 더 이상 따라오지 않았다. 개도 루보다 어린아이들을 공격하는 것이 더 쉽고, 먹을 것을 획득할 확률이 높다는 것을 오랜 경

험을 통해 알고 있었다. 루는 속도를 늦춰 걷기 시작
했다. 공기는 덥고 끈적거렸다. 습도가 높아 아무것
도 하지 않아도 몸은 불쾌할 정도로 끈적거렸다. 온
몸이 땀과 쓰레기 오물과 악취로 뒤섞여 움직일 때
마다 역한 냄새가 났다. 루는 씻고 싶었다. 악취를 풍
기며 제인에게 책을 주러 가고 싶지 않았다. 예전의
루는 냄새에 민감한 사람이 아니었다. 골목마다 썩은
물이 넘쳤고, 악취가 코를 쏘았다. 악취는 익숙한 냄
새였다. 요단의 아이들은 모두 참기 힘든 냄새가 났
다. 머리에서, 입에서, 눈에서, 겨드랑이에서, 사타구
니에서, 땀구멍에서 상한 음식 냄새가 났다. 루도 그
들 중의 한 명이었고 냄새 때문에 신경 쓸 일은 전혀
없었다. 냄새를, 악취를 인식하게 된 것은 온에게서
'좋은 냄새'를 맡은 후였다. 불현듯 루의 몸에서 지독
한 냄새가 났다. 씻어도 냄새는 사라지지 않았다. 제
인도 루에게서 나는 고약한 냄새를 맡을 것이라고
생각하니 얼굴이 붉어졌다. 루는 제인을 생각했다.
책을 준다면 제인은 어떤 표정을 지을까. 제인은 한
번도 좋은 기색을 내비치지 않았다. 그저 담담히 책
을 받았다. 그래도 루는 쓰레기 더미에서 책을 찾았

다. 어느 순간부터 쓰레기 더미에서 고물을 찾는 것보다 책을 찾는 일에 집중하게 되었다. 책을 찾으면 기뻤고, 책을 찾지 못하면 울적했다. 알 수 없는 것은 책을 가져다주어도 빈말로도 고맙다는 말을 하지 않고, 자신을 위해 웃어 준 적도 없는 제인을 보러 가는 일이었다. 제인을 생각하는 동안 기운이 빠지고 걸음이 처졌다. 고개를 숙이고 맥없이 걷는 루의 손에 누군가 전단지를 쥐여 주었다. 고개를 들었다. 골목을 기웃거리는 사람들을 보았다. 우기 때에는 종종 도시에서 사람이 들어왔다. 도시에서 온 사람들은 전단지를 붙이거나 집 안으로 던져 넣었다. 우기가 지나고 나면 많은 사람들의 배 속에서 장기가 사라졌다. 전단지를 붙이는 사람들 사이에 온이 있었다. 햇빛이 비추지 않아도 온의 구두는 반짝였다. 온의 모습을 보게 된 것은 이 주일 만이었다. 온은 구두에 오물이 묻지 않도록 웅덩이에 고인 썩은 물을 피해 가며 조심해서 걸었다. 잔뜩 미간에 힘을 주고 인상을 쓴 채 전단지를 붙이고 있었다. 루가 온의 곁으로 다가섰다. 온은 놀란 기색도 없이 고개를 돌리고 루를 쳐다보았다.

"온, 오랜만이야."

온은 대답 대신 루를 머리에서부터 발끝까지 천천히 훑어 내렸다. 그리고 손에 들고 있던 전단지를 루에게 주었다.

"곧 필요하게 될지도 모르겠다. 씨발, 할 생각이 있으면 꼭 나에게 말해야 해."

"뭐? 무슨, 말인지."

"도시로 들어가는 길이 막혔어. 씨발. 너희들은 도시로 들어갈 수 없다고."

너희들은. 루는 속으로 되뇌었다. 온은 자신과 루를, 요단의 사람들을 분리해서 말하고 있었다. 온은 자신은 요단에 속하는 사람이 아닌 것처럼 말했다.

"전염병이 돌기 시작했단 말이야. 씨발. 씨발, 요단의 사람들은 도시로 들어갈 수 없어."

"너는?"

"나야 씨발 당연히 도시에 갈 수 있지."

온은 당연한 것을 묻는다고 생각했다. 온은 자신이 루와 요단의 사람들과는 다른 종류의 사람이라고 생각했다. 온은 지갑에서 등록증을 꺼내 루의 코앞에 내밀었다.

"나는 주민 등록증이 씨발 생겼거든."

온은 자랑스럽게 웃었다. 온은 요단의 사람들과도 루와도 제인과도 확실히 달라졌다. 요단에 사는 사람들은 출생 등록증과 주민 등록증이 없는 사람들이었다. 출생은 등록했지만 주민 등록은 되지 않았거나 등록되었다고 하여도 말소된 사람들이었다. 요단에 사는 사람들은 서류상으로는 어디에도 존재하지 않는 유령들이었다.

루는 자루를 내려다보았다. 전염성 질병이 발생하면 요단 사람들의 도시 출입이 통제되었다. 도시로 가는 길이 막혔다면 고물은 그냥 쓰레기에 지나지 않았다. 고물상은 도시에 있었기 때문에 고물을 주워도 내다 팔 수 없었다. 도시를 출입할 수 없게 되면 생계는 더욱 막막해졌다. 우기가 끝난다고 하여도 출입 통제는 언제 풀릴지 몰랐다. 이 시기에 나타나는 사람들이 장기 밀매꾼과 인신매매 업자였다. 루는 전단지를 펼쳐 보았다. 그림과 글씨가 섞여 있는 전단지 아래 전화번호가 있었다. 요단의 많은 남자들은 장기 밀매꾼들에게 장기를 팔았다. 얼마 전 옆집 아들은 신장을 팔았다. 신장을 팔았기 때문에 쓰레기를 줍는 일을 하지 않아도 되었다. 루가 어머니에게 옆집은 차를 살 거래. 그걸로 도시에서 택시 영업을 할 거라던데, 라고 말했다. 어머니는 고개도 돌리지 않고 말했다. 꿈도 꾸지 마. 꿈에도 생각하지 마. 장기를 파는 것은 절대, 절대 하면 안 돼. 어머니는 단호했다. 그 바람에 루는 쓰레기 더미에서 악취를 참아 가며 쓰레기를 주웠다. 온처럼 쓰레기 더미에서 금장시계를 줍는 일은 없었으므로 쓰레기를 주워 고물상에 파는 수밖에 없었다. 점심나절까지 쓰레기를 주워 고물상에 팔면 가족이 하루 먹을 수 있는 식비가 빠듯하게 나왔다.

"루, 가족 모두 배불리 먹을 수 있어. 씨발. 언제까지고."

'언제까지고'라는 말은 맞지 않았다. 한동안 배불리 먹을 수 있지만 언제까지나 배불리 먹을 수 있는 것은 아니었다. 루는 살아생전 만져 볼 수 없다고 생각했던 금액의 돈이 손가락 사이로 모래알처럼 빠져나가는 것을 보았다. 가난은 덫과 같아서 한번 걸리면 절대로 빠져나갈 수 없었다. 발버둥 치면 칠수록 살을 파고들어 근육을 찢고, 뼈를 부수어 버렸다. 다시는 탈출이라는 생각 따위는 하지 못하도록 혹독한 고통을 맛보게 했다. 그럼에도 불구하고 빠져나가고 싶다면 방법은 하나였다. 덫에 걸린 발목을 잘라내는 것이었다.

루는 전단지를 자루 속에 쑤셔 넣었다. 온은 뒤로 물러나며 손을 휘휘 저었다. 루는 자루에서 책을 꺼내 온에게 내밀었다.

"뭐야?"

"책."

순간, 온의 얼굴이 일그러졌다. 루가 오랫동안 책을 들고 있었지만 온은 책을 받지 않았다. 루는 책을 자루에 도로 넣었다. 온의 눈동자가 검게 타 버린 태양 같았다. 무엇인가에 잡아먹혀 버린 것 같은, 다 타 버리고 재만 남은 것 같은 눈동자. 루는 자루를 묶으며 온에게 말했다.

"도시에서 전단지 붙이는 일을 하나 봐."

온은 히죽 웃으며 말했다.

"씨발. 이건 내가 하는 일 중 아주 작은 일에 지나지 않아. 물론 우기 때는 이것만큼 중요한 일이 없긴 하지. 그러니 루, 너도 나한테 협조 좀 해."

2

쓰레기 더미에서 쓰레기를 줍는 사람은 루밖에 없었다. 전염병이 돌고, 도시 출입이 통제되면서 쓰레기를 주우러 오는 아이들은 없었다. 루는 열심히 쓰레기를 뒤적거렸다. 우기의 이든강은 탐욕스러운 돼지 같았다. 많은 것을 집어삼키고 토했다. 이든강의 의지는 아니었다. 비가 오면 도시의 쓰레기뿐 아니라 바다의 쓰레기, 요단의 쓰레기까지 이든강으로 밀려왔다. 우기를 이용해 몰래 이든강에 쓰레기를 투척하는 경우도 많았다. 생활 쓰레기부터 산업 쓰레기까지 다양하게 이든강으로 유입되었다. 수저, 찢어진 비닐, 부서진 상자, 고무, 다리가 세 개밖에 없는 의자, 공책, 죽은 사람, 죽은 동물, 뿌리가 뽑힌 나무, 드럼통 등과 섞여 폐유, 하수 오물, 화학 약품이 이든강으로 흘러들었다. 우기에 태풍이 지나가면 이든강은 이 모든 것을 안고 범람했다. 이든강 일대는 난장판이 되었다. 우기에 발생하는 태풍은 강력했다. 지붕이 날아가고, 집이 무너졌다. 사람들이 죽었다. 태풍은 한 해 동안 스물두 번 요단을 지나갔다. 태풍이 지날 때마다 집은 무너졌고, 사람들은 쓰레기를 주워다가 다시 집을 지었다. 요단의 사람들은 무너진 집을 다시 짓는 일에 익숙했다. 태풍이 지나가고 나면 전염성 질병이 급속도로 번졌다. 전염병에 걸리면 별다른 치료도 받지 못하고 요단의 사람들은 죽어야 했다. 누구도 요단의 사람들을 도우려 하지 않았다. 도시의 사람들은 요단의 사람들이 병을 옮긴다고 생각하였고, 출입을 통제했다.

온의 아버지도, 형도, 남동생도 전염병으로 죽었다. 며칠을 고열에 시달리며, 먹은 것도 없이 구토를 하고, 울며 헛소리를 하다 죽었다. 온은 아버지, 형, 남동생을 차례로 쓰레기 더미에 내다 버려야 했다. 쓰레기 더미에는 온의 가족뿐 아니라 다른 사람들의 가족도 버려졌다. 쓰레기 더미는 거대한 공동묘지 같았다. 온이 가족의 생계를 떠맡게 된 것은 그때부터였다. 제인이 학교에 다니지 못하게 된 것도 그때였다. 선교사가 운영하던 학교가 문을 닫았다. 가난을 이겨내기 위해서는 반드시 교육받아야 합니다, 라고 집집마다 다니며 설득하던 선교사가 전염병으로 죽었다. 아무도 요단에 들어오려 하지 않았다. 선교 단체에서는 학교를 운영할 적임자를 아직 찾지 못했다는 말만 되풀이했다. 선생님도 없는 학교에 마지막까지 등교한 학생은 제인이었다. 태풍으로 지붕이 날아간 교실에 앉아 채 다 배우지도 못한 철자를 암송했다. 다음 날도, 다음 날도 학교에 갔다. 학교는 제인이 가는 동안에도 조금씩 무너졌다. 오른쪽 벽이 무너지고, 왼쪽 기둥이 무너지고, 축대가 무너졌다. 마지막 날 제인은 학교에 들어갈 수 없었다. 학교는 콘크리트 덩어리로 변해 있었다. 제인은 무너진 학교 앞에 서 있었다. 그날 제인은 가슴에서 푸드득 무엇인가 빠져나간 것을 느꼈다.

루는 자루를 밀쳐놓고 쓰레기 더미에 앉았다. 마당과 집 안에 고물이 쌓여 있었다. 아버지는 화를 냈다. 어차피 내다 팔 수 없는 것, 태풍이 지나가면 모두 쓰레기로 변해 버릴 것을 주워 오지 말라고 했다. 잘못하면 태풍이 지나갈 때 쓰레기에 깔려 죽을 수도 있다며 화를 냈다. 말끝에 아버지는 구석에 누워 있는 형을 보며 하나같이 쓸모없는 것들만 집에 있다며 혀를 찼다. 형은 아침도 먹지 못하고 앓는 소리를 내며 모로 누워 있었다. 어머니는 담담한 표정으로 형의 옆구리에서 흘러나오는 고름을 닦았다. 루는 아침

밥도 먹지 않고 자루를 들고 나왔다. 아버지의 성난 목소리가 뒤통수를 때렸다. 내 말이 말 같지 않은 거냐? 병이라도 옮으면 어쩌려고 그러는 거야. 도대체. 그만 주워 오라고. 아버지는 장기 밀매꾼의 전화번호가 적힌 전단지를 루에게 집어 던졌다.

요단의 아버지들이 그렇듯 루의 아버지도 일할 능력이 없었다. 딱히 어디가 아프다고 말할 수 없지만 항상 아팠다. 아버지는 루에게 항상 말했다. 너도 어쩔 수 없이 장기를 팔게 될 거야. 형을 봐. 루의 형은 장기를 팔고 싶어도 팔 수 있는 장기가 없었다. 이미 오 년 전에 장기를 팔았다. 형에게 남은 것은 배에서 옆구리까지 이어지는 커다란 흉터와 통증이었다.

형은 장기를 팔아 오토바이를 샀다. 오토바이로 물건을 나르는 일을 시작했다. 루의 가족은 꿈에 부풀었다. 돈을 모아 도시로 이주할 계획이었다. 꿈은 꿈일 뿐이었다. 수술 부위에서는 진물이 흐르고, 날이 궂으면 수술 부위가 칼로 도려내는 것처럼 아파서 일을 할 수 없었다. 형 대신 아버지가 오토바이를 타고 물건을 나르다 사고가 났다. 승용차에 받혔다. 오토바이는 미끄러져 버스 밑에 쑤셔 박히고, 아버지는 튕겨 올라 보도 위로 떨어졌다. 팔에 금이 갔다. 깁스를 한 아버지의 표정은 밝았다. 합의금이 나올 것이라며 웃었다. 몇 날이 지나도 합의금에 대한 소식이 없어 차 주인을 찾아가자 도리어 차 수리비가 청구될 것이라고 으름장을 놓았다. 형과 아버지는 오토바이 운전면허증도, 영업 면허증도 없었다. 당연했다. 면허증 같은 것이 있을 리 없었다. 요단의 사람들은 대부분 출생증명서도, 주민 등록증도 없으니까. 따져 물을 곳도 없었다. 억울하다고 말해도 들어 주는 사람이 없었다. 오토바이를 고칠 돈이 없었다. 오토바이를 담보로 돈을 빌렸다. 오토바이를 수리하고 영업은 계속했지만 빌린 돈을 갚을 수 없었다. 버는 대로 돈을 가져다 바쳐도 빚은 줄어들지 않고 늘어났다. 결국 오토바이를 팔아야 했다. 오토바이를 팔아 받은 돈은 고스란히 대부업자에게 돌아갔다. 남는 것은 아무것도 없었다.

루는 쓰레기를 주워 쓰레기 더미 아래로 던졌다. 쓰레기가 떨어진 지점이 와르르 무너졌다. 루도 알고 있었다. 언젠가는 장기를 팔게 될 것이라고. 그날이 가까워지고 있다는 것을.

제인은 잠시 표정 없이 루를 건너다보다 책을 받았다.

"온이 없네. 얼굴 보기 힘드네. 요새 어디를 다니는지 알아?"

제인이 알 리 없다는 것을 알면서도 물었다. 제인은 대답도 하지 않고, 고개를 가로젓지도 않고, 루를 똑바로 쳐다보았다. 루는 멋쩍어 손으로 코를 비볐다.

"온에게 물어봐. 온은 아침에 들어와. 낮에 내내 자고, 어둑해지면 다시 나가. 좀 있으면 들어올 거야. 기다리겠니?"

루는 고개를 숙이며 대답했다.

"그러지. 뭐."

루는 입구에 쪼그리고 앉았다.

"들어와. 들어와서 기다려."

루는 제인을 따라 집 안으로 들어갔다. 살림살이가 늘었다. 온의 가족이 곧 도시로 이주하게 될 것이라는 소문이 사실인 것 같았다. 루는 요단을 벗어날 수 있다고 생각해 보지 못했다. 요단에 사는 사람들은 죽어도 요단을 벗어날 수 없었다. 요단을 벗어나는 길은 인신매매되거나 고물을 팔러 나갔다 객사하는 길밖에 없었다. 여자들은 요단을 벗어나기 더욱 힘들었다. 여자들이 요단을 벗어나는 길은 도시의 창녀가 되는 수밖에 없었다. 벗어난다고 하여도 죽으면 요단의 쓰레기 더미로 되돌아왔다. 루는 건너편에 다소곳이 앉아 있는 제인을 힐끔 쳐다보았다. 유난히 긴 목, 밋밋한 가슴, 부러질 것 같은 허리, 작은 엉덩이. 발육이 덜 된 소녀 같았다.

루는 제인을 걱정하던 온의 말이 생각났다. 제인 말이야. 열일곱 살 아니야? 라고 묻는 말에 온은 그렇지, 하며 한숨을 내쉬었다. 이미 혼기가 꽉 차 있었다. 혼기를 놓치면 아프지 않아도 제구실을 하지 못하는 아픈 사람으로 소문났다. 열일곱 살이나 된 제인을 아무도 거들떠보지 않았다. 요단의 여자들은 대부분 열네 살이 되기 전에 결혼했다. 열여덟 살이 넘으면 혼담도 들어오지 않았다. 열여덟이 되어도 혼담이 들어오지 않는다면 평생 혼자 살아야 하는 경우가 많았다. 그렇지 않다면 포도송이처럼 자식이 주렁주렁 달린 남자의 후처로 들어가는 수밖에 없었다.

루는 깨끗하고 흰 제인의 손을 물끄러미 쳐다보았다. 사실 쳐다보고 있는지 몰랐다.

"오늘은 오지 못하나 봐."

화들짝 놀라 제인을 올려다보았다.

"간혹 들어오지 않는 날도 있어. 요즘은 간혹이 아니라 자주이지만. 오늘도 그런 날인가 보다."

루는 의아한 얼굴로 제인을 건너다보았다. 그런데 왜 제인은 기다리라고 했을까. 루는 제인의 말이 무슨 뜻을 담고 있는지 해석하느라 머리가 복잡해졌다. 제인의 마음을 읽어 보려 했지만 소용없었다. 제인이 표정 없는 얼굴로 루를 쳐다보고 있었다. 루는 자리에서 일어났다.

"그럼 가 봐야겠다."

"아침 먹었니?"

루는 제인을 뚫어지게 쳐다보았다.

"너도 알겠지만 우리 집에 먹을 것이 많아."

제인은 통조림을 뜯어 통째 내놓았다. 캔에는 살코기가 담겨 있었다. 처음 맛보는 것이다. 제인은 먹지 않았다. 루는 게걸스러워 보이지 않도록 최대한 조금씩 천천히 먹었다.

"도시로 가는 길이 막혔다는데 뭘 먹고 사니?"

"먹을 것. 없지. 그래서 장기를 팔려고."

"왜?"

"왜라니? 돈이 없으니까. 돈을 벌어야 하니까. 그래서 온을 찾고 있어."

루는 입을 손등으로 닦으며 제인을 쳐다보았다.

"온은 나도 찾고 있어. 어머니는 도시로 가는 길이 막혔다고 하는데도 매일 도시로 가는 길을 기웃거리고 있어. 어머니는 온에게 분명 무슨 일이 생겼다고 믿고 있어. 네가 온을 찾아 주었으면 해."

루는 제인을 물끄러미 쳐다보았다.

"온이 죽은 것 같아."

표정도 없이, 흔들림도 없이 제인은 일상적인 이야기를 하듯 말했다.

"죽었다면 분명 저기 있겠지."

제인은 창문 너머의 쓰레기 더미로 고개를 돌렸다.

"우기잖아. 곧 태풍이 몰려올 거야. 그럼 온을 찾을 수 없을 거야."

금장시계를 들고 건장한 사내들이 온을 찾아왔었다. 제인은 그날도 평상에 누워 파리 떼를 쫓으며 책에서 아는 단어를 찾고 있었다. 사실 제인이 아는 단어는 몇 개 되지 않았다. 읽고 쓰기를 완벽하게 배우기 전에 학교는 문을 닫았다. 제인은 책을 펼쳐 놓고 학교에서 배웠던 단어를 찾는 것을 좋아했다. 그날도 더듬더듬 단어를 조합해 책의 내용을 유추하고 있었다. 제인은 사내들이 포주라고 생각했다. 사내들이 찾아오기 며칠 전, 제인은 온이 들고 온 자루에서 지폐 뭉치를 보았다. 온이 사창가에 자신을 팔아 버린 것이라고 짐작했다.

"아가씨, 말 좀 물읍시다. 여기에 이 시계 판 남자가 살고 있다던데. 맞나요?"

사내는 신사처럼 말했다. 제인은 책을 덮고 일어나 앉아 햇빛을 가리고 서 있는 사내들을 올려다보았다. 사내들의 얼굴이 보이지 않았다. 한낮인데도 사내들이 서 있는 곳은 캄캄한 어둠처럼 검었다.

"이름이 온이라고 하던데."

"아니오. 여기에 그런 사람은 살고 있지 않아요."

제인은 태연히 거짓말을 했다. 목소리가 하도 평온해 정말 제인에게 온은 모르는 사람 같았다. 사내가 제인을 향해 허리를 굽혔다. 어둠 속에서 사내의 얼굴이 튀어나왔다. 검게 번들거리는 얼굴. 그 위로 섬뜩한 웃음이 번졌다.

"여기라고 하던데."

제인은 천연덕스럽게 말했다.

"온이라는 소년은 여기 살고 있지 않아요."

"나는 소년이라고 말하지 않았는데."

그때 쓰레기를 들고 온이 들어왔다. 사내는 온과 제인을 번갈아 보았다. 사내는 온에게 다가가 물었다.

"네가 온이냐?"

온은 쓰레기 자루를 땅에 내려놓고 고개를 끄떡였다. 사내는 뒤돌아서서 한참 동안 제인을 쳐다보았다. 제인은 책을 집어 들고 사내를 등진 채 평상에 모로 누웠다. 온은 사내들을 데리고 쓰레기 더미로 갔다. 사내들은 길을 걷는 내내 바지를 털며 욕을 했다. 쓰레기 더미에서 흘러나온 썩은 물과 냄새는 감당하기 어려울 정도였다. 사내들은 바지에 묻은 구정물을 털어내는 것을 포기했다. 대신 한 손으로 코를 감싸 쥐고 다른 손으로 몰려드는 파리 떼를 쫓았다. 온은 쓰레기 더미에서 금장시계를 차고 있던 남자를 찾았다. 이미 부패가 상당히 진행된 상태였기 때문에 사내들이 찾는 남자인지 알 수 없었다. 사내 중 한 명이 허리에 손을 얹고 있는 사내들에게 입을 벌려 보라고 했다. 사내들은 당황했다. 하지만 어쩔 수 없다는 듯 쪼그리고 앉아 입 안을 살폈다. 없는데요. 없다고? 양쪽에 금니가 하나씩 있을 텐데. 그게 아니라 이빨이 하나도 없어요. 사내는 온을 쳐다보았다. 온은 입을 삐쭉거리며 말했다. 이빨은 처음부터 하나도 없었어요. 그럼, 시계는 이 남자의 것이 확실하지? 네. 사내들에게 소리쳤다. 야, 들어. 사내들은 난감한 얼굴로 서로를 쳐다보았다. 온이 사내들을 밀쳐내고 시체를 들쳐업었다. 살점이 떨어져 나갔다. 정강이뼈가 툭하고 떨어졌다. 온은 쓰레기 더미에서 비닐을 찾았다. 사체를 비닐로 쌌다. 사내들은 비닐을 들고 요단을 빠져나갔다. 며칠 뒤 사내 중 한 명이 온을 다시 찾아왔다. 온은 사내를 따라 도시로 갔다.

아직도 온을 찾지 못했다. 루는 육 일째 쓰레기 더미를 뒤지고 있었다. 육 일 중에 삼 일은 비가 내렸다. 땅이 마를 틈도 없이 비는 쏟아졌다. 어머니는 매일 자루를 들고 나가는 루를 걱정했고, 아버지는 화를 내며 전단지를 루의 발밑에 던졌다. 헛짓거리하지 말고 여기에 전화나 해 봐. 루는 못 들은 척 자루를 어깨에 메고 나왔다. 바람이 얼굴로 달려들었다. 골목에 사람도, 개도, 파리 떼도 보이지 않았다. 골목을 빠져나오자 굵은 빗방울이 후드득후드득 떨어졌다. 태풍이 몰려오고 있었다. 며칠 전 사람들은 근심스러운 얼굴로 잔뜩 성난 표정을 짓고 있는 하늘을 올려다보았다. 삽시간에 모든 것을 날려 버릴 태풍이라고 했다. 바람이 불 때마다 지붕이, 벽이 와들와들 떨었다.

쓰레기 더미에는 아무도 없었다. 제인과 루뿐이었다. 루는 제인에게 집으로 돌아가라고 했지만 듣지 않았다. 비가 앞을 분간하지 못할 정도로 쏟아지기 시작했다. 바람이 거세졌다. 쓰레기가 날아다녔다. 더듬거리며 앞으로 나아갔지만 뒤로 물러나는 폭이 더 컸다. 몇 번이고 뒤로 넘어져야 움직일 수 있었다. 비틀거리던 제인이 쓰레기 더미 아래로 굴러떨어졌다.

"제인! 제인!"

루가 아래로 미끄러져 내려갔다. 제인이 보이지 않았다. 제인, 제인. 빗소리에 루의 목소리가 묻혔다. 제인의 자지러지는 비명이 들렸다. 루는 비명이 들리는 쪽으로 몸을 던졌다. 제인은 주저앉은 채 와들와들 떨고 있었다. 고개를 숙인 채. 루는 제인의 시선이 머문 곳을 보았다. 배트맨 셔츠가 보였다. 음식물 쓰레기에 파묻혀 있었다. 루는 쓰레기를 치웠다. 온이었다. 배트맨 셔츠가 배에서 가슴까지 가위질되어 있었다. 온의 몸은 도굴꾼이 지나간 무덤 같았다. 눈이 있어야 할 자리에 검은 구멍이 깊게 뚫려 있었다. 감히 들여다볼 엄두도 낼 수 없을 정도로 어두운 칠흑. 눈을 감겨 주려 해도 감겨 줄 수 없었다. 눈꺼풀까지 말끔히 도려내진 상태였다. 제인은 손을 덜덜 떨며 피가 묻은 얼굴을 쓸어내렸다. 검붉은 피가 얼굴에 번졌다. 장기는 모두 적출된 상태로 배는 봉합되지 않은 채 아무렇게나 벌어져 있었다. 가죽만 남아 있었다. 도륙된 짐승과 다르지 않았다. 배에는 장기 대신 피가 묻은 솜뭉치와 거즈가 들어 있었다. 버려진 후 쓰레기 더미에서 들어갔을 법한 과자 비닐봉지와 슬리퍼 한 짝. 그리고 구더기가 배 속에 들끓었다. 문득, 온이 있는 자리가 내려앉았다. 루는 온의 손을 잡았다. 쓰레기 더미가 무너져 내렸다. 온이 쓰레기 더미 속으로 빨려 들어가고 있었다. 제인이 루의 어깨를 잡았다.

"손을 놓아."

온이 쓰레기와 함께 쓰레기 더미로 빨려 들어갔다. 하늘이 조각날 것 같은 천둥이 친 것은 그때였다. 근처 마을의 집 지붕이 차례로 하늘로 떠올랐다.

금장시계를 발견하던 날, 온은 남자에게서 다른 물건도 하나 더 발견했다. 금장시계를 주머니에 넣고 주위를 살피며 일어서려 할 때 남자의 입 안에서 무엇인가 반짝 빛나는 것을 보았다. 온은 남자의 입을 두 손으로 벌렸다. 입에 얼굴을 가까이 대고 입 안을 살폈다. 금니가 있었다. 양쪽 어금니에 한 개씩. 온은 짧은 순간 생각했다. 일생일대 한 번 올까 말까 하는 운이 나에게 온 것이라고. 온은 자신의 머리만 한 돌을 들고 와서 남자의 턱을 내려쳤다. 턱이 으스러지는 소리가 들렸다. 온은 손가락을 입에 넣고 휘저어 이를 꺼냈다. 사기 조각 같은 이 조각을 손바닥에 올려놓았다. 금니가 햇빛을 받아 반짝이며 아름답게 놓여 있었다. 사금을 고르듯 금니를 골라냈다. 그날 온은 뒤도 돌아보지 않고 집을 향해 뛰었다. 금장시계와 금니를 천으로 단단히 싸 그릇에 담아 옷으로 덮었다 도로 꺼냈다. 책 뒤에 숨겼다 다시 꺼냈다. 집 안을 둘러보았다. 금장시계와 금니를 숨기기에 마땅한 곳이 없었다. 결국 제인이 사용하는 평상 밑의 모서리에 천을 묶었다. 평상에 기대앉아 숨을 골랐다. 집 안 공기가 달라진 것을 느꼈다. 느적느적 허공을 떠다니던 습하고 무거운 공기 입자가 얼음송곳처럼 차갑고 날카로워졌다. 소름이 돋았다. 문득, 무서워졌다. 어머니는 항상 말했다. 무엇인가 줄 때는 그만큼 가져가는 것이, 잃는 것이 있다고 했다. 세상에 공짜는 없다고 했다. 작든 크든 대가가 따른다고 했다. 분수껏 살아야 한다고 말했다. 온에게 천지가 개벽할 일이 하루에 동시다발적으로 두 번이나 일어났다. 온몸에 한기가 느껴졌다. 내가 잃게 될 것. 그것이 무엇이든 지금 이 순간은 그것들을 생각하고 싶지 않았다. 내가 잃게 되는 것.

심상치 않은 하늘을 올려다보며 중얼거리는 제인의 목소리가 들렸다.

"태풍이 오고 있어. 삽시간에 모든 것을 날려 버릴 태풍이야."

태양 속으로 한 발짝

    폭염이 계속되자 노인들과 몸이 약한 사람들은 더위를 견디지 못하고 죽어 갔다. 온 동네에 시체 썩는 냄새가 진동했다. 가족이 있는 사람은 땅에 묻혔지만 혼자 사는 노인은 집이 곧 무덤이 되었다. 가장 견디기 힘든 것은 물을 구할 수 없다는 것이었다. 밤낮으로 태양이 식을 줄 모르고 타오르자 저수지마저도 바닥을 보였다.

1

유성이 떨어졌다. 유성이 북쪽 하늘을 가르고 해바라기가 융단처럼 펼쳐진 지상에 떨어졌다. 유성이 떨어진 자리에는 지름 이십 미터가 넘는 거대한 웅덩이가 생겼다. 화연은 술잔을 정리하는 중이었고, 상이는 테이블을 정리하고 있었다. 가게 전체가 흔들렸다. 유리 창문이 거미줄처럼 금이 갔다. 화연과 상이는 창문을 통해 해바라기 숲에 유성이 떨어지는 것을 보았다. 삼 주일 동안 마을 서쪽을 뒤덮고 있던 안개가 걷힌 밤이었다. 안개가 마을을 뒤덮고 있는 동안 밤이면 괴물들이 마을로 내려왔다. 마을로 내려온 괴물은 농장에 있는 오리를 잡아먹고 사라졌다. 아침이 되면 대가리만 남은 오리가 농장에서 발견되었다. 보초를 섰지만 소용없었다. 바로 앞에 있는 사람도 구분할 수 없을 정도로 짙은 안개 속에서 출몰하는 괴물을 막기에는 역부족이었다. 속수무책이었다. 금방이라도 숨넘어갈 듯한 오리 울음소리가 안개 속에서 찢어졌다.

조사단이 파견되었다. 조사단은 운석 주위에 노란 테이프를 두르고 '접근 금지'라는 푯말을 꽂았다.

사람들이 테이프 주위에 몰려들었다. 조사단은 삼십
삼 도가 넘는 더운 날씨에 장갑과 장화까지 착용하고
웅덩이로 들어갔다. 상이와 화연은 창틀에 턱을 괴고
앉아 웅덩이 속으로 사라지는 조사단을 보았다. 상이
가 창틀에 올라섰다. 조사단은 보기에도 답답한 작업
복을 입고 운석 주위를 뒤뚱거리며 걸어 다녔다.

"저기 있잖아. 자고 일어나면 팬티에 하얗고 물컹
한 것이 묻어 있어."

화연은 상이를 쳐다보았다. 상이는 창문에 얼굴
을 바짝 붙이고 있었다. 한 달 전보다 키가 한 뼘은
더 큰 것 같았다.

"몽정을 시작했구나."

"몽정?"

"사춘기에 접어들었다. 징그러운 남자가 된다. 이
제 곧 어른이 될 거다. 뭐 그런 거지."

창문에 얼굴을 고정한 상이의 옆얼굴이 빨갛게
달아올랐다. 조사단은 운석 주위의 흙을 비닐 주머니
에 담고 운석 조각을 떼어서 마을을 떠났다. 조사단
이 떠나고 사흘 뒤 서쪽 언덕에서 오리 농장을 운영
하던 노인이 죽었다. 노인을 발견한 사람은 가사일을

돕는 돌연변이였다. 가사 도우미 돌연변이는 겉모습이 영락없는 어린 소녀였다. 열두 살쯤 되어 보이는 나이였지만 사람들 말에 의하면 벌써 십오 년째 노인의 집에서 가사를 돌보고 있다고 했다. 십오 년 전 노인의 집에 처음 왔을 때의 모습과 전혀 달라진 것이 없다고 했다. 돌연변이 말에 의하면 노인은 온몸에 붉은 반점이 돋아 있었다고 했다. 노인이 죽고 사흘 뒤 돌연변이도 죽었다. 입에 거품을 물고 노인이 앉아 있던 소파에 앉아 있었다. 죽은 돌연변이 옆에 돌연변이와 똑 닮은 열두 살 소녀가 서 있었다. 조사단은 돌연변이 시체를 거둬 갔다. 돌연변이와 똑 닮은 소녀는 조사단과 함께 마을을 떠났다. 돌연변이가 죽은 지 사흘 뒤 노인이 키우던 오리가 모두 죽었다. 모두 모이통에 대가리를 처박고 있었다. 마을이 술렁거렸다. 전염병이 마을을 휩쓸어 버릴 것이라는 소문이 마을을 순식간에 휩쓸었다. 조사단이 다시 마을을 찾아왔다. 조사단은 농장에 노란 테이프를 두르고 오리를 거둬 갔다. 조사단이 떠나고 방역복을 입은 사람들이 나타났다. 방역복을 입은 사람들은 두 조로 나누어 마을을 돌았다. 연기가 안개처럼 피어올랐다.

방역팀이 철수하자 의료팀이 나타나 마을 사람들에게 항생제를 나누어 주었다. 항생제를 받아먹은 사람들은 죽지 않았다. 마을은 다시 평온을 되찾았다.

2

간판이 바람에 흔들렸다. 화연과 상이가 사는 술집은 해바라기에 둘러싸여 부표처럼 보였다. 바람이 불 때마다 부표는 흔들리고 떠밀렸다. 해바라기가 흔들렸다. 바람은 서쪽에서 불어오고 있었다. 감기에 걸린 듯 쿨룩거리는 자동차 엔진 소리가 바람과 함께 날아왔다.

"누가 오는지 봐 봐."

상이는 나무를 타는 다람쥐처럼 재빠르게 풍향계 꼭대기로 올라갔다.

"조사단이야?"

화연은 고개를 길게 빼고 상이를 향해 소리쳤다.

"트럭이야. 샘 아저씨 트럭."

상이는 풍향계에서 내려와 화연 옆에 쪼그리고 앉았다. 낡은 트럭이 흙먼지를 일으키며 화연과 상이 앞에 멈춰 섰다. 샘이 옷에 묻은 흙먼지를 털며 트럭에서 내렸다. 샘이 오른손을 들고 화연을 향해 흔들었다. 화연이 치마를 쓸어내리며 돌아섰다. 상이가 치맛자락을 잡았다. 반대쪽 트럭 문이 열리고 여자가 내렸다. 여자는 엉덩이가 반쯤 보이는 초미니 반바지를 입고 있었다. 샘이 여자를 아래위로 훑으며 흐뭇하게 웃었다. 샘은 상자를 들고 안으로 들어갔다. 여자는 글자가 떨어져 나간 간판을 올려다보았다. 빈 간판이 바람에 깃발처럼 펄럭였다. 그나마도 몇 자 남아 있지 않았던 글자가 운석이 떨어지던 날 모두 사라져 버렸다. 여자는 허공을 향해 말했다.

"노래를 부르고 싶어요."

여자의 시선이 천천히 화연 쪽으로 떨어졌다.

"나는 가수예요."

화연을 향해 웃었다. 화연은 치맛자락을 잡은 상이 손을 쳐내고 동그란 이마 위로 흘러내린 머리카락을 쓸어 올렸다.

"우리 가게는 술만 팔아. 그리고 노래를 부를 만한 무대도 없고 악기도 없어."

여자가 다시 화연을 향해 하얗고 고른 치아를 내

보이며 웃었다.

"상관없어요. 악기도 필요 없고, 마이크도 필요 없어요. 그냥 구석에 서서 노래를 부르면 돼요."

여자의 긴 머리카락이 바람에 나비 날개처럼 펼쳐졌다 접혔다.

"월급을 줄 형편도 되지 않는데."

"잠자리하고 먹는 것만 해결되면 돼요. 돈은 내가 알아서 벌게요."

화연은 수건으로 치마를 털어내며 가게 안으로 들어갔다. 여자는 여행용 가방을 들고 계단을 올랐다. 여자가 상이를 향해 허리를 굽혔다.

"이름이 뭐니?"

가슴골이 상이의 눈에 걸렸다. 상이는 고개를 틀었다. 여자의 숨소리가 귓가에서 들렸다. 여자는 풋, 하고 웃음을 터뜨리고 술집 안으로 들어갔다. 상이 귓불이 빨갛게 달아올랐다. 상이는 그만 도망가고 싶었다. 가게 안은 고요했다. 상이는 슬그머니 일어나 창가에 섰다. 여자는 화연 앞에 턱을 괴고 앉아 있었다.

"나는 로즈라고 해요."

여자가 화연을 응시했다. 화연은 이미 말끔히 닦

은 탁자를 마른행주로 닦았다.

"하긴 이름을 알려 줄 필요는 없겠지."

샘이 카운터 위에 상자를 올려놓고 영수증을 화연에게 건넸다. 화연은 술잔에 NO2 더블 샷을 따랐다. 샘은 술을 입에 털어 넣었다. 화연은 술병으로 다가오는 샘의 손을 쳐내고 영수증에 적힌 목록과 상자 안의 물건을 확인했다. 샘은 아쉬운 듯 입맛을 다시며 여자 가슴을 노골적으로 쳐다보았다. 화연이 서랍에서 돈을 꺼내 탁자 위에 올려놓았다. 샘은 지폐를 세어 보고 잠바 안주머니 깊숙이 밀어 넣었다. 샘은 여자를 향해 윙크하고 뒤뚱거리며 문을 향해 걸었다. 백 킬로그램의 거구인 샘이 발을 뗄 때마다 바닥이 신음하듯 삐걱거렸다.

여자가 가방을 바닥에 내려놓고 안을 둘러보았다. 열다섯 평 남짓한 공간에 이인용 테이블 네 개와 사인용 테이블 여섯 개가 놓여 있었다. 벽에는 비키니 수영복을 입은 마릴린 먼로 사진 한 장이 걸려 있었다. 마릴린 먼로가 턱을 약간 쳐들고 반쯤 감은 눈으로 웃고 있었다. 카운터 끝에 낡은 턴테이블이 놓여 있었다. LP 레코드가 자글거리며 돌아갔다. 베시 스미

스의 〈세인트루이스 블루스〉가 흐르고 있었다. 베시
스미스는 애인한테 버림받고 슬퍼하고 있었다. 창가
에 붙어 있는 상이와 눈이 마주쳤다. 여자는 상이를
향해 눈을 찡긋했다.

"저 아이 이름은 뭔가요?"

화연은 창가에 서 있는 상이를 쳐다보았다. 화연
은 창가 모서리로 물러서는 상이를 보며 마른행주로
술잔을 닦았다. 상이는 손가락으로 유리창을 긁적거
렸다.

"상이."

"당신, 아들인가요?"

화연은 상이를 향해 손을 흔들었다. 상이는 해바
라기밭을 향해 뛰었다.

"사냥꾼이 데리고 다니던 아이야. 사냥을 나갈 때
나한테 맡기고 나갔지. 그런데 사냥하다 사냥꾼이 죽
어 버렸어. 벌써 십 년이 넘었네."

여자는 화연을 빤히 쳐다보았다. 화연은 술잔을
닦던 손을 멈추고 여자를 응시했다. 시선이 바이올린
줄처럼 팽팽했다. 짤랑, 방울 소리와 함께 문이 열렸
다. 팽팽히 조여들던 긴장감이 맥없이 풀렸다. 돌연

변이 사냥꾼이었다. 돌연변이 사냥꾼은 머리가 둘인 소년을 끌고 술집 안으로 들어왔다. 소년의 입에는 입마개가 씌워져 있었다.

"가지고 들어오면 안 되는 것 몰라."

"알고 있어. 알고 있다고. 포획용 틀을 가지고 오지 않아서 그래. 포획용 틀 있지?"

화연은 행주를 내려놓고 주방에서 포획용 틀을 들고나왔다. 형편없었다. 창살은 휘어지고 문도 아귀가 맞지 않았다.

"육십."

"육십? 너무하잖아. 고리도 튼튼하지 않고, 창살도 듬성듬성한데. 삼십."

포획용 틀을 들고 들어가려 하자 돌연변이 사냥꾼이 화연 손목을 잡았다.

"사십. 그래그래. 오십."

돌연변이 사냥꾼은 화연에게 들려 있는 포획용 틀을 낚아챘다. 소년을 포획용 틀 안에 밀어 넣었다. 소년은 좁은 포획용 틀에서 빠져나오려고 몸을 틀었다. 포획용 틀이 기우뚱 기울어졌다. 돌연변이 사냥꾼은 포획용 틀을 발로 걷어찼다. 트럭 뒤 화물칸에 소년을 던져 넣고 자물쇠로 단단히 잠갔다. 돌연변이 사냥꾼은 흙 묻은 옷을 털며 안으로 들어왔다. 화연은 잔을 꺼내 테이블 위에 내려놓고 피보다 붉은 NO16을 따랐다. 사냥꾼은 주머니에서 유성 조각을 꺼내어 입을 맞추었다. 사냥꾼들 사이에서는 유성 조각을 몸에 지니면 사냥할 때 행운이 뒤따른다는 소문이 있었다. 사냥꾼들은 출입 금지 표시를 무시하고 들어가 유성 조각을 떼어 부적처럼 몸에 지녔다.

"머리가 둘인 돌연변이나 괴물은 너무 식상한데. 머리가 둘인 개구리, 머리가 둘인 고양이, 머리가 둘인 강아지, 머리가 둘인 사슴. '머리가 둘'인 것은 너무 많잖아. 시장에서도 거의 취급하지 않는다고 하던데."

화연이 술잔을 돌연변이 사냥꾼 앞에 밀어 놓으며 말했다. 돌연변이 사냥꾼은 단숨에 잔을 비우고 화연 앞에 빈 잔을 밀어 놓았다. 화연은 빈 잔에 술을 가득 채우고 사냥꾼을 물끄러미 쳐다보았다. 돌연변이 사냥꾼은 빙그레 웃었다.

"내가 머리가 둘인 정도를 가지고 우리를 샀겠어. 사람의 마음을 현혹하는 노래를 불러. 일종의 세이렌 같은 거지."

돌연변이 사냥꾼은 술을 입에 털어 넣고 다리를 꼬고 앉은 여자를 아래위로 훑었다. 여자는 손으로 입을 가린 채 사냥꾼을 향해 눈웃음쳤다. 돌연변이 사냥꾼은 잔을 들고 여자 옆에 바싹 붙어 앉았다.

"누구?"

"로즈. 오늘부터 여기서 일하기로 했어요. 가수예요."

"가수?"

돌연변이 사냥꾼은 여자와 화연을 번갈아 쳐다보았다. 화연은 고개를 끄떡였다. 여자가 손으로 테이블을 두드리고 주방으로 들어갔다. 주방으로 사라지는 여자의 뒷모습을 넋 놓고 쳐다보았다. 여자가 발걸음을 옮겨 놓을 때마다 탱탱한 엉덩이가 좌우로 흔들렸다. 여자가 주방으로 사라지자 돌연변이 사냥꾼은 술집 안을 휘둘러보고 화연을 향해 눈을 둥그렇게 떴다.

"어디서 노래를 한다는 거야?"

화연은 어깨를 으쓱하고 술잔에 술을 채웠다. 여자가 빈 사과 상자를 양손에 들고나왔다. 사과 상자를 마릴린 먼로가 있는 벽 구석에 나란히 붙여 놓고 올라섰다. 몇 번 목청을 다듬듯 손으로 목을 잡고 길고 짧게 높고 낮게 아-를 소리 내서 질렀다. 아, 몇 번 반복해서 질러대던 여자는 반주도 없이 노래를 부르기 시작했다.

"고통스럽게 죽게 해 주세요, 당신이 알고 있는 가장 고통스러운 방법으로 나를 죽여 주세요."

화연은 술잔과 술병을 내려놓았다. 눈을 지그시 감은 여자를 응시했다.

3

해가 지평선 아래로 떨어지지 않았다. 밤에도 해는 지지 않고 떠 있었다. 벌써 구 일째였다. 마을 사람들은 당황했다. 언제 잠들고 일어나야 하는지 알 수 없어 우왕좌왕했다. 밤새 떠 있는 해 때문에 잠을 잘 수 없어 짜증스러웠다. 해가 지지 않는 밤은 경계를 무뎌지게 했고 무너뜨렸다. 퇴근 시간을 넘겨 일하는 일이 자주 생겼으며, 술집에서 밤새며 술을 마시는 일이 생겼다. 늦은 시간까지 집으로 돌아오지 않고 거리를 헤매는 아이들이 생겼으며, 아침에 일어나지 못해 학교에 지각하는 아이들이 생겼다. 선생님은 수업 시간에 집중하지 못하고 꾸벅꾸벅 조는 아이들을 나무랐다. 남편과 아내는 자주 싸웠고, 아이들은 부모님에게 잔소리를 들어야 했다. 사람들은 하늘을 올려다보며 관자놀이를 눌렀다.

"머리가 지글거려. 빌어먹을 태양."

사람들은 눈살을 찌푸리며 낮게 읊조렸다.

사람들은 수군거렸다. 불길한 징조라며 유성이 떨어진 곳을 쳐다보았다. 하늘에서 달이 떨어진 거야, 해바라기밭에 떨어진 것은 달이야, 태양이 달을 삼켜버린 거야, 맞아, 해바라기, 선플라워, 어쩌지. 사람들은 유성이 떨어진 해바라기밭을 힐끗거리며 몸서리쳤다. 유성 주위에는 아직도 노란색 띠가 둘러져 있었다. 접근 금지, 출입 금지 푯말이 꽂혀 있었다. 조사단은 오지 않았지만, 노란색 띠는 걷히지 않았다. 여전히 유성 주위는 접근해서는 안 되는 곳이었다.

해가 지지 않는 날이 계속되던 아홉 번째 밤, 늪지에 사는 남매가 죽었다. 남매는 마치 연인처럼 서로의 어깨에 고개를 기대고 늪지에 앉아 있었다. 늪지를 바라보며 앉아 있는 남매 머리 위로 불그스름한 해가 떠 있었다. 남매는 할머니가 물려준 붉은 벽돌 집에서 살았다. 늪에서는 시궁창 냄새가 났다. 마을 사람들은 되도록 늪지 근처에 가려 하지 않았다. 해가 떠도 늪지에는 빛이 스며들지 않았다. 나무로 뒤덮인 늪지는 어둡고 음산했다. 누가 죽어도 알 수 없었고, 누굴 죽여도 아무도 알 수 없다고 했다. 수많은 시체가 늪 바닥에 가라앉아 있을 거라는 소문이 있었다. 가끔 마을에 나타나는 남매 뒤에서 사람들은 수군거렸다. 누나는 마흔두 살이었고, 남동생은 마흔 살이었다. 결혼도 하지 않고 둘이 살았다. 남매는 마을에서 태어나 마을을 떠나 본 적이 단 한 번도 없었다. 누나는 앞을 보지 못하고 남동생은 말을 하지 못했다. 둘은 항상 한 몸처럼 붙어 다녔다. 시장에 갈 때도, 우체국에 갈 때도, 은행에 갈 때도, 옷을 사러 갈 때도, 심지어 같은 침대에서 잠을 잔다는 말까지 있을 정도로 남매는 붙어 있었다. 시체가 발견되었을 때는 이미 부패가 많이 진행된 상태였다. 시체 주위에 파리가 들끓고 있었다. 남매를 발견한 사람은 식료품점 배달원이었다. 식료품 점원은 전화를 건 사람이 어눌한 말투로 늪지에 베이컨과 포테이토칩과 우유를 배달해 달라고 하였다고 증언했다. 십 대 청소년이었으며 말을 더듬었다고 했다. 집을 샅샅이 뒤져 보았지만, 쥐새끼 한 마리도 없었다. 경찰은 집 안을 둘러보았다. 누나 방에는 부부용으로 쓰일 법한 킹사이즈의 침대가 놓여 있었다. 옷장에는 누나 옷뿐 아니라 남동생 옷까지 나란히 걸려 있었으며 욕실에는 남매가 사용하는 칫솔이 가지런히 꽂혀 있었다. 남동생 방에는 별자리 지도가 벽에 붙어 있었고, 책상이 놓여 있었다. 책상에는 그림책이 펼쳐져 있었다. 그림책 옆에 공책이 놓여 있었다. 삐뚤빼뚤한 글씨로 그림책 줄거리가 쓰여 있었다. 침대 밑에는 야구공과 배트가 있었고, 옷장에는 십 대들이나 입을 법한 옷이 가득 있었다. 남동생이 고등학교 때 썼던 물건이 아직도 그대로 있었다. 모든 것이 그대로인데 하나 없어진 것이 있었다. 남매가 키우던 사냥개가 사라졌다. 집 주변까지 조사해 보았지만, 사냥개 포인터가 발견되지 않았다. 남매는 공동묘지에 나란히 묻혔다. 장례식이 있었던 밤 묘지가 파헤쳐지고 시체가 사라졌다. 마을 사람들은 해괴한 일이 밖으로 새어 나가지 않도록 입단속을 해야 한다며 쉬쉬했다.

며칠 바람이 차가웠다. 계절이 바뀌고 있다고 사람들은 생각했다. 계절이 바뀌면 해가 지고 달이 뜨고 수천억 개의 별들이 하늘에서 반짝이는 광경을 볼 수 있을 것이라고 기대했다. 그런데 시곗바늘을 되돌려 놓은 듯 다시 태양이 맹렬히 타올랐다. 기온은 급속도로 치솟더니 사십삼 도에 육박했다. 가만히 있어도 땀이 목덜미를 타고 흘렀다. 어디를 가든 태양이 사람들을 뒤쫓았다. 날씨가 미쳐 버린 것이라며 사람들은 하늘을 향해 욕을 했다. 때아닌 폭염으로 늪지가 마르기 시작했다. 늪을 채우고 있던 물이 급격하게 줄어들었다. 바닥이 보이기 시작했다. 늪에 살던 나무가 뿌리를 드러냈다. 늪지의 개구리가 일제히 도로로 뛰어올랐다. 차도는 초록색 페인트를 뿌려 놓은 것 같았다. 트럭이 멈춰 섰다. 샘은 트럭에서 내렸다. 당혹스러웠다. 몇천, 몇만 마리는 족히 될 것 같았다. 징그러웠다. 개구리 한 마리가 구두 위로 뛰어올랐다. 샘은 질겁하며 개구리를 털어냈다. 샘은 트럭에 올라타 문을 잠갔다. 개구리가 지나갈 때까지 기다려야 하는 것인지 알 수 없어 핸들만 움켜쥐고 있었다. 일단 기다려 보기로 했다. 한 시간을 기다려도 개구리는 꼼짝하지 않았다. 샘은 개구리 위로 지나가기로 결심했다. 개구리 내장이, 심장이 터지는 소리가 들렸다. 배 밖으로 나온 내장을 시계추처럼 달고 유리창 위로 뛰어오르는 개구리도 있었다. 샘은 휴게소에서 점심으로 먹은 샌드위치가 넘어오려 하는 것을 간신히 참았다. 샌드위치와 함께 먹은 달걀이 냄새를 풍기며 목구멍을 타고 올라왔다. 배 속이 울렁거렸다. 샘은 미지근한 맥주를 입에 털어 넣었다. 샘이 지나온 2차선 차도에 배가 터져 죽은 개구리 잔해가 널렸다. 터진 개구리는 금세 말라 버렸다. 녹아내리는 아스팔트에 개구리의 다리가, 오장육부가 눌어붙었다. 차도에 말라붙은 개구리는 오색 색종이를 찢어 놓은 것 같았다.

폭염이 계속되자 늪의 물이 완전히 말라 버렸다. 늪지를 덮고 있던 나무는 누렇게 변색되었고, 늪 바닥은 갈라졌다. 물이 말라 버리자 늪에 가라앉아 있던 소문이 모습을 드러냈다. 늪에는 전기밥솥, 자전거, 타이어, 드럼통, 피아노 의자, 청소기, 정체를 알 수 없는 쇳덩어리, 책상이 있었다. 마을 사람들이 말하던 시체는 발견되지 않았다.

4

상이는 카운터에 걸터앉아 그림을 그렸다. 머리가
두 개인 뱀, 다리가 여덟 개인 사슴, 털 없는 사자, 외
다리 원숭이, 눈 없는 다람쥐. 상이의 스케치북에는
기괴하게 생긴 괴물들이 가득했다. 요즘 상이가 관심
을 가지고 그리기 시작한 그림은 여자였다. 사과 상자
에 서서 노래를 부르는 여자, 쥐 꼬리가 달린 여자, 잠
자리 날개가 달린 여자, 더듬이가 달린 여자, 몸통이
뱀인 여자. 상이는 카운터에 앉아 노래하는 여자를 그
렸다. 화려한 깃털이 엉덩이에 돋아 있었다. 여자는
그림을 그리는 상이한테 손을 흔들었다. 상이는 시선
을 스케치북에 고정했다. 여자의 건조한 목소리가 귓
가에서 바스러졌다. 당신이 알고 있는 가장 고통스러
운 방법으로 나를 죽여 주세요. 나를 벌주세요. 나를
용서하지 마세요. 내 눈을 뽑고 혀를 자르세요.

"집어치워."

술에 취한 괴물 사냥꾼이 술병을 흔들며 여자를
향해 걸어갔다. 여자는 휘청거리며 다가서는 괴물 사
냥꾼을 향해 눈을 찡끗했다.

"내가 고통스럽게 죽여 줄게. 가장 고통스러운 방

법? 내가 알고 있어."

괴물 사냥꾼은 여자 다리를 끌어안았다. 여자가 넘어졌다. 사냥꾼은 넘어진 여자를 어깨에 짊어졌다. 술을 마시던 사냥꾼들의 시선이 일제히 괴물 사냥꾼과 여자에게 쏠렸다. 여기저기서 휘파람 소리가 날아왔다. 여자가 주먹으로 사냥꾼 등을 후려쳤다. 사냥꾼은 얌전히 있으라며 여자 엉덩이를 찰싹 때렸다. 웃음소리가 쏟아졌다. 여자는 목덜미를 물어뜯었다. 사냥꾼은 비명을 지르며 여자를 바닥에 떨어뜨렸다. 킬킬거리는 웃음소리와 야유가 괴물 사냥꾼 귀를 할퀴었다. 옷을 털며 일어서는 여자에게 사냥꾼이 달려들었다. 머리카락을 잡아채 여자를 바닥에 내팽개쳤다. 사냥꾼은 버르장머리를 고쳐 주겠다며 여자 위에 올라탔다. 여자가 악을 썼다. 핏대를 세우며 욕을 하자 사냥꾼이 얼굴을 사정없이 때렸다. 술잔을 꺼내던 화연이 의자 옆에 세워 둔 수렵 총을 집어 들었다. 사냥꾼 머리에 수렵 총을 가져다 댔다. 총구가 머리에 닿자 사냥꾼은 본능적으로 두 손을 번쩍 들었다.

"밖으로 나가."

두 손을 든 채 천천히 일어났다. 뒤통수에 총구를

대고 사냥꾼을 밀었다. 여자는 달려들어 사냥꾼 뺨을 후려쳤다. 주먹을 움켜쥐는 사냥꾼의 등에 총구를 깊숙이 박았다. 사냥꾼은 힐끗 화연을 쳐다보고는 문을 밀고 나갔다. 화연은 트럭 앞에서 멈춰 선 사냥꾼 발을 향해 총을 한 발 쐈다. 사냥꾼은 뒤로 물러서며 트럭에 올라탔다. 트럭이 어둠 속으로 사라졌다.

화연은 수건을 건넸다. 여자는 수건을 술로 적셨다. 찢어진 입술에 수건을 가져다 대며 인상을 썼다. 상이가 카운터에서 내려와 여자 옆에 섰다. 여자는 걱정스러운 얼굴로 쳐다보는 상이를 위해 싱긋 웃어주었다. 여자의 볼이 발갛게 부풀어 올랐다. 여자는 상이 겨드랑이 사이에 끼어 있는 스케치북을 뺐다. 여자가 천천히 스케치북을 넘겼다. 상이는 손가락 끝만 만지작거렸다.

"그림이 좀 무섭다. 이게 나란 말이지. 나는 꼬리도 없고, 날개도 없는데. 날개가 있다면 저들이 나를 가만 내버려 두었겠니."

여자는 술을 마시고 있는 사냥꾼들을 가리켰다. 상이는 스케치북을 낚아채 주방으로 사라졌다. 사냥꾼들은 여자와 눈이 마주치자 술잔을 흔들었다. 사냥꾼들은 이미 많이 취한 상태였다. 술잔을 두 손에 꼭 쥐고 테이블 위에 머리를 박고 잠든 사냥꾼도 있었다. 내일 밤이 되면 더 많은 사냥꾼이 술집을 찾아올 것이다. 내일은 암시장이 열리는 날이다. 종종 상품을 훔치는 일이 있었다. 포획한 상품을 훔치는 것은 불명예스러운 일로 사냥꾼들 사이에서는 있을 수 없는 일이었다. 포획한 상품에는 사냥꾼만의 독특한 문양이 표시되기 때문에 훔친다고 해도 정상적인 거래는 되지 않았다. 상품을 훔치겠다고 마음먹었을 때는 목숨을 걸어야 했다. 상품을 훔치다 발각되거나, 훔친 상품을 팔다 적발되면 그 자리에서 죽는다. 그것이 규칙이지만 죽임을 당하는 일은 거의 일어나지 않았다. 대부분 두 손이 잘렸다. 사냥꾼은 두 종류가 있었다. 괴물 사냥꾼과 돌연변이 사냥꾼. 괴물 사냥꾼은 산속에, 강에, 혹은 늪지에 사는 괴물을 사냥했다. 괴물은 지능이 떨어지지만, 힘이 셌다. 배고픔을 견디지 못해 사람들이 사는 곳까지 내려와 쓰레기통을 뒤지거나 농작물을 엉망으로 만들어 놓았다. 간혹 집 안까지 침입해 냉장고를 뒤졌다. 침입자의 소리를 듣고 잠에서 깬 사람들을 공격해 상처를 입혔다. 그래서 개인적으로 현상금을 걸기도 하고, 마을에서 공동으로 현상금을 걸기도 했다. 현상금이 걸려 있는 경우 괴물을 잡으면 현상금도 받고 암시장에 상품으로 내놓을 수도 있었다. 괴물은 거칠고 폭력적이어서 재미와 오락을 위해 거래되었다. 괴물을 사는 사람들은 대부분 '도박'이 목적이었다. 훈련을 시켜 게임에 참가시켰다. 게임은 사설 도박장에서 벌어졌다. 괴물 사설 도박장은 회원제로 운영되었다. 도박장은 창고를 변형해서 만든 것으로 자정에 문을 열어 손님을 받았다. 괴물 도박장을 운영하는 것은 불법이었다. 재미를 위해 돈을 걸고 생명을 죽이는 것은 생명의 존엄성을 무시한 비윤리적인 행위이기에 법으로 엄격히 금지하고 있었다. 그래서 비밀리에 회원을 모집하고 운영되었다. 게임은 간단했다. 사람들은 게임마다 돈을 걸었다. 돈을 걸고 나면 전류가 흐르는 철망 안에 굶주린 괴물을 집어넣고 싸우게 했다. 굶주린 괴물들은 서로 숨통이 끊어질 때까지 싸웠다. 죽은 괴물을 먹기 위해 달려들면 경기 운영 요원이 전기봉으로 떼어냈다. 배불리 먹으면 싸우려 하지 않기 때문에 다음 게임을 위해 먹지 못하게 했다. 괴물이 게임용으로 거래된다면 돌연변이는 애완용으로 거래되었다. 돌연변이는 온순하고 사람을 잘 따랐다. 적응력이 뛰어나며 지적 능력을 갖추고 있어 학습 효과가 컸다. 네 살 아이 정도의 지능을 가진 돌연변이부터 천재에 가까운 지능을 지닌 돌연변이도 있었다. 지능이 낮은 돌연변이는 아이들의 놀이 상대로 거래되었으며, 지능이 높은 돌연변이는 업무를 돕는 보조나 파트너로 거래되었다. 간혹 섹스 파트너로 사기도 했다. 수집을 목적으로 하는 구매자도 있었으며, 교배를 목적으로 하는 구매자도 있었다. 돌연변이는 재주를 하나씩 가지고 있었다. 독심술을 사용하는 돌연변이도 있었고, 자장가를 잘 부르는 돌연변이도 있었다. 자장가를 부르는 돌연변이가 노래를 부르기 시작하면 극심한 불면증에 시달리는 사람도 편히 잠들었다.

"왜 그렇게 끔찍한 노래를 부르는 거야?"

화연은 여자를 쳐다보았다. 여자는 술병을 움켜쥐었다. 화연이 여자 손을 잡았다. 여자는 화연을 올려다보며 손을 쳐냈다. 술잔 가득 술을 따르고 한 모금 마셨다.

"아이가 있어요. 열다섯에 낳았어요. 아이 뒤통

수에 눈이 있었어요. 처음에는 상처인 줄 알았어요. 그런데 아기를 받아 준 남자가 말하더군요. 눈이라고. 그 남자는 사냥꾼이었거든요. 뒤통수에 있는 눈은 사춘기가 될 때까지는 열리지 않을 거라고 했어요. 사춘기에 접어들어 몸에 변화가 생기기 시작할 때 눈을 뜨게 될 거라고 했어요. 뒤통수에 있는 눈은 천리안이라고 했어요. 남자가 돈을 주겠다고 하더군요. 나는 돈을 받았고 남자는 아이를 데리고 사라졌어요. 팔려 갔겠지요. 아니면 죽었든가."

5

해가 지지 않는 밤이 석 달 하고도 사흘째 계속되고 있었다. 밤에도 해가 떠 있다는 것은 괴로운 일이었다. 사람들은 하얀 밤을 뜬눈으로 지새우는 일이 허다했다. 불면증 치료를 받아 보았지만 소용없었다. 정신과 의사마저도 자장가를 불러 주는 돌연변이가 없으면 잠을 잘 수 없었다. 잠을 자지 못한 사람들은 극도의 우울증에 시달렸다. 아주 사소한 말 한마디에도 신경을 곤두세우고 잡아먹을 듯 달려들었다. 그리고 분을 못 이겨 서럽게 울었다. 울음소리에서는 조율이 덜 된 피아노 건반처럼 반음 빠지는 소리가 났다. 사람들이 불면증에 시달리는 덕분에 자장가를 불러 주는 돌연변이가 비싼 값에 팔렸다. 한낮 온도는 사십오 도를 넘어섰다. 사십칠 도에 육박하는 온도에 나뭇잎이 타들어 갔다. 밤에도 열기가 식지 않아 땀을 흘리며 뒤척여야 했다. 전력 소모량이 많아지자 전기가 자주 끊겼다. 에어컨은 돌아가는 시간보다 멈춰 있는 시간이 많았으며 냉장고에 있는 음식은 상해서 먹을 수 없었다. 폭염이 계속되자 노인들과 몸이 약한 사람들은 더위를 견디지 못하고 죽어 갔다. 온 동네에 시체 썩는 냄새가 진동했다. 가족이 있는 사람은 땅에 묻혔지만 혼자 사는 노인은 집이 곧 무덤이 되었다. 가장 견디기 힘든 것은 물을 구할 수 없다는 것이었다. 밤낮으로 태양이 식을 줄 모르고 타오르자 저수지마저도 바닥을 보였다. 외부에서 한 가구당 이 리터씩 공급되던 물마저 끊겼다. 물을 구하기 위해 사십 킬로미터나 떨어져 있는 마을까지 다녀와야 했다. 물을 구하기 위해 차를 몰고 먼 길을 오는 그들에게 마을 사람들은 물을 비싸게 팔았다. 너무 비

싸다고 따질 수도 없었다. 따지고 들면 팔지 않겠다
며 내쫓았고 통사정하며 다시 매달리면 그새 물값은
올라 있었다. 그나마도 그들에게 물을 사게 해 주는
것은 다행이었다. 행여나 병이 옮는 것은 아닐까 염
려하여 문도 열어 주지 않는 사람들도 많았다. 그들
이 마을을 출입하는 것을 못마땅하게 생각했다. 그러
던 중 마을에서 아이가 죽었다. 아이는 몇 날, 며칠을
고열에 시달리다 죽었다. 까맣게 온몸이 타들어 갔다
는 말도, 온몸에 붉은 반점이 돋았다는 말도, 사지가
뒤틀렸다는 말도 있었다. 마을 노인은 그들이 병을
옮긴 것이라며 목소리를 높였다. 그들의 출입을 막지
않는다면 마을에 재앙이 덮칠 것이라고 말했다. 공포
와 두려움이 마을에 휘몰아쳤다. 그들의 출입은 금지
되었다. 마을로 진입하려는 그들을 마을 사람들이 막
아섰다. 영문을 모르는 그들은 마을로 들어가기 위해
차를 몰았다. 마을 사람들이 그들을 향해 총을 쏘았
다. 그들은 물을 구하기 위해 더 먼 곳에 있는 마을을
찾아가야 했다.

다른 마을에서 물을 구할 수 없게 되자 노인뿐 아
니라 젊은 사람들도 죽었다. 거리에도 집에도 시체

가 널렸다. 전염병이 죽음을 몰고 왔고, 죽음이 전염병처럼 마을을 돌았다. 사람들은 하나둘 집을 버리고 마을을 떠났다. 집을 내놓아도 팔리지 않았기 때문에 사람들은 집을 비워 두고 떠났다. 사람들이 마을을 떠나면서 괴물들이 마을로 내려오는 일이 자주 일어났다. 빈집에 찾아 들어가 냉장고를 뒤져 상한 음식을 꺼내 먹고, 창고를 부숴 썩은 옥수수와 고구마를 찾아 먹었다. 축사에 들어가 버려진 병든 가축을 잡아먹었다. 먹을 것이 부족해지자 사람이 사는 집까지 기웃거렸다. 더는 괴물들이 사람들을 무서워하지 않았다. 총을 쏘아도 그때뿐이었다. 마을에는 사람들보다 괴물들이 더 많아졌다. 괴물 수가 많아지고 사람 수가 줄어들자 희붐한 아침이 되어도 떠나지 않고 마을에서 어슬렁거리는 괴물이 생겼다. 사람들은 버티지 못하고 마을을 떠났다. 괴물이 우글거리는 마을을 빠져나가는 일도 쉽지 않았다. 빠져나가는 도중 괴물의 습격을 받아 다치거나 잡아먹히기도 하였다. 마을은 괴물 천국이 되어 버렸다. 마을에는 괴물과 사냥꾼과 돌연변이만 남았다. 사냥꾼은 주로 해바라기밭 술집에 머물렀고 괴물과 돌연변이는 마을에 모여 있었다. 괴물과 돌연변이는 해바라기밭 근처는 접근하지 않았다.

술집은 사냥꾼들로 북적거렸다. 작렬하는 해가 하늘에 떠 있는 낮에는 술집에 처박혀 술을 마셨고 밤이 되면 장비를 챙겨 움직였다. 해가 떠 있는 밤은 사냥꾼에게도, 괴물한테도, 돌연변이한테도 불리했다. 사냥꾼들의 수가 많아지면서 경쟁은 더 치열해졌다. 괴물과 돌연변이도 살아남기 위해 점점 영악해졌다.

밤 시간이 되자 사냥꾼들이 장비를 챙기기 시작했다. 총, 마취총, 칼, 전자 포획 그물을 꼼꼼히 살피고 어깨에 짊어졌다. 오토바이에 시동 거는 소리가 해바라기밭을 뒤흔들었다. 상이는 풍향계 꼭대기에 뛰어올라가 사냥꾼들이 마을로 향하는 모습을 지켜보았다. 화연과 여자는 창가에 서서 흙먼지 속으로 사라지는 사냥꾼들을 바라보았다. 해바라기밭을 가로지르는 백여 대의 오토바이 뒤로 먼지구름이 뒤따랐다. 먼지구름이 가라앉자 유성이 오롯이 나타났다. 사십오 도가 넘는 날이 계속되자 오만 헥타르가 넘는 공간을 차지한 해바라기가 모두 말라 죽었다. 유성만이 제 모습 그대로 해바라기밭을 지키고 있었다.

화연은 풍향계 위에 원숭이처럼 앉아 있는 상이를 불렀다. 상이는 미끄러지듯 풍향계에서 내려왔다. 사냥꾼들이 떠나면 상이와 화연, 여자는 늦은 저녁 식사를 했다. 테이블 앞에 앉은 상이가 뒤통수를 긁적였다. 물을 마시면서도, 닭고기를 포크로 찍을 때도 뒤통수를 만지작거렸다. 화연은 뒤통수를 긁적이는 상이 손을 잡았다.

"벌레가 있나 봐. 간질거려."

상이는 입에 닭고기를 밀어 넣고 오물거리며 말했다. 화연은 상이를 돌려 앉히고 머리카락을 뒤적였다. 상이는 접시를 무릎 위에 놓고 닭고기를 손으로 집어먹었다. 천천히 머리카락 속을 뒤적였다. 꼼꼼하게 머리를 살피던 화연이 화들짝 놀라며 머리카락에서 손을 뺐다. 여자는 포크를 내려놓았다. 화연이 여자에게 시선을 돌렸다. 여자는 화연을 물끄러미 쳐다보다 일어났다. 상이 뒤통수에 찢어진 상처가 있었다. 삼 센티미터쯤 되는 상처는 자세히 보지 않으면 눈에 띄지도 않을 정도로 가늘었다. 그런데 상처가 꿈틀거리고 있었다. 순간, 상처에서 실밥 터지는 소리가 났다.

화연은 짐을 쌌다. 아침이 오기 전에 마을을 벗어나야 했다. 상이에게 두건을 씌우고 절대 뒤통수를 만져서는 안 된다고 여러 번 일렀다. 상이가 재차 무슨 일이냐고 물었지만, 화연과 여자는 아무 말도 하지 않았다. 여자와 화연이 허둥대는 모습을 지켜보고 있던 상이가 떠나지 않겠다고 버텼다. 여자는 상이에게 다가가 두건을 벗기고 상이의 머리카락을 쓸어 올렸다. 순간, 상이가 중심을 잃고 비틀거렸다. 어지러웠다. 한꺼번에 많은 사물과 풍경이 스쳐 지나갔다. 여자는 두건을 씌우고 상이를 품에 안았다. 화연은 마지막으로 한 번 더 물었다. 여자는 고개를 저으며 술집에 남겠다고 했다. 상이가 스케치북을 여자에게 주었다. 여자가 화연에게 작은 비로드 주머니를 내밀었다. 화연이 주머니를 열어 보았다. 주머니 속에는 유성 조각이 들어 있었다. 화연이 짐을 트럭에 던져 놓고 올라탔다. 여자가 창가에 서 있었다. 사이드 미러 속의 여자가 점점 작아졌다. 여자가 밖으로 걸어 나왔다. 여자는 화연과 상이가 탄 트럭이 태양 속으로 사라지는 모습을 지켜보았다. 그들이 사라진 자리에 아지랑이가 피어올랐다.

경수주의보

"우리 반에 경수가 셋이나 돼요?"

경수는 어머니 세대의 철수와 영희만큼, 막내 이모 세대의 은희와 경희만큼 흔한 이름이었다. 그렇다고 하여도 경수가 한 반에 세 명이나 되는 줄 몰랐다.

"혁아, 소식 들었냐?"

점심을 먹고 화단 뒤에서 담배를 피울 때였다. 고등학교 동창 은형에게 전화가 걸려 왔다. 은형은 '소식 들었냐'라고 운을 떼며 알아들을 수 없는 말을 했다.

"무슨 소리야?"

"경수 말이야. 고 삼 때 우리 반 경수. 그 경수가 화성 탐사 로켓을 만들었대."

"경수? 경수가 누구야?"

"그 있잖아. 키 작고 말 없던 경수."

나는 잠시 생각해 보았지만 키 작고 말 없던 경수가 생각나지 않았다. 키 작고 말이 없었던 것은 나 또한 마찬가지였다. 학생부에 빠지지 않고 적혀 있던 문구가 '말수가 적으며 내성적입니다'였다. 은형은 답답해 미치겠다는 듯이 '아, 그 있잖아. 생각 안 나? 그 자식 말이야'를 여러 번 반복해서 말했지만 기억나지 않았다. 사실 은형도 경수에 대해 정확하게 기억하지 못하는 것 같았다.

"그런데 경수가 화성 탐사 로켓을 만들었다고?"

연일 화성 탐사 로켓에 대한 뉴스로 시끄러웠다. 인터넷, 신문, 텔레비전에서 화성과 관련한 기사가 봇

물처럼 쏟아져 나왔다. 인공위성에 찍힌 화성은 아름다웠다.

"그래. 그렇다니까. 민수 녀석이 그랬다는데. 경수랑 매일 붙어 다녔던 민수 말이야."

민수는 또 누구인가. 경수도 기억나지 않는 판에 경수와 붙어 다닌 민수를 기억하기는 더욱 힘들었다.

"민수는 또 누구냐?"

"아, 있잖아. 경수 친구. 아, 이 자식 답답하네. 어떻게 죄다 기억을 못 하냐. 너 우리 반 맞아?"

이건 무슨 바보들의 대화 같았다. 답답하기는 나도 마찬가지였다. 반장 진철, 부반장 희찬, 전교 1등 경욱, 축구왕 영현, 글 쓰는 영기는 기억하지만 경수와 민수는 기억나지 않았다. 말 없던 경수와 그의 친구 민수를 기억하기에는 주어진 정보가 너무 없었다.

"굉장하지? 와, 그 자식 참. 대단해."

"은형아, 그런데 우리 문과 아니었냐. 우리 문과잖아. 그런데 무슨 로켓이야?"

잠시 침묵이 흘렀다. 은형은 그것까지 생각하지 못했던 모양이었다. 잠깐 말이 없던 은형이 목소리를 높여 말했다.

"너도 문과생인데 YS전자에서 일하잖아."

"참. 그게 같냐. 나랑 걔랑 같은 상황이냐고?"

"뭐가 다른데?"

그 후에도 은형은 '기억 안 나. 왜 있잖아'를 수없이 반복하다 전화를 끊었다. 나는 노트북을 켜며 잠깐 화성 탐사 로켓을 만들 수 있는 문과생 경수에 대해 생각해 보았지만 작은 사건 하나 떠오르지 않았다. 검색 사이트에서 화성 탐사 로켓을 만든 경수를 찾아보았다. 경수의 이름은 어디에도 없었다. 나는 이내 전혀 기억에 없는 경수에 대한 생각을 털어냈다. 지금 얼토당토않은 경수 이야기를 생각하고 있을 때가 아니었다. 출근하니 일주일 동안 머리를 쥐어짜며 만든 기획서가 책상에 되돌아와 있었다. 기획서를 뚫어지게 쳐다보고 있을 때 송 대리가 내 어깨를 톡톡 두드렸다. 이혁 씨, 잠깐만. 회의실에 먼저 들어가 앉은 송 대리가 어정쩡하게 서 있는 나를 보며 앉으라고 손짓했다. 기획 방향을 다시 잡아 보라고 했다. 다른 기업과 이미지에서 변별성을 느낄 수 없다고 했다. YS전자는 젊은 기업, 앞서가는 기업으로 배려와 혁신을 모토로 하는 기업이었다. 송 대리는 다시 한번 기업의 모토를 언급하며 말했다. 이건 좀. 너무 식상하지 않나요? 그리고 요즘 트렌드에 맞지 않지요. 감동적인 스토리가 필요해요. 있잖아요. 도시적인 감수성. 요즘 화성에 대한 이야기가 아주 핫하지 않나요? 나는 물끄러미 송 대리를 쳐다보았다. 송 대리의 입에서 '도시적인 감수성'이라는 단어가 튀어나올 줄 몰랐다. 전략팀 축소되는 것 알죠? 전략팀 축소되는 대신 우리 팀의 지원이 더욱 강화되는 것도 알고 있죠? 물론 기술 개발팀에 대한 지원과는 비교가 되지 않지만. 기술적인 면에서 현격한 혁신이 일어났다고 해도 아직까지 감동적인 스토리는 정밀한 기계도, 최첨단 로봇도 만들 수 없잖아요. 이혁 씨를 우리 기업이, YS전자에서 뽑은 데에는 이유가 있지 않겠어요. 송 대리는 나를 빤히 쳐다보았다. 송 대리는 톰브스타일 안경을 끌어 올렸다. 나와 세 살밖에 나이 차이가 나지 않지만 송 대리 앞에만 서면 이상하게 주눅 들었다. 송 대리는 Y대학교 출신의 유학파였다. 송 대리가 유학 가서 공부하는 동안 나는 군대에서 바닥을 기며 얼차려를 받고 고참에게 욕을 먹었다. 딱 한 번 이박 삼일 동안 일본을 여행 갔다 온 적이 있었다. 서울과 비슷한 거리를 걷고, 밥을 먹고, 온천에 잠깐 들르고, 절에서 점친 것이 다였다. 나는 고개를 숙였다. 귀가 달아오르는 것을 느꼈다. 인문학을 전공한 나를 뽑은 데는 이유가 있었다. 더군다나 SKY에 해당하는 대학교도 아니었다. 서울에 있는 대학을 겨우 졸업했을 뿐이다. 그렇다고 유학을 다녀온 것도 아니었고 토플 점수가 높은 것도 아니었다. 그럼에도 불구하고 내가 세계 굴지의 YS전자에 입사할 수 있었던 것은 나에게 유일하게 달랑 하나 있는 '등단 작가'라는 타이틀 때문이었다. 사실 작가라는 타이틀을 내세우기에는 민망하고 부끄러울 정도로 작품이 없었다. YS전자에서 보잘것없는 나를 채용한 이유는 단 하나였다. 인문학 소양을 갖춘 신춘문예 등단 작가. 나는 작품이 있건 없건 이 조건에 충족되었다.

고개를 들고 사무실을 둘러보았다. 대부분 유학파였으며, SKY를 졸업했다. 우리 팀만 보아도 나를 제외한 팀원이 모두 SKY를 졸업한 선후배 관계였다. 나는 자라처럼 목을 밀어 넣고 노트북을 노려보았다. 참신한 아이디어, 감동적인 스토리. 나도 모르게 되뇌었다.

자정이 넘어서야 녹초가 되어 집으로 돌아왔다. 이

부장은 이번에 출시되는 T8에 회사의 사활이 걸려 있다고 했다. '꿈을 잇는 T8, 화성에서 지구의 가족과 통화하는 우주인'으로 스토리라인을 잡았다. 퇴근할 때까지 자료를 읽고 분석했다. 시장을 조사해 분석한 데이터를 다시 검토했다. 청장년층을 주 타깃으로 잡고 있었다. 노년층이 사용하기에는 기능이 복잡했다. 5월 출시를 목표로 개발되고 있는 스마트폰은 최고 사양의 고가 제품이었다. 이십 대가 구매하기에는 부담스러울 정도로 고가였다. 거의 백오십만 원에 육박하는 고가의 스마트폰을 구입할 수 있는 이십 대를 생각해 보았다. 한때 나는 스마트폰 광고에 나오는 이십 대의 삶을 동경했다. 광고에 나오는 스마트폰을 갖게 되면 광고 속의 이십 대와 같은 삶을 살 수 있을 것 같았다. 에펠탑을 배경으로 사진을 찍고, 여자 친구와 공원에 앉아 좋아하는 음악을 공유하고, 카페에 앉아 노트북을 펼쳐 놓고 카푸치노를 마실 수 있을 줄 알았다. 이년 약정이 끝나고 최신 스마트폰으로 바꿨지만 광고 속의 삶은 누릴 수 없었다. YS전자에서 시작된 직장인의 삶도 마찬가지였다. 내가 생각했던 것과는 전혀 다른 삶이었다. 스마트한 직장인의 삶과는 전혀 달랐다.

헬스장에서 체력을 단련하고, 외국어 공부를 하고, 여유 시간에 취미 생활을 하며 자기 관리와 개발을 위해 노력하는 직장인의 모습은 허상이었다. 잠자는 시간을 제외한 모든 시간은 회사 사활이 걸린 T8의 감동적인 스토리를 구상하며 보내야 했다. T8에는 회사의 사활이 걸렸을 뿐 아니라 나의 사활 또한 걸려 있었다.

침대에 누웠지만 잠은 오지 않았다. 등이 찢어질 것처럼 아팠고, 모래를 뿌려 놓은 것처럼 눈이 까슬거렸지만 잠은 오지 않았다. 눈을 떴다. 천장에서 야광 별이 빛나고 있었다. 토성, 달, 화성, 금성, 그 외에도 많은 별이 빛을 뿜어내고 있었다. 전 주인이 붙여 놓은 것이었다. 집을 보러 왔을 때 천장을 보고 서 있는 나에게 여자가 수줍어하며 말했다. 밤에 덜 외로울 거예요. 보고 있으면 위로가 되죠. 내가 여자를 멀뚱하니 쳐다보자 얼굴을 붉히며 말했다. 서울이라는 곳이 사람을 쓸쓸하게 만드니까요. 여자의 음성이 가을 낙엽처럼 버석거렸다. 방에서 여자의 버석거리던 목소리가 들리는 것 같았다. 쓸쓸하게 만드니까요, 서울이라는 곳이. 나는 일어나 앉았다. 여자가 쓸쓸할 때마다 올려다보았을 천장을 쳐다보았다. 희붐한 빛을 뿜어

내는 별. 별을 찬찬히 살펴보았다. 별의 모양과 크기가
제각각이었다. 별을 좇았다. 달을 지나 토성으로, 토
성을 건너 이름 모를 별로, 이름 모를 별에서 화성으
로 좇던 시선이 멈췄다. 별과 화성 사이에 로켓이 있
었다. 화성을 향해 날아가는 로켓. 로켓을 만든 경수가
떠올랐다. 경수는 화성을 향해 날아가고 있을까. 일어
나 불을 켰다. 나는 고등학교 졸업 앨범을 찾았다. 책
장에도, 책상에도, 옷장 정리함에도, 잡다한 물건을 넣
어 놓은 상자에도 앨범은 없었다. 나는 피식, 웃었다.
앨범을 가지고 왔을 리가 없었다. 이사를 하면서 앨범
은 생각도 하지 않았다. 가지고 갈 목록에 앨범 같은
것은 넣지 않았다. 침대에 누워 경수에 대해 생각해
보았다. 로켓을 만드는 문과생 경수. 근사했다. 하지만
우리 반 친구 중에 로켓을 만들 수 있는 경수는 머릿
속에서 떠오르지 않았다.

 "경수에겐 감동적인 스토리가 없어."

 야광 별이 반짝거리는 천장을 쳐다보며 중얼거렸
다. 스토리가 없기는 나도 마찬가지였다. 고교 시절 내
내 특별한 스토리가 없었다. 교내 백일장에서 금상을
한 번 받은 것 외에는 이야기할 것이 없었다. 그것도

특별한 것은 아니었다. 교내 백일장, 논술 대회, 독서 대회의 대상은 언제나 전교 1등 경욱이 – 공부를 잘하는 사람은 다른 것에서도 두각을 나타냈다. 팔 굽혀 펴기도 일 등급이었다 – 받거나 문학적 재능을 타고났다는 영기가 차지했다. 영기는 문학에 남다른 재주가 있었다. 국어 수업의 수행 평가로 시 쓰기 과제가 주어졌을 때 영기는 시를 써서 반 친구들에게 나눠 주었다. 친구들은 영기의 시에 자신의 이름을 써서 제출했다. 다른 반 친구들까지 줄을 서서 시를 받아 갔다. 나는 국어국문학을 전공했지만 원해서 간 것은 아니었다. 성적에 맞춰 과를 찾다 보니 언어 영역과 외국어 영역에 가산점을 주는 대학 중에서 국문학과가 나에게 유리했다. 그래서 국문학을 전공하게 되었고, 인문학 공부를 하게 되었다.

의외였다. 대기업에 등단한 작가가 왜 필요한 것인지 알 수 없었다. 채용 조건에는 '인문학 전공자. 신춘문예 등단 작가'라는 선뜻 납득되지 않는 조건이 명시되어 있었다. 나는 누군가 장난질을 하고 있다고 생각했다. 우롱당하고 있다는 생각이 들었고, 기분이 나빠졌다. 등단 작가라는 자부심이 대단한 것도 아니었으면서 인문학을 전공한 취준생에 대한 능멸이라고 생각했다. 신춘문예로 등단한 인문학 전공자가 YS전자에 왜 필요한지 알 수 없었다. 인문학 전공자는 학력 조건으로 넣을 수 있다 해도 '신춘문예 등단 작가'라는 조건은 쉽게 이해되지 않았다. 납득되든 안 되든 학원에서 취업을 준비하는 학원생들 중 조건에 맞는 사람은 나밖에 없었다. 나는 지방 신문사를 통해 등단했다. 대학을 다닐 때 썼던 소설이 덜컥 당선되었다. 당선될 것이라고 꿈에도 생각하지 못했다. 수강 신청에서 밀려 듣게 된 창작 수업에서 과제로 소설을 내었다. 소설집을 두 권 출간했다는 강사는 다듬어서 신춘문예에 내면 괜찮을 것 같다고 했다. 나는 수업 시간 내내 할 일이 없어서 소설을 고쳤다. 그렇게 처음으로 쓴 소설이 덜컥 당선되었고, 기뻤다. 시간이 지나면서는 덜컥 겁이 났다. 가짜 같다는 생각이 들었다. 내 삶이, 내 생각이, 내 꿈이 모두. 그래서 노량진으로 향했다. 9급 공무원 시험에서 떨어지고 낙담하고 있을 때 채용 공고를 보았다. 학원에서 '신춘문예 등단 작가'라는 조건에 맞는 사람은 나밖에 없었다. 경쟁률은 다른 지원 부분에 비해 현저히 낮았다. 등단 작가라는 조건을 충족시키기란 쉬운 것이 아니었다. 학원의 학원생들은 나를 부러워했다. 그들은 지원하고 싶어도 지원 조건에 충족되지 않아 지원할 수 없었다. 글에 대한 자긍심이 없다는 것이 나에게는 다행스러운 일이었다. 나는 작가의 삶을 살겠다는 생각도, 글을 쓸 생각도 없었기 때문에 YS전자에 이력서를 냈다. 소설가로서, 시인으로서, 글쟁이로서의 소명이 나에게는 없었다. 시인으로, 소설가로 살겠다고 생각한 글쟁이는 YS전자 주위를 기웃거릴 리가 없었다. YS전자로부터 최종 합격 통지를 받았을 때가 등단 전화를 받았을 때보다 기뻤다. YS전자에 합격했다는 이야기를 어머니께 전했을 때 '축하한다. 우리 아들 장하다'라고 말하던 어머니의 떨리는 음성을 잊을 수가 없었다. 고향에 플래카드가 걸렸다. 두 번째였다. 지방 신문사로 등단하였을 때 골목에 '1988년생 이혁 군, A신문사 신춘문예 단편 소설 부문 등단'이라고 쓴 플래카드가 걸렸다. 아버지는 좋아하지 않았다. 플래카드 밑을 지날 때마다 언짢은 표정을 지었다. 혹시 본격적으로 소설을 쓰

겠다고 선언해 버리는 것은 아닌가 걱정했다. 아버
지는 대학까지 보내 공부시킨 아들이 집 안에 처박
혀 되지도 않는 일에 매달려 룸펜이 되는 것은 아닌
가 걱정하는 눈치였다. 그도 그럴 것이 나의 생활은
룸펜과 다르지 않았다. 방 안에 틀어박혀 책을 읽었
다. 엄밀히 말하자면 책을 읽다 잤다. 책을 읽는 시간
보다 잠자는 시간이 더 많았다. 방에 있지 않으면 밖
에 나가 술을 마셨다. 불러내는 사람들이 많았다. 대
체로 모르는 사람들이었다. 나이가 지긋한 수필가를
소개받기도 했고, 책과 글 쓰는 것을 좋아한다는 지
역 유지의 술자리에 불려 나가기도 했다. 그들은 대
부분 자신이 살아온 이야기를 나열한 뒤 어때, 소설
같지 않은가? 내 이야기를 소설로 써 보는 것은 어떤
가? 아마 대하소설 분량은 충분히 나올 거야, 라고 덧
붙였고, 나는 대충 장단을 맞춰 주었다. 술 한잔 얻어
먹고, 주머니에 찔러주는 용돈을 받아 오는 것도 나
쁘지 않다고 생각했다. 그 돈으로 책을 사고, 술을 마
셨다. 술자리 인연 덕에 수필 몇 편을 지역 신문에 싣
기도 했다. 그래도 괜찮을 것 같았다. 나는 글을 쓰
는 사람이니까 이해받을 수 있을 것 같았고, 그런 자

격을 갖췄다는 생각이 들었다. 그 무렵 어쭙잖은 글쟁이 흉내를 끝장낸 것은 아버지였다. 아버지는 당신 손으로 골목에 걸린 플래카드를 내렸다. 어머니가 위험하다고 말렸지만 아버지는 듣지 않았다. 전봇대에 사다리를 걸쳐 놓고 올라가 줄을 풀었다. 그리고 창고에 있던 드럼통을 마당으로 끌어냈다. 플래카드를 쑤셔 박고 휘발유를 부었다. 어머니는 놀라 아버지의 팔에 매달렸지만, 성냥불은 유유히 플래카드에 떨어졌다. 플래카드는 불길에 휩싸여 활활 타올랐다. 어머니는 드럼통 옆에 서서 발을 동동거리며 어찌할 바를 몰랐다. 이를 어째. 이를 어쩌면 좋아. 이건 잘 세탁해 옷장 속에 넣어 둘 생각이었는데. 이 귀한 것을. 아버지는 어머니의 말에 벌침을 쏘듯 톡 하고 쏘아붙였다.

"똥 같은 소리 하고 앉아 있네. 주제에 맞지도 않는 쥐똥 같은. 딱 빌어먹기 좋을."

내가 해 온 일은 똥 같은 일이었다. 나는 사실 아버지가 플래카드에 불을 지르기 이전부터 이미 내가 하는 일이 똥 같은 짓이라는 것을 알고 있었다.

신춘문예 등단 후 두 번째로 플래카드가 걸렸다.

'1988년생 이혁, YS전자 합격. 축하합니다' 어머니는 아버지가 플래카드 밑에서 인증 사진까지 찍으며 좋아했다고 아버지 몰래 사진을 보냈다. 빌어먹을 글쓰기가 취업하는 데 일등 공신 역할을 할 줄 몰랐다.

"무릎은 어때? 날 흐리면 더 아플 텐데."

출근길에 어머니께 전화를 했다. 어머니는 텃밭의 잡풀을 뽑다 들어왔다고 했다. 숨을 가쁘게 몰아쉬었다.

"무릎? 뭐 항상 그렇지."

"쉬어 가면서 해. 무릎도 좋지 않으면서."

"비 오기 전에 뽑으려고 했지. 내일부터 쏟아진다고 하는데 그 전에 다 뽑으려고 했지. 너는 별일 없지?"

"별일 없어. 그런데 엄마, 내 방에 고등학교 졸업 앨범 있지?"

나이 서른이 되어서도 아직 '엄마'라고 부르는 내가 부끄러웠지만 입에서 쉽게 떨어져 나가지 않았다. 사람이 많은 장소에서 나도 모르게 엄마, 라고 큰 소리로 부르고선 부끄럽고 민망하여 얼굴이 붉어진 적도 있었다.

"고등학교 졸업 앨범?"

"네."

엄마, 라고 나오려는 말을 꿀꺽 삼켜 버렸다.

"그런데 그건 왜?"

"찾아볼 것이 있어서요."

슬그머니 말을 높였다. 나이 서른에 '엄마'라고 부르는 것도 부끄러웠지만 높임말을 쓰지 않는 것도 부끄러웠다.

"잠깐만."

방문이 열리는 소리가 들렸고, 책장을 뒤적거리는 소리가 들렸다.

"어, 졸업 앨범 있다."

"우리 반에 경수라고 있나요?"

"경수? 잠깐만."

졸업 앨범을 넘기는 소리가 들렸다.

"경수가 세 명이다. 김경수 또 김경수, 최경수. 이렇게 셋이다. 어느 경수 말하는 거니?"

"우리 반에 경수가 셋이나 돼요?"

경수는 어머니 세대의 철수와 영희만큼, 막내 이

모 세대의 은희와 경희만큼 흔한 이름이었다. 그렇다고 하여도 경수가 한 반에 세 명이나 되는 줄 몰랐다. 나는 말이 없는 내성적인 학생으로 항상 창가 쪽 중간에 앉아 있었다. 문제를 일으키는 일도 없었고, 튀는 일은 더욱 없었다. 특색은 없었지만 무엇을 해도 항상 중간쯤은 했다. 생각해 보니 반 친구들에게 나 또한 경수로 기억될 수 있을 것 같았다. '아, 경수', 하며 나를 떠올릴 수도 있겠다는 생각이 들었다.

"고등학교 졸업 앨범 좀 택배로 보내 주세요."

"졸업 앨범을, 왜?"

"찾아볼 사람이 있어서 그래요."

"찾아볼 사람?"

"있어요. 로켓 만든 경수."

내가 소리 내서 웃자 어머니는 조심스럽게 물었다.

"무슨 일이 있는 것은 아니지?"

이틀 뒤 택배로 졸업 앨범을 받았다. 깻잎김치, 명란젓, 멸치볶음, 총각김치가 같이 도착했다. 반찬 통에 메모지가 붙어 있었다. '버리지 말고 다 먹어라.' 어머니가 보내 준 반찬은 소형 냉장고에 다 들어가지 않았다. 한 달 전에 보내 준 무채도 그대로 있었고,

장조림도 그대로였다. 나는 한참 동안 냉장고를 열고 반찬 넣을 방법을 궁리해 보았지만 넣을 방법이 없었다. 반찬 통을 냉장고 옆에 밀어 놓고 침대에 누워서 앨범을 훑어보았다. 일 반에도, 이 반에도 경수가 있었다. 전교생 중 경수는 모두 서른네 명이었다. 문과 열세 명, 이과에 스물한 명이 있었다. 마지막 고등학교 생활인 고 삼을 같이 보낸 경수는 생각나지 않았다. 고 삼이 되면 수업 시간에도, 쉬는 시간에도 대부분 책에 고개를 파묻고 잤다. 얼굴을 볼 수 있는 기회가 많지 않았다. 뒤통수나, 뒷모습을 보는 것이 다였다. 그래도 경수는 말썽을 피우거나, 대학을 포기한 학생은 아닌 듯싶었다. 매일 뒷자리에 앉아 떠들썩하게 웃고 떠들던 친구들 중 경수는 없었다.

이혁 씨!

모두 나를 '이혁 씨'라고 불렀다. 송 대리, 부장님, 김영수, 박 과장이라고 부르면서 나만 '씨'를 붙여 불렀다. 처음엔 YS전자의 모토와 같은 존중과 배려라고 생각했다. 대기업 사원은 역시 다르다고 생각했다. 김 부장도 송 대리, 최철 차장 하고 부르면서 나를 부를 때는 꼭 '이혁 씨'라고 불렀다. 나를 팀원에게 소개할 때도 신춘문예를 통해 등단한 소설가 '이혁 씨'라고 소개했다. 회의에 참석하고 나서야 나만 '씨'를 붙여 부르는 이유를 알게 되었다. 나에게 '씨'를 붙여 부르는 것은 배려의 의미도, 존중의 의미도 아닌 날 선 경계와 분리의 의미였다. 너는 우리와 다르니 이곳으로 들어올 수 없어, 라는. 내가 내놓은 의견은 번번이 묵살되었다. 송 대리는 올드하고 식상하다고 했다. 김 부장은 내 어깨를 짚으며 말했다. 좀 더 분발해야겠어. 스마트폰의 진화는 카메라, MP3, 녹음기 사업을 철수시켰다. 스마트폰만 있으면 전화를 걸고 받는 것은 기본이고, 공부도 하고, 영화도 보고, 노래도 듣고, 사진도 찍고, 은행 업무도 볼 수 있고, 회의도 할 수 있었다. 스마트폰으로 할 수 있는 일은 무궁무진했다. T8은 듀얼 카메라를 사용하고 있어 어두운 곳에서도 쉽게 촬영할 수 있다는 점과 넓은 화각이 강점이었다. 내가 생각한 스토리는 듀얼 카메라의 장점을 살려 가수의 콘서트를 그대로 담을 수 있는 스마트폰이었다. 영상, 카메라, 레코더, 사운드까지 모두 표현할 수 있는 장점을 가지고 있다고 생각했다. 김 부장은 묵묵히 듣더니 마지막에 한마디 했다. 뭐 다 좋은데 연령층이 너무 낮고 좁은 것 아닌가. 김 부장의 말은 결국 '다 별로군. 분발해야겠어'의 반어적 표현이었다. 책상으로 다시 돌아온 기획서도 마찬가지였다. 장점은 부각되지만 스토리라인이 선명하지 않다고 했다. 감동이 없다고 했다. 감동이라. 인문학적 영감을 담은 스마트폰에 감동적인 스토리라. 머리가 지끈거렸다. '꿈을 잇는 T8, 꿈을 이어 주는 T8.' 나는 하염없이 스마트폰을 만지작거리고 있었다. 느닷없이 전화벨이 울렸다. 진동으로 해 놓는다는 것을 잊어버렸다. 휴대 전화를 들고 급히 밖으로 나왔다. 은형이었다.

"야, 경수. 죽었단다. 벌써 이 년이나 되었대."

"뭐?"

"간암이라고 하더라. 불쌍한 자식. 나이 서른밖에 되지 않았는데 죽다니. 술도 마시지 않는 놈이 간암으로. 재수도 더럽게 없는 자식. 그놈이 예전부터 재수가 없긴 했어. 유독 무슨 검사만 하면 그 녀석이 걸렸잖아. 그래도 그렇지. 나이 서른에 걸릴 게 없어 간암에 걸려 죽냐."

"간암이라는 게 술 퍼마신다고 생기는 게 아니야. 피곤이 누적되면 간이 망가지고, 돌처럼 단단하게 굳고, 다음에 암으로 진행되어 죽는 거야. 무식한 놈."

"그러냐. 그 자식 대기업 들어갔다고 좋아했잖아. 어깨에 힘 잔뜩 주고. 그런데 매일 더럽게 일 많이 했지. 정말 그 회사 더럽게 일 많이 시켰다."

나는 속으로 뜨끔했다. YS전자에 취업했을 때 어깨에 잔뜩 힘을 주고 친구들 모임에 나갔던 것이 기억났다. 아직 취업이 되지 않은 친구도 있었고, 7급 공무원 시험을 준비하는 친구도 있었다. 그때 은형은 L기업에서 계약직으로 일하고 있었다. 나는 그날 호기롭게 술값을 내었다. 첫 월급을 받기도 전이었는데 마치 세상을 다 얻은 것처럼 굴었다. 아직 취업이 확정되지 않은 친구들에게 '야, 괜찮아. 금방 취직될 거야. 이번엔 꼭 시험에 붙을 거야', 라고 목소리 높여 말했던 것이 생각났다.

"그랬냐? 경수가 어깨에 잔뜩 힘주고 그랬어?"

"그랬지. 좀 아니꼬웠지."

나는 미안하고 민망했다. 은형은 술 한잔하자고 했지만 나는 시간이 나지 않는다고 했다. 야, 회사 일

너 혼자 다 하냐? 바쁜 척은. 볼멘소리를 했다. 이후
에도 은형은 경수의 소식을 전했다.

"경수 말이야. 가수가 되었대?"

"무슨 말 같지도 않은 소리야?"

은형이 전하는 경수 이야기 중 가장 황당한 이야
기였다.

"아이돌 가수가 되었다는데."

"우리가 아이돌 하기에는 나이가 많지 않냐?"

"그런가?"

"그렇지."

"그런데 분명 연기도 하는 가수가 되었다는데.
〈옆에 엑소가 산다〉에서 디오 역을 했다는데."

"걔는 아이돌 그룹 엑소의 도경수고. 우리와는 전
혀 상관없어. 우리의 김경수 원, 김경수 투, 최경수와
는 전혀 상관없는 사람이라고."

"야, 너는 어떻게 아이돌을 알고 있냐? 나도 모르
는 엑소를 네가 알고 있다니 놀랍다."

"내가 엑소만 알고 있는 줄 알아. 트와이스, 아이
오아이, 몬스타엑스도 알고 있어. 나 요즘 트렌드 박
사야."

"미친놈. YS전자 가더니 안 하던 짓 한다."

이후에도 은형을 통해 경수의 이야기를 전해 들었다. 경수가 직접 찾아왔다는 친구도 있었고, 경수를 만나러 갔다는 친구도 있었다. 택배 기사가 된 경수도 있었고, 전기 기술자가 된 경수도 있었다. 대학원에서 공부하는 경수도 있었고, 보험 설계사가 된 경수도 있었다. 결혼해서 두 아이의 아빠가 된 경수도 있었고, 집에 콕 박혀 게임만 하는 경수도 있었다. 노량진에서 취업을 준비하는 경수도 있었고, 동사무소에서 근무하는 경수도 있었다. 경수 이야기와 섞여 영기 이야기도 흘러 들어왔다. 경수가 말이야, 라고 은형이 말했지만 나에게는 영기가 말이야, 라는 말로 들렸다.

영기를 만난 적이 있었다. 우연인 척했지만 아니었다. 영기에 대한 소식은 동창 모임에서 들었다. 공모전에서 번번이 낙선의 고배를 마시고 있다고 했다. 등단 직후였기 때문에 자연스럽게 영기 이야기가 나왔고, 친구들은 내가 영기보다 못한 것이 뭐냐고 추켜세웠다.

영기와 마주 앉아 술을 마셨다. 잔뜩 어깨를 움

츠리고 앉아 있는 모습에서 예전의 호기로움은 찾을 수 없었다.

그래, 작가 혁이가 사 주는 술 한번 얻어먹어 보자.

영기는 벙긋 웃었다. 주거니 받거니 술잔이 오갔다. 따라 주는 술을 넙죽 받아 마시고 취해 버린 것은 나였다. 혀 꼬부라진 소리로 문학이 어쩌고, 소설이 어쩌고, 네가 쓰는 시가 어쩌고 떠들어댔다. 영기는 가만히 나를 넘겨다보고만 있었다. 영기가 아무 말도 하지 않는 바람에 나는 더 많은 말을 혼자서 했다. 말을 하면 할수록 이상하게 기분이 좋지 않았다. 나는 영기가 잡아 준 택시를 타고 집으로 돌아왔다. 다음 날 술에서 깨고도 자리에서 일어날 수 없었다. 수치스러워 머리를 쥐어뜯었다. 글에 대한 열정도 없으면서 그 일에 열정을 가지고 온 힘을 쏟고 있는 영기를 비웃었다. 비열했다. 영기가 말하지 않았지만 나는 알고 있었다. 등단하였다고 하지만 습작생인 영기가 나보다 백배 글을 잘 쓴다는 것을 알고 있었다. 빌어먹을 영기. 빌어먹을 자식. 이불을 뒤집어쓰고 돌아누웠다. 베개 밑에 머리를 처박고 영기를 욕했다. 빌어먹을 영기 새끼. 나는 그때 이미 내가 똥 같은 짓거리를 한다는 것을 알고 있었다.

"경수 말이야."

은형은 잠시 생각에 잠긴 듯 말을 하지 않았다. 은형의 목소리가 우울했다. 나는 우울의 원인을 짐작해 보려 했지만 생각이 미치는 데가 없었다.

"죽었단다."

"어? 어. 저번에 말했잖아. 간암이라고."

은형의 목소리가 저번과 달리 왜 이토록 무겁게 가라앉아 있는지 짐작할 수 없었다.

"아니야. 자살했대."

"뭐? 뭐라고?"

"빚이 많았대."

아버지가 파산하면서 떠안은 빚도 있었고, 학자금 대출도 있었고, 친구들에게 조금씩 꾼 돈도 있었고, 경수는 빚이 많았다고 했다. 다니다 말다 하던 대학을 그만두었고, 정말 쓰고 싶어 하던 글도 그만 접었다고 했다.

"그 자식 그래도 죽도록 일했다는데. 이번에 어머니가 암 진단을 받았다고 하네. 치료받을 돈도 없고, 어머니가 치료도 받지 못하고 죽어 가는 모습을 보아야 하고. 무슨 인생이 그렇냐."

억, 하고 숨이 멈췄다. 누군가 심장을 움켜쥐는 것 같았다. 아프고, 아팠다.

"나도 좀 무섭다."

나는 아무 말도 할 수 없었다. 은형의 형편을 알고 있었기 때문에 나아질 거야, 좋은 날이 올 거야, 라는 대책 없는 허황된 말을 할 수 없었다. 그건 위로가 아니라 공감 없는 폭력이었다.

"술이나 한잔하자."

내가 할 수 있는 말은 이것뿐이었다. 전화를 끊고 심장이 찢어질 것처럼 고통스러워 길가 벤치에 주저앉았다. 빌딩 꼭대기에 전광판이 걸려 있었다. 광고 속의 젊은이들은 마냥 즐겁고 싱그러웠다. 미지의 세계를 탐험하고, 음악을 만들고, 거리의 악사가 되고, 세계 각국의 친구들과 소통하고, 여행을 다녔다. 그런데 우리 경수는, 88년생 경수는.

나는 전광판을 보며 중얼거렸다. 꿈을 잇는 T8. 거짓말. 똥 같은.

1988년.* 소비에트 연방, 미하일 고르바초프 소련

공산당 서기장의 주도 아래, 페레스트로이카에 착수 개시하였고, 노태우가 대한민국의 제13대 대통령으로 취임하였으며, 로마 가톨릭교회의 대주교 마르셀 르페브르와 안토니오 드 카스트로 마이어 주교가 스위스 에콘에서 교황의 승인 없이 네 명의 주교를 서임하였다. 대한민국의 서울에서 제24회 하계 올림픽이 개막되었고, 대한민국 여자 핸드볼 팀이 올림픽 구기 종목 사상 첫 금메달을 땄다. 신해철이 무한궤도의 〈그대에게〉라는 곡으로 1988년 대학 가요제 대상을 수상하며 데뷔하였다. 배우 이연희, 축구 선수 고명진, 2PM의 가수 Jun. K, 슈퍼주니어의 가수 규현, 일본의 가수 겸 배우 카고 아이, 배우 김수현, 양궁 선수 기보배, 프로게이머 이성은, 아나운서 김지원, 축구 선수 이반 라키티치, 애프터스쿨의 가수 유이, 가수 윤하, 영국의 가수 아델, 빅뱅의 가수 태양, 배우 박서준이 태어났다. 그리고 경수가 태어났다. 나는 스마트폰에 경수 이야기를 담아 볼 생각이었다. 물론 김 부장은 '이건 좀' 하고 난색을 표할지 모르겠지만 만들어 보고 싶었다. 스토리라인을 잡고, 구성을 짜고 있을 때 알림 문자를 받았다. 동창회 소식을 알리는 문자였다. 2017년 2월 18일 토요일. 13시 30분. 호텔탑 다이아몬드홀. 동창회 참석 요망. 한 시간 후에 다시 문자가 도착했다. 경수 꼭 참석 바람. 경수 사건으로 때아닌 동창회가 열리게 되었다. 은형은 흥분해서 전화를 했다. 드디어 경수를 만나게 되는 것이라고. 로켓을 만든 경수를 보게 되는 것이라고. 나는 되물었다. 로켓? 뜻하지 않게 너무 많은 경수의 이야기를 듣게 된 탓에 정작 동창회의 발단이 된 '로켓을 만든 경수'를 까맣게 잊고 있었다.

그리고 수많은 경수 중 한 명이 나를 찾아왔다. 경수는 자신이 삼 반 경수라고 밝혔다. 나를 기억한다고 했다. 나는 속으로 웃었다. 나를 기억할 리가 없었다. 팔 반이었지? 너, 영기랑 친했잖아. 그랬지. 나는 그냥 대답했다. 사실 고등학교 시절 영기와 몇 마디 나눠 보지 못했다. 더 이상 할 얘기가 없는 것 같았다. 경수는 영기 이야기를 했다. 경수는 영기의 시를 기억하고 있었다. 「혀끝의 바람」을 기억해. 바람은 항상 혀끝에서 시작되었다, 라고 시작했잖아. 멋있다고 생각했어. 그래서 아직도 기억하고 있어. 너도 영기만큼은 썼지? 그랬나. 내가 웃자 경수가 맥없이 따라 웃었다. 「혀끝의 바람」은 영기가 썼지만 내 이름으로 발표된 시였다. 경수가 영기와 내가 친했다고 착각한 이유는 여기에 있는 것 같았다. 나, 영기, 시를 분리해서 기억하지 못하고 있었다. 경수는 커피를 다 마실 때쯤 서류 가방에서 파일을 꺼냈다. 정수기 팸플릿을 내밀었다. 내가 정수기를 팔고 있어. 직수형 정수기야. 온수, 냉수, 정수 모두 직수 방식으로 아주 깨끗해. 배관은 모두 스테인리스로 되어서 세균 걱정을 하지 않아도 돼. 복합 필터를 사용하고 있어서 중금속도 깨끗하게 제거한다고. 월 이만 오천구백 원이면 깨끗한 물을 마실 수 있어. 제휴 카드를 사용할 시 할인도 받을 수 있어. 사은품으로 삼중 면도기도 주고 있어. 사용하는 정수기 있니? 아니. 정수기는 필요하지 않았다. 집에서 밥을 해 먹는 일도 없었고 물을 많이 마시지도 않았다. 물은 편의점에서 생수를 사서 마셨다. 그럼 너에게 꼭 필요한 제품이네. 정수기는 현대인에게 반드시 필요한 제품이고 직수형은 과거 정수기의 단점을 보완해서 만든 것이라 우리 제품이 가장 좋아. 그리고 직수형 정수기야말로 요즘 트렌드란 말이지. 너는 알 거야? 사야만 할 것 같았다. 트렌드를 만들어 가는 사람이 트렌드에 뒤처질 수는 없었다. 그리고 월 이만 오천구백 원이라면 생활비에 부담이 될 정도는 아니었다. 게다가 대충 계산해 보니 편의점에서 생수를 사다 먹는 비용과 비슷할 것 같았다. 계약하겠다고 했다. 경수는 잠시 입을 반쯤 벌리고 나를 쳐다봤다. 경수는 이렇게 쉽게 계약이 성사되리라 생각하지 않은 듯했다. 계약서에 사인을 하자 경수의 얼굴에 안도의 빛이 비쳤다. 뭘 번거롭게 찾아왔어. 전화로 해도 계약했을 텐데. 내가 웃자 경수는 환하게 웃었다. 겸사 겸사. 얼굴 보고 좋잖아. 경수가 나를 만나러 오기 전에 얼마나 망설이고 생각했을지 짐작할 수 있었다. 그래. 좋다. 오랜만에 동창 얼굴도 보고. 경수가 가방에서 사은품을 꺼냈다. 일회용 위생 장갑과 수세미를 주었다. 그리고 특별히, 라는 말을 하며 수건 세트를 배낭에서 꺼냈다. 필요하지 않았지만 받았다. 경수가 자리에서 일어나며 말했다. 고맙다. 혁아. 고마워. 경수의 아랫입술이 파르르 떨렸다. 나는 경수와 말없이 걸었다. 사은품에 비해 쇼핑백이 너무 컸다. 쇼핑백 안에서 위생 장갑이, 수세미가, 수건 세트가 자리를 잡지 못하고 이리저리 움직였다. 경수는 서류 가방을 사선으로 메고, 터질 듯한 배낭을 멘 채 연신 이마의 땀을 닦았다. 횡단보도를 건너고 지하도로 내려갔다. 나는 집으로 가기 위해 버스를 타야 했고, 경수는 다른 고객을 만나기 위해 전철을 타야 했다. 멋쩍게 악수를 나눴다. 내가 먼저 다음에 술 한잔하자고 말했다. 경수는 그래. 다음에, 라고 말하고 개찰구를 빠져나갔다. 나는 빠른 걸음으로 계단을 걸어 내려가는 경수의 뒷모습을 보았다. 구두 굽이 닳아 걸을 때마다 위태롭게 주저앉았다.

아마도 나의 T8 스토리는 여기서부터 시작될 것 같다. 굽이 닳은 낡은 구두를 신고 세상 속으로 걸어 들어가는 경수.*

* 1988년. "소비에트 연방, 미하일 고르바초프 소련 공산당 서기장"부터 "빅뱅의 가수 태양, 배우 박서준이 태어났다"까지는 인터넷의 위키백과를 참조하였습니다.

툭

화단에 접근 금지 노란색 테이프가 쳐져 있었다. '출입 금지'라고 써진 테이프에는 '이 선을 넘지 마시오.'라고 경고하고 있었다. 최 씨는 이 선을 넘지 말라는 단호한 어투를 되새김질하며 주머니 속 열쇠를 만지작거렸다. 무연히 눈송이가 화단을 덮었다. 사고 현장은 보이지 않았다.

1

농밀한 어둠에 둘러싸여 있는 새벽이었다. 알람 시각보다 일찍 잠에서 깼다. 바닥에서 올라오는 냉기 때문에 더는 누워 있을 수 없었다. 며칠 전 빙판길에서 넘어져 삐끗한 허리가 정으로 깎아내는 것처럼 아팠다. 최 씨는 사용하지 않는 이불을 서랍장 위에 올려놓고 주방 겸 거실에서 잠을 잤다. 거실은 쪽문 틈으로 들어오는 바람 때문에 추웠다. 방은 하나였고, 방에는 아내가 있었다. 주방 겸 거실은 최 씨가 누우면 딱 맞는 넓이였다. 서랍장과 옷걸이가 거실에 있었다. 세간이 담긴 풀지 않은 상자 또한 거실 한쪽 구석에 차곡히 쌓여 있었다. 발을 뻗고 누우면 싱크대가 발에 닿았다. 최 씨는 허리를 손으로 받치고 일어나서 창틀에 올려놓은 밥그릇과 반찬 통을 내렸다. 겨울에는 반찬을 냉장고에 넣지 않아도 되었다. 밥을 꺼내 찜통에 넣고 가스 불을 켰다. 반찬은 항상 김치와 멸치볶음이었다. 김치와 멸치볶음은 복지센터에서 가져다준 것이다. 복지센터에서 방문하지 않는다면 최 씨는 마른밥만 먹어야 했다. 김치에서 살얼음을 걷어내고 보온 도시락에 담았다. 자잘한 얼음 알

갱이가 지문 사이에 박히는 듯했다. 최 씨는 무연히 유리창을 바라보았다. 겨우 얼굴 하나 내밀 수 있을 정도로 작은 창이었다. 그나마도 불투명 유리로 되어 있어서 선명하게 보이지 않았다. 최 씨는 짐작할 뿐이었다. 아직 세상은 어둡다, 하고. 얼굴을 유리창 가까이 가져갔다. 불쑥 불투명 유리창으로 운동화가 나타났다 사라졌다. 최 씨는 얼굴을 뒤로 뺐다. 반지하 집에서 한 뼘만 한 유리창을 통해 볼 수 있는 것은 길을 오가는 사람들의 발뿐이었다. 반지하 집은 항상 음산하고 어두웠다. 햇빛은 주방에 잠시 비스듬히 들었다 빠져나갔다. 그것마저도 겨울이 되면서 잘 들지 않았다. 바닥에서 올라오는 냉기 때문에 자다가 놀라 몸을 뒤튼 적이 한두 번이 아니었다. 빛이 들지 않는 집은 괴괴했다. 싱크대에서 시작된 곰팡이는 벽지를 타고 천장까지 이어지고, 벌레는 싱크대 밑에서 장판으로 기어다녔다. 집은 배설물 냄새가 뒤섞인 역한 공기를 쉼 없이 뱉어냈다. 창문을 열어 놓아도, 탈취제를 놓아도 냄새는 사라지지 않았다.

최 씨는 방문을 단단하게 잡고 있는 자물쇠를 풀었다. 지린내와 쉰내가 한꺼번에 풀려나왔다. 숨을 참았다. 아내는 어제 마지막으로 보았던 자세 그대로였다. 천장을 향해 곧게 누워 있었다. 최 씨는 아내 옆에 김치와 멸치볶음을 넣고 비빈 아침밥과 점심밥을 내려놓고 코에 귀를 가져다 댔다. 아내의 얕고 불규칙한 숨소리가 들렸다. 현관 입구에 내놓았던 요강을 가져다 아내의 방에 넣어 주고 방범창을 쳐다보았다. 한 번도 열린 적 없는 창문이었다. 햇빛은 창문을 통과하지 못하고 주위를 맴돌다 사라졌다. 방에는 아무것도 없었다. 아내가 깔고 누운 이불이 전부였다. 아내는 자신이 누우면 꼭 맞는 방에서 잠을 자고, 밥을 먹고, 똥을 누었다. 그나마도 보름 전부터 먹는 양도 줄고, 똥도 누지 않았다. 아내가 방에서 벗어나는 일은 거의 없었다. 최 씨가 없을 때 아내가 방을 벗어나는 것은 아주 위험한 일이었다. 최 씨는 자물쇠를 걸었다.

현관문을 열고 나오자 날을 세운 바람이 얼굴로 달려들었다. 최 씨는 자신도 모르게 몸을 부르르 떨었다. 옷 사이로 파고드는 바람은 차갑다 못해 아렸다. 어제 기상 예보에서 한파 주의보가 내려졌다. 기상 리포터는 빙판길을 각별히 주의하라는 말을 덧붙였다. 현관 앞에서 유니폼을 단단히 여몄다. 아파트 단지까지 빠른 걸음으로 걸으면 사십 분쯤 걸릴 거리였다. 최 씨는 생각처럼 빨리 걸을 수 없었다. 결빙된 도로는 미끄러웠다. 보온 도시락 가방이 무겁게 느껴졌다. 발을 내디딜 때마다 허리가 욱신거렸다. 송곳에 찔린 것처럼 섬뜩한 통증이 왼쪽 허벅지를 타고 허리까지 한 번에 전해졌다. 숨이 턱 막혀 허리를 굽히고 잠시 멈춰 섰다. 허리 통증은 골반을 묵직하게 눌렀다. 최 씨가 숨을 몰아쉬며 고개를 들었다. 어둠 속에 신기루처럼 아파트 단지가 보였다. 아파트는 잘 맞춰진 블록처럼 어둠에 끼워져 있었다. 허리를 폈다. 경비원으로 근무한 지 육 개월이 되어 가는데도 아파트 단지로 들어가는 것은 어찌 된 일인지 불편했다.

102동을 끼고 돌면 공원이 나왔다. 공원을 가로지르면 단지 안으로 들어가는 길이 나왔다. 그 길을 따라 걸으면 103동과 104동으로 들어가는 단지 출입구가 나왔다. 최 씨가 근무하는 경비실은 103동과 104동 앞에 있었다. 펜스가 없다면 돌지 않아도 되는 길이었다. 102동과 103동 사이에는 펜스가 쳐져 있었다. 102동에서 103동으로, 104동으로, 105동으로 이동할 방법은 없었다. 지하 주차장도 다른 동으로 통하는 길은 없었다. 102동은 단지 내에서 완벽하게 분리되어 있었다. 같은 단지에 속해 있지만 102동은 음산한 음지에 오뚝하니 혼자였다. 경비실은 103동, 104동 앞에 있었다. 102동 뒷길은 햇살이 들지 않기 때문에 기온이 떨어지면 노면이 쉽게 얼고, 잘 녹지 않았다. 게다가 비탈져 있어서 조심하지 않으면 낙상 으로 이어졌다. 102동을 돌 때였다.

툭, 툭툭, 픽.

나뭇가지 꺾이는 소리가 들렸다. 나뭇가지가 꺾이는 소리치고는 좀 요란스럽다고 생각하며 출입구 쪽으로 방향을 틀었다. 처음엔 정확히 무엇인지 알지 못했다. 쓰레기봉투인 줄 알았다. 누군가 일부러 투척한 음식물 쓰레기라고 생각했다. 102동에서 종종 있는 일이었다. 음식물 쓰레기 종량제가 시행되면서 번번이 음식물은 창문 밖으로 던져지거나 하수구를 통해 버려졌다. 하수구가 막혀 하수가 역류하는 일이 발생했다. 102동 엘리베이터에는 음식물 쓰레기를 하수구에 버리지 말라는 경고장이 붙었다. 경고장이 붙은 이후로 음식물은 빈번히 창문 밖으로 던져졌다. 창밖으로 음식물 쓰레기를 버리기에는 아무도 깨어 있지 않은 새벽이 알맞은 시간이었다. 음식물 쓰레기는 창문을 통해 102동 뒷길에 떨어졌다. 102동 뒷길은 102동 사람들만 사용하는 길로, 102동 입주민만 사용하는 출입구가 있었다. 뒷길 출입구를 통해 나오면 마을버스 정류장이 있었고, 펜스를 따라 걸으면 공원으로 들어갈 수 있었다. 102동 사람들도 뒷길 출입문을 사용하는 것에 대해 그리 불만이 있는 것 같지 않았다. 단지의 정문은 102동에서 멀었고, 정문 앞에는 버스 정류장도, 지하철역도 없었다. 버스 정류장과 지하철역은 아파트 단지에서 상당히 먼 곳에 있었다. 102동 사람들은 유일한 통로로 오가다 음식물 쓰레기 폭탄을 맞지 않을까 우려했다. 실제로 구정물을 뒤집어쓴 경우가 있었다. 102동 사람들은 유일한 통로인 뒷길이 쾌적하기를 바랐다. 담배 꽁초가 버려져 있지 않고, 과자 봉지가 찢긴 채 뒹굴지 않고, 음식물 쓰레기 냄새가 나지 않고, 위에서 더러운 무엇인가 떨어지지 않기를 바랐다. 여름이 되면 역한 음식물 쓰레기 냄새가 열어 놓은 창문을 통해 들어왔다. 냄새뿐 아니었다. 습기 때문에 물기를 잔뜩 안은 공기는 불쾌하게 몸에 들러붙었다. 아래윗집에서 쏟아져 들어오는 소음은 욕을 하지 않고는 배기지 못하게 만들었다. 여름은 여러모로 102동 사람들에게는 견디기 힘든 계절이었다. 겨울 들어서곤 기온이 영하로 떨어지기 시작하면서 음식물 썩는 냄새는 나지 않았지만, 쓰레기가 바닥에 그대로 얼어붙었다. 얼어붙은 음식물을 치우는 일은 여간 힘든 일이 아니었다.

언제나 문제는 102동이었다. 102동은 싸구려 옵션처럼 껴 있는 임대아파트였다. 102동은 눈엣가시 같은 존재였다. 미관을 해치고, 품위를 떨어뜨리고, 집값을 깎아내리는, 순도를 떨어뜨리는 불순물이었다. 102동 사람들의 얼굴은 볕이 들지 않는 음지처럼 그늘져 있었다. 그늘진 얼굴 밑에 송곳니를 숨기고 있었다. 송곳니는 최 씨와 같은 사람들을 만났을 때 본능처럼 드러났다. 음식물을 창밖으로 투척하고, 하수구로 버리는 행위는 최 씨가 해결해 줄 수 없는 문젠데도 사납게 송곳니를 세웠다. 최 씨가 할 수 있는 일은 바닥에 얼어붙은 음식물 쓰레기를 말끔하게 치우고, 나뭇가지에 걸린 음식물과 비닐봉지를 제거하는 것이다. 음식물 쓰레기를 제때 치우지 않는다면 102동 주민들뿐 아니라, 다른 동 주민들까지 민원을 제기했다. 최 씨가 할 수 있는 일은 이것뿐이었다. 바닥에 버려진 쓰레기를 치우는 것. 102동 주민들도 알고 있었다. 그런데도 사람들은 인터폰을 통해서, 직접 찾아와서 언성을 높였다. 그때마다 최 씨는 기죽은 목소리로 최선을 다하고 있다고 말했다. 102동 주민들은 어깨를 움츠리고 다소곳이 두 손을 모으고 있는 최 씨의 모습을 보고 있으면 울분이 상쇄되는 듯 보였다. 102동 사람들은 최 씨에게 경비원 자격이 없다며, 직무 유기를 하고 있다고 고압적인 자세로 윽박질렀다. 최 씨는 연신 고개를 끄덕거리며 마치 범법 행위를 하다 걸린 사람처럼 머리를 조아렸다. 그럼 102동 사람들은 상당히 만족한 얼굴이 되어 돌아갔다. 102동 사람들은 최 씨의 겁먹은 모습을 보며 보상받는 듯했다. 한편으로는 끊임없이 의심했다. 102동이기 때문에 민원을 처리해 주지 않는다고 생각했다. 103동에서, 104동에서, 105동에서 이런 일이 벌어졌다면 이렇게 말로만 최선을 다하고 있다고 느긋하게 말하지 못할 것이라 생각했다. 102동이기 때문이라고 입술을 파르르 떨며 말했다. 최 씨는 목 밑까지 넘어온 말을 삼켰다. 103동에서, 104동에서는 상상도 할 수 없는 일입니다. 하수구에 음식물을 버린다고요, 창밖으로 음식물을 던진다고요, 그런 몰상식한 일은 상상조차 할 수 없는 일입니다, 일어날 수 없는 일이죠. 많은 말들이 입 안에서 와글거렸지만 삼켰다.

최 씨는 노면의 결빙 상태를 살피며 넘어지지 않기 위해 발가락에 힘을 주었다. 발가락에 힘을 주자 허리가 뻐근했다. 어두워서 보도가 명확하게 보이지 않았다. 널찍하게 간격을 벌리고 서 있는 정원등은 어둠을 밀어내기에 역부족이었다. 정원등이 미치지 못하는 곳에는 어둠이 쳐 놓은 덫이 있었다. 덫에 걸려 넘어지지 않도록 주의해야 했다. 최 씨는 화단에 올라섰다. 화단에 묵직해 보이는 쓰레기봉투가 떨어져 있었다.

빌어먹을 102동.

순간, 욕이 튀어나왔다. 쓰레기봉투가 터져 버린 것 같았다. 봉투 안에 꽉꽉 밀어 넣었던 쓰레기가 쏟아져 바닥에 흩어져 있었다. 가까이 다가섰다. 어둠이 조밀하게 공간을 메우고 있었다. 사물을 분간하기 힘들었다. 어둠 속에 얼굴을 들이밀었다.

사람이 있었다. 여학생이었다. 고통이 깨어나고 있었다. 순식간에 얼굴이 일그러졌다. 최 씨는 어둠 속에서 얼굴을 빼고 뒤로 물러났다. 뒷걸음치다 발을 헛디뎠다. 자리에 주저앉고 말았다. 욕지기가 올라왔다.

2

나는 A이다. 혹은 B이거나 C이거나 D일 것이다. 무엇으로 불리든 상관없다. 누군가는 나를 망할 년이라고 부를 것이고, 또 다른 누군가는 불쌍한 년이라고 부를 것이다. 김 아무개, 정 아무개처럼 나는 그냥 A이다. 그렇게 불리는 것이 편하다. 나는, 그러니까 A는 죽었다.

오랫동안 고민했다. 풀리지 않는 실타래처럼 머릿속이 엉켜 있었다. 실타래를 하나씩 풀어 갈 때마다 아버지가 불쑥 얼굴을 내밀었고, 어머니와 동생이 환하게 웃으며 풀어 놓은 실타래를 헝클어 버렸다. 돈 버는 기계 같은 아버지와 가족밖에 모르는 어머니, 같은 학교에 다니는 연년생의 여동생이 떠오를 때마다 벼랑 끝에 서 있는 생각을 멈출 수밖에 없었다. A는 무참한 심정으로 누워서 천장을 쳐다보다 새벽녘이 되어서야 잠들었다. 잠에서 깨면 제일 먼저 하는 일은 달력을 확인하는 것이었다. 방학이 끝나 가고 있었다.

방학이라고 하지만 학교에 다닐 때와 별반 다르지 않았다. 사실 방학이 되면 학교에 다닐 때보다 더 바빠졌다. 학원마다 특강이 시작되었다. 국어는 비문학과 문학 특강을 들어야 했고, 문법 특강이 추가되었다. 영어는 독해 특강을 들어야 했고, 토익 학원이 추가되었다. 수학은 학원 수업을 늘리는 대신 부족한 부분만 과외 선생님이 붙었다. 일주일 중에 쉴 수 있는 날은 단 하루도 없었다. 숙제하다 보면 언제나 새벽 두 시가 지나 있었다. D아파트 102동으로 이사 오면서 새벽 두 시 이전에 잠자리에 들어 본 적이 없었다. 초등학교를 모래내에서 졸업했다. 좋은 환경의 중학교 진학을 위해 102동으로 이사를 하게 되었다. 전학해 오면서 성적이 떨어졌다. A가 유일하게 잘할 수 있는 것은 공부였다. 별로 돈 들이지 않고 알아서 잘하는 아이였다. 그런데 이곳으로 전학하게 되면서부터 돈을 들여도 그다지 좋은 성적을 내지 못했다. 겨우 명맥만 이을 정도였다.

"엄마, 우리 여기서 살아야 해?"

저녁 식사 준비를 하는 어머니에게 조심스럽게 물었던 적이 있었다. 어머니가 밥주걱을 손에 쥔 채 A를 의아한 눈빛으로 쳐다보았다.

"무슨 말이야? 무슨 일 있니?"

"다른 곳으로 이사 가면 어떨까, 해서."

"다들 여기 들어오지 못해 안달인데, 그게 무슨 자다가 봉창 두드리는 소리야."

"다른 곳으로 이사 가면 아빠도, 엄마도 이렇게까지 많이 일하지 않아도 되잖아."

"지금 네가 아빠랑 엄마 걱정하는 거야? 걱정하지 마시게, 딸. 엄마랑 아빠는 힘들지 않아."

어머니는 이를 드러내며 환하게 웃었다. A도 맥없이 어머니를 따라 웃었다. 그래서 오랜 시간 맹렬히 죽지 않고 살아야 할 이유를 생각해 보았다.

없었다.

명확해졌다. A의 발목을 잡은 가족도 언젠가는 A를 이해하고, A의 죽음을 극복하게 되리라는 생각이 들었다. A는 책상 앞에 앉아 노트를 내려다보았다. 주홍색 스탠드 불빛이 노트에 고였다. 한 시간째 노트만 보고 있었다. A는 가족을 위해 무엇이든 남겨야 한다고 생각했다. 어둠은 A의 등 뒤에서 기웃거렸다.

거실에서 조심스러운 웃음소리가 들렸다. 예능 프로그램을 시청하고 있을 시간이었다. 텔레비전 소리는 들리지 않았다. 이곳으로 이사 온 후로 볼륨을 높여 텔레비전을 시청해 본 적이 없었다. 음악 소리가 조금만 커도, 청소기를 좀 늦은 저녁에 돌려도, 발소리가 들려도 인터폰이 울렸다. 주의해 달라고 경비원이 말했다. 이곳은 규칙이 많았다. 오후 아홉 시 이후에는 쓰레기를 배출해서는 안 됐다. 아파트에 사는 애완견은 성대가 없었다. 아파트에 살기 위해서는 철저한 매너 교육이 되어 있지 않으면 성대를 제거해야 했다. 성대가 쓸모없는 것은 A도 비슷했다. A도 성대가 있지만 말을 하는 데 유용하게 사용해 보지 못했다. A는 조용한 학생이었다. 문제를 일으키는 일도 없었고, 튀는 학생도 아니었다. 마치 없는 사람 같았다.

순간, 바늘 끝에 찔린 것 같은 통증이 관자놀이를 지나갔다. A는 책상에 놓여 있는 타이레놀을 만지작거렸다. 어머니가 가져다 놓은 것이다. 관자놀이를 짚으며 방으로 들어가는 A를 보며 어머니가 어디가 아프냐고 물었다.

"머리가 아파."

미간을 찡그리며 대답했다.

"두통약 먹어야 하는 것 아니야?"

어머니의 걱정스러운 목소리가 A를 따라 방으로 들어왔다. 책상 앞에 앉아 문제집을 펼쳤다. 잠시 후 방문이 열렸다. 어머니가 타이레놀과 생수를 책상에 내려놓았다.

"그만 자라고 말하지 못해 미안하다. 약 먹고 공부하다 자."

두통은 순전히 가족 때문이었다. A가 죽고 남겨질 가족. A의 자살은 단번에 가족의 행복을 박살 낼 것이다. 예능 프로그램을 보며 웃을 수 없게 된다. 집은 깊은 수렁으로 변해 발을 내디딜 때마다 발목까지 물이 차오른다. 고심해 놓고 결심하지 못했던 것도 이것 때문이었다. 음울한 얼굴로 각자의 공간에 웅크리고 앉아 자책하고 있을 가족의 모습이 떠오를 때마다 가슴이 욱신거렸다.

A는 써야 했다. 무엇이든 남겨야 했다. A를 잃은 가족에게 여러 가지 추측을 남길 수 없었다. 추측은 남겨진 사람들을 괴롭히고, 많은 시간을 자책하며 슬퍼하는 데 허비하게 만들고, 행복을 갉아먹을 것이다.

다시 봄이라서. 봄날이 쓸쓸해서. 번잡스러워서.

라고, 노트에 썼다.

봄은 아직 오지 않았다. '봄날이 쓸쓸하다'와 '번잡스럽다'라는 말은 의문과 추측을 남길 용의가 있었다. '죽는다'와 '쓸쓸하다'는 등치가 될 수 없는 것처럼 보였다. 하지만 달리 표현할 단어가 없었다. '쓸쓸하다'와 '번잡스럽다'가 A의 심정을 대변하는 가장 정확한 표현이었다.

가족이 잠들 시간을 기다렸다. 창틀에 걸터앉은 것은 처음이었다. 차가운 공기가 닫혀 있던 몸의 감각을 열었다. 별이 스치는 소리가 들렸다. 어둠 뒤로 기우는 해가 보였다. 어둠은 포근했다. 바람이 발목을 낚아챘다. A는 그네를 뛰듯 날아올랐다.

A는 자신의 선택이 옳았다는 생각이 들었다. 고통은 오래가지 않았다. 사지를 잇고 있던 끈이 한 번에 끊어졌다. 목각 관절 인형 같았다. 신기한 경험이었다. 무릎 관절 아래가 꺾여 있었다. 마치 다리를 한껏 치켜들고 뛰어오르는 것처럼 발랄해 보였다. 다리가 꺾인 각도가 지나치게 발랄해 보여서 기이했다. 바닥은 차가웠다. 회칼로 살갗이 저며지는 것 같았다. 감각은 천천히 – 천천히, 라고 하지만 사실 순식간이었다 – 사라졌다. 아무 감각도 느낄 수 없었다. 기억이 재생되기 시작했다. 의도했던 일이었다. 잠들기 전에 수없이 행복했던 순간을 떠올렸다. 생각하지 않아도 기억해내려 애쓰지 않아도 자동 재생처럼 떠오를 수 있도록 연습했다. 혼자서 자전거를 타고 동네를 돌 때의 긴장된 행복감, 피아노 연주에서 처음으로 〈워털루 전쟁〉을 완곡하였을 때의 흥분, 놀이동산에서 먹었던 솜사탕의 달콤함, 가족과 처음으로 제주도 여행을 갔을 때 보았던 붉은 동백길, 추운 겨

울 오랫동안 밖에서 기다리다 먹은 닭칼국수를 생각했다. 그때의 환희를 되새김질하려 노력했다. 마지막 순간에 고통스럽고, 불쾌한 기억이 떠오르는 것을 원치 않았다. 좋은 기억을 가지고 떠나기를 바랐다. 밤마다 잠자리에서 즐거웠던 순간을 재생하는 연습은 효과가 있었다. 일생이 파노라마처럼 지나갔다. 기억은 어머니의 자궁에서 시작되었다. 자궁은 따뜻했다. 어머니가 맛보는 음식을 함께 맛보고, 어머니가 느끼는 감정을 같이 느꼈다. 장면이 바뀌었다. 어머니가 A를 품에 안고 울고 있었다. 아버지는 어머니의 눈물을 닦아 주었다. 배밀이를 시작하자 어머니는 A를 안아 올리고 기뻐했다. 엄마, 아빠를 말하기 시작했을 때, 첫발을 떼었을 때, 화장실을 혼자 가게 되었을 때, 바비 인형을 갖게 되었을 때, 자전거를 타게 되었을 때, 어머니 아버지 손을 잡고 초등학교 입학식에 가게 되었을 때, 학교에서 처음으로 상장을 받아 왔을 때. 기억이 문득 끊겼다. 102동으로 이사하고, 중학교에 입학한 이후에 즐거웠던 순간이 재생되지 않았다. 102동으로 이사한 이후 A는 줄곧 존재하지 않는 사람이었다. 문득, 쓸쓸해졌다. 존재하지 않는 사람. A는 마지막 순간까지도 존재하지 않는 사람으로 사라진다고 생각하니 그만 눈물이 났다. 눈물을 닦으려 손을 움직여 보려 했지만 꼼짝하지 않았다. 그때 화단에서 마른 풀잎이 바스러지는 소리가 들렸다. 어둠 속에서 누군가 얼굴을 내밀었다. A의 손가락이 뜻하지 않게 꿈틀거렸다. 103동과 104동을 경비하는 3초소 경비원 최 씨였다. 최 씨를 마지막 순간에 보게 될 것이라고는 생각하지 못했다. 최 씨는 황급히 A의 손을 잡았다. 최 씨는 떨고 있었다. 최 씨의 손이 너무 떨려서 A는 힘겹게 입을 벙긋거렸다. 아저씨, 괜찮아요? 나는 괜찮아요, 라고 말했다. 최 씨가 알아들었는지 알 수 없었지만, A는 입을 벙긋거렸다.

괜찮아요.

3

폭설이었다.

하늘은 근육통을 앓는 사람 같았다. 잿빛 구름이 뭉쳐 있었다. 하늘은 오후 내내 불쾌하고, 불편한 얼굴로 꿈틀거렸다. 최 씨가 순찰을 시작하려 하자 눈발이 휘날리기 시작했다. 104동과 103동을 돌아 102동 펜스를 확인하고 있을 때였다. 느닷없이 눈발이 굵어졌다. 바람 때문에 눈발은 정신없이 휘돌았다. 빠른 속도로 눈이 쌓이기 시작했다. 화단에 접근 금지 노란색 테이프가 쳐져 있었다. '출입 금지'라고 써진 테이프에는 '이 선을 넘지 마시오.'라고 경고하고 있었다. 최 씨는 이 선을 넘지 말라는 단호한 어투를 되새김질하며 주머니 속 열쇠를 만지작거렸다. 무연히 눈송이가 화단을 덮었다. 사고 현장은 보이지 않았다. 노란색 테이프가 비현실적으로 느껴졌다. 눈송이가 목에 떨어졌다. 차가운 혀가 목덜미를 쓱 핥고 지나가는 것 같았다. 섬뜩했다. 최 씨는 목을 감싸쥐고 뒷걸음질 쳤다. 빠른 걸음으로 102동에서 멀어졌다. 걸어오는 내내 싸늘한 시선이 최 씨의 목덜미에 들러붙었다. 최 씨는 초소에 뛰어들어 밖을 살폈다. 사람은 보이지 않았다. 눈발이 사납게 출입문으로 달려들 뿐이었다. 밖은 마치 아무도 살지 않는 동네처럼 적막했다. 평상시에도 입주민들을 보기는 쉽지 않았다. 대부분 지하와 연결된 출입구를 이용해 움직였다. 차에서 내려 엘리베이터를 타고 곧장 집으로 올라가기 때문에 최 씨와 마주칠 일은 거의 없었다. 최 씨가 입주민을 보며 대화를 나누는 시간은 택배가 맡겨졌을 – 아니면 직접 찾아와 울분이 섞인 항의를 할 때 – 때뿐이었다. 이마저도 택배보관함이 생기면서 뜸해졌다. 눈이 사위를 분간할 수 없을 정도로 쏟아지기 시작했다. 쏟아지는 눈 사이로 아파트 건물이 언뜻 나타났다 사라졌다. 눈 때문에 아파트가 지워졌다. 그제야 최 씨는 허리를 굽히고 숨을 돌렸다. 느닷없이 배 속이 울렁거렸다. 가슴을 쓸어내리며 식사 준비를 했다. 지금 먹지 않으면 내내 굶어야 했다. 순찰 시간이 정해져 있는 것처럼, 식사 시간도 정해져 있었다. 최 씨는 식사 중이라는 안내문을 출입문에 걸었다. 늘 그렇듯 TV 전원을 켰다. 드라마를 찾아 채널을 돌렸다. 최 씨는 뉴스는 보지 않았다. 뉴스는 사건, 사고로 가득했다. 최 씨는 끔찍한 사건을 아무렇지도 않게 전달하는 앵커가 끔찍할 정도로 싫었다. 캐비닛에서 스테인리스 그릇을 꺼냈다. 히터 위에 올려놓은 반찬 통과 밥통이 따뜻했다. 최 씨는 스테인리스 그릇에 김치와 멸치, 밥을 한꺼번에 넣고 비볐다. 김치 냄새가 코를 쏘았다. 오늘따라 신김치 냄새가 역하게 느껴졌다. 입맛이 없었다. 최 씨는 밥을 입 안으로 밀어 넣었다. 밥알이 입 안에서 서걱거렸다. 한참을 씹어도 입 안에서 맴돌 뿐 식도로 넘어갈 생각을 하지 않았다. 최 씨는 알약을 삼키듯 억지로 물과 함께 삼켰다. 명치가 묵직했다. 명치가 묵직하게 불편한 상태는 102동 901호의 여고생을 발견한 후부터 심해졌다. 명치에서 통증이 느껴졌다. 불현듯 쥐어뜯기는 듯한 고통이 명치를 엄습했다. 최 씨는 명치를 손바닥으로 누르며 뒷설거지를 시작했다. 초소에 딸린 화장실에 수도가 있었다. 따뜻한 물은 나오지 않았지만 수도가 있다는 것만으로도 고마운 일이었다. 설거지해 놓지 않으면 그릇에서 반찬 냄새가 났다. 그럼 경비 초소를 방문한 입주민은 눈살을 찌푸리며 킁킁거렸다. 구석에 놓여 있는 그릇을 발견하고는 슬쩍 최 씨를 보았다. 택배를 찾아 들고, 확인 사인을 하는 동안 내내 숨을 참는 모습이 역력했다. 환기하기 위해 출입문을 살짝 열어 놓았다. 찬바람이 좁은 문틈을 비집고 들어왔다. 몸이 움츠러들었다. 식사하는 동안 이미 해가 저물어 버린 모양이었다. 밖은 어두웠다. 눈발이 열린 출입문을 통해 불쑥 들어왔다. 최 씨는 뜨거운 보리차를 마시며 CCTV 모니터를 살폈다. 102동 엘리베이터는 안전했다. 102동 뒷길도 안전했다. 아이들이 뒷길을 빠져나가고 있었다. 학원에 가는 모양이었다. 언제나 이 시간이 되면 아이들이 학원 버스를 타기 위해 바쁘게 움직였다. 최 씨는 고개를 들어 창문 밖을 보았다. 102동은 보이지 않았다. 시커먼 어둠만 창가에 앉아 무엇인가 도사리고 있었다. 최 씨는 출입문을 닫았다. 열려 있던 출입문 안쪽에 그새 눈이 쌓여 있었다. 최 씨는 천천히 녹아서 없어지는 눈을 물끄러미 쳐다보았다.

아무 일도 없네. 안전해.

중얼거렸다. 그리고 목덜미를 어루만졌다.

아무 일도 일어나지 않은 일요일, 토요일, 금요일, 목요일, 수요일, 화요일 같았다. 분명 월요일 새벽은 아니었다. 시간은 월요일 이전의 시간으로 되돌아가 있는 것 같았다. 아무도 죽지 않은 일요일 같았다. 약속이나 한 듯이 누구도 죽은 여고생에 관해 이야기하지 않았다. 최 씨는 여고생의 투신과 관련해서 경찰 조사를 받았다. 경찰서에 가기 전에 입주민 대표가 찾아왔다. 함부로 말해서는 안 된다는 것이었다. 입단속을 잘해야 한다고 말했다. 최 씨는 그의 서늘한 입매를 보며 고개를 끄덕였다.

아파트에서 추락한 사람은 102동 901호에 사는 여고생이었다. 최 씨는 102동 901호 가족이 이곳을 떠날 것으로 생각했다. 그런데 아무 일 없다는 듯이 그들은 이곳에 살고 있었다. 잠을 자고, 밥을 먹고, 뒷길을 통해 출근하고, 학교에 가고, 퇴근하고, 하교했다. 최 씨는 CCTV 모니터로 시선을 옮겼다. 최 씨는 여고생의 투신이 있었던 후 CCTV를 통해 901호 가족들을 확인하는 습관이 생겼다. 901호 가족이 아직 귀가하지 않고 있었다.

인터폰이 울렸다. 수화기를 들자 다짜고짜 화를 내기 시작했다.

"이봐요. 누가 또 밖으로 음식물 쓰레기를 버렸어요. 제대로 순찰하는 것 맞아요? 어디 무서워서 살겠어요. 순찰을 자주 하란 말이에요."

최 씨는 음식물 쓰레기를 밖으로 투척하는 행위가 어째서 무섬증을 증폭시키는 일인지 알 수 없었다. 둘 사이에 어떤 연관 관계가 있는지 이해할 수 없

었지만 알겠다고 말했다. 최 씨는 손전등을 들고 밖
으로 나왔다. 그새 눈발은 약해져 있었다. 눈앞을 분
간할 수 없을 정도는 아니었다. 공원으로 들어섰다.
아무도 밟지 않은 눈길이 나무 사이로 이어지고 있
었다. 가로등 불빛은 땅에 닿기 전에 어둠에 흡수되
었다.

　길은 깨끗했다. 과자 봉지도, 음식물 쓰레기도 없
었다. 최 씨는 화단 앞에서 머뭇거렸다. 노란색 테이
프가 더 이상 접근하지 말라고 말하고 있었다. 최 씨
는 숨을 들이마시고 화단에 올라섰다. 버려진 음식물
쓰레기는 없었다. 손전등으로 구석진 곳까지 꼼꼼하
게 살폈다. 깨끗했다. 화단은 사람들이 오고 간 발자
국도 없었다. 최 씨의 발자국이 유일한 것이었다. 최
씨가 화단에서 내려섰을 때 뒷길로 여자가 나타났다.
901호 여고생의 어머니였다. 그녀는 시선을 땅에 고
정한 채 걷고 있었다. 최 씨가 인사를 해도 그냥 지나
쳤다. 최 씨가 전혀 보이지 않는 것 같았다. 골똘히 무
엇인가를 생각하고 있었다. 눈빛은 필사적이었다. 늦
가을 낙엽처럼 바싹 마른 모습은 건드리기만 해도 바
스러져 버릴 것처럼 보였다. 그녀는 빠른 걸음으로 화

단을 지나쳤다. 한기가 목덜미에 휘감겼다. 최 씨는
목덜미를 어루만졌다.

"버려진 쓰레기는 없었습니다."
"그래요. 그렇군요. 네. 알겠어요."
안도하는 목소리였다. 최 씨 또한 긴 숨을 내쉬었
다. 밖을 내다보았다. 눈은 소강상태였다. 최 씨는 초
소 뒤에 놓아둔 눈삽을 꺼냈다. 지금 눈을 치우지 않
으면 얼어붙어 치우기 더 어려워졌다. 눈을 치우고 길
을 내는 일은 만만치 않았다. 허리에 눈의 무게가 고
스란히 느껴졌다. 땀이 났다. 속옷이 땀으로 축축해졌
다. 빨리 끝내지 않는다면 감기 걸리기에 십상이었다.
길을 내고 초소로 돌아오자 자정이었다. 쉬는 시간이
라는 안내문을 출입문에 걸어 놓고 간이침대를 펼쳤
다. 야간 근무 경비원은 자정이 넘으면 쪽잠을 잘 수
있었다. 히터를 끌어다 놓고 전등 스위치를 껐다. 간
이침대에 눕자 녹아내릴 것만 같았다. 문득, 어둠 속
에 누워 있을 아내가 생각났다. 아내도 최 씨와 같이
천장을 보고 있을 것이다. 최 씨는 모로 몸을 뉘었다.
어둠 속에서 아내가 고개를 내밀었다. 최 씨는 아내의

얼굴을 응시했다. 아내는 최 씨를 보고 있지 않았다. 아내의 시선은 어디에도 머물러 있지 않았다. 퓨즈가 나간 전구처럼 까맣게 죽어 있었다.

아내는 방에 누워 있을 것이다. 아내에게 집은 무덤이며, 방은 잘 짜인 관이었다. 아내는 옴짝달싹할 수 없는 방에 누워서 무슨 생각을 하고 있을까, 아내는 어떤 세상 속에 살고 있을까. 최 씨는 생각해 보았다. 짐작조차 할 수 없었다. 아내는 사물을 분간할 수 없었다. 시력을 거의 잃게 되면서 아내는 방 안에서 뱅글뱅글 도는 일도 하지 않았다. 오직 이불 위에서만 지냈다. 한 달 전부터는 소변도, 대변도 거의 누지 않았다. 머리맡에 놓아두고 온 밥도 거의 먹지 않았다. 최 씨는 깨끗한 방을 보며 아내의 병이 나은 것은 아닌가, 기억을 되찾은 것은 아닌가 생각했다. 하지만 아내의 시선은 언제나 허공 어디의 어둠 속에 있었다. 아내가 문득 최 씨를 물끄러미 쳐다보기도 했지만, 기억은 언제나 어둠 속에 있었다. 아내는 알츠하이머병을 앓고 있었다. 아내는 제일 먼저 기억 속에서 아들을 잃었다. 아들이 사업에 실패하면서 집안은 순식간에 몰락했다. 십 년을 산 집에서 쫓겨났고, 사십 년을 모은 재산이 한순간에 손에서 빠져나갔다. 아들의 행방은 알 수 없었다. 아내의 병이 급속도로 나빠지기 시작한 것도 이 무렵이었다.

최 씨는 몸을 뒤척였다. 쪽잠을 자기는 틀린 것 같았다. 벌써 새벽 두 시가 넘어가고 있었다.

꿈을 꾸고 있었다. 최 씨는 102동 화단 앞에 서 있었다.

안 돼

라고 소리쳤지만, 여학생은 태연히 그네를 뛰듯 하늘로 날아올랐다. 그리고 별똥별처럼 순식간에 화단에 떨어졌다. 최 씨는 여학생에게 뛰어갔다. 사지가 꺾여 있었다. 손가락이 움직였다. 최 씨는 다급하게 여학생 손을 잡았다. 아직 따뜻했다. 손바닥에 심장이 있는 듯 혈관이 팔딱거렸다. 고통스러운 듯 신음을 내뱉으며 힘겹게 고개를 돌렸다. 최 씨는 소스라치게 놀라 손을 뿌리치려 했다. 여학생이 아내의 얼굴을 하고 있었다. 아내는 최 씨에게 말했다. 괜찮아요. 아내가 손에 힘을 주었다. 최 씨는 아내에게 손이 잡힌 채 버둥거렸다. 괜찮아요, 라고 묻고 있는지, 괜찮아요, 라고 대답하고 있는지 알 수 없었지만, 최 씨는 명치가 아팠다. 쥐어뜯는 것처럼 고통스러웠다. 최 씨는 배를 움켜쥐고 잠에서 깼다. 잠에서 깨어도 고통은 고스란히 명치에 남아 몸서리치게 했다. 모든 감각이 예민하게 열려 있는 것 같았다.

순간, 툭, 툭툭. 나뭇가지 꺾이는 소리가 선명하게 들렸다. 심장이 제멋대로 뛰기 시작했다. 선뜻 문을 열고 나갈 수 없었다. 손잡이를 뚫어져라 쳐다보고 있을 때 인터폰이 울렸다. 102동 901호였다.

깊고 깊은 동굴 속 물웅덩이에서 웡웡 울려대는 목소리였다.

"화단을 확인해 주세요. 소리가 들렸어요. 툭, 하고."

최 씨는 시계를 올려다보았다. 새벽 네 시 사십오 분이었다. 문득, 생선 가시가 걸린 것처럼 목구멍이 얼얼했다.

4

그냥,

A는 혼자다.

중학교에 다니는 삼 년 내내 A는 투명 인간처럼 지냈다. 아무도 A에게 말을 걸지 않았다. A는 혼자 점심을 먹고, 혼자 화장실에 갔고, 쉬는 시간에 혼자 앉아 있었다. 고등학교에 진학했어도 변하는 것은 없었다. A는 혼자였다. 변한 것이 있다면 교복이 바뀌고, 학교 이름이 바뀐 것뿐이었다. A는 여전히 102동 뒷길로 학교에 다녔다.

A는 조용한 학생이었다. 문제를 일으키는 일도 없었고, 친구들 입에 오르내리는 일도 없었다. 너무 조용해서 A가 같은 반 친구인지 모르는 아이들이 많았다. A는 늘 조용한 아이였다. 생활 기록부에도 A는 조용한 학생이라고 적혀 있었다. 사실, '조용하다'라는 단어로 A를 나타낼 수 없었다. '조용하다'는 단어는 A의 많은 부분을 왜곡시켰다. 그렇다고 특별한 반전이 있는 것은 아니었다. 언제나 그렇듯 별다른 일은 없었다. 그냥, 혼자였을 뿐이었다.

체육복을 가져오지 않으면 교복을 입고 나갔다. 체육복을 빌릴 친구가 없었다. A는 체육 시간 내내 철봉 밑에 무릎을 꿇고 앉아 있었다. 가져가야 하는 준비물이 있는 날은 언제나 긴장되었다. 특히 체육 시간이 있는 날이면 가방을 확인하고 또 확인했다. 가방 안에 든 체육복을 확인하고서야 잠을 잘 수 있었다. 그때부터였다. 중학교에 진학하고 처음 있던 체육 시간에 미처 체육복을 준비하지 못했다. 다행히 체육복을 빌릴 수 있었다. 빌린 체육복을 돌려주려 유에게 내밀었다. 유는 A와 체육복을 번갈아 보더니 말했다.

"그냥 너 가져."

A가 우물쭈물하는 사이에 유는 뒤돌아 가 버렸다. A는 체육복을 가슴에 안고 교실로 돌아왔다. 복도에서 있던 아이들이 A를 보며 키득거렸다. A는 조용히 앉아 수업을 들었다. 종일 누구와도 이야기하지 않았다. A는 그냥 조용한 아이였다. 아무도 A를 친구라고 생각하지 않았다. A는 102동에 살았고, A를 제외한 아이들은 103동, 104동, 105동 또는 S아파트에 살았다. 층간 소음이 살인으로 이어질 수도 있다는 섬뜩한 문구가 게시판에 부착된 102동에 살지 않았다. 항상 걸음걸이를 신경 써야 하고 인터폰이 울리면 가

슴이 덜컹거리는 102동에 살지 않았다. A만 102동에 살았다. 펜스를 넘을 수는 없었다. 103동으로, 104동으로 넘어갈 수 없었다. 뒷길만이 A와 102동 사람들의 유일한 통로였다. 뒷길을 벗어날 수는 없었다. 교실 안에도 펜스와 102동이 있었다. 반 아이들이 A를 괴롭히거나 하는 일은 없었지만, 줄곧 혼자였고, 줄곧 쓸쓸했고, 줄곧 생각했다.

왜 살아야 할까.

겨울 방학이 끝나 가고 있었다. 분명해졌다.

'번잡스러워서'라고 말하면 안 되는 건가. 어지럽게 떨어지는 벚꽃이 내년에도 그다음에도, 또 그다음에도 그 자리에서 똑같이 꽃을 피우고 꽃이 지는 것이 싫다고. 그래서 죽기로 결심했다고 말하면 안 되는 건가. A는 생각했다. 사람들은 얼빠진 년이라고, 죽어도 싼 년이라고 말할지 몰랐다. 그것도 상관없었다. 새 학기가 시작되는 것은 또 다른 번잡스러움을 만들었다.

동생도 다르지 않을 것으로 생각했다. 학교에서 투명 인간처럼 지내기는 동생도 마찬가지일 것이라는 생각이 들었다.

"같이 그림 그리는 친구 있어. 언니는?"

"뭐, 항상 그렇지."

"뭐가? 무슨 대답이 그래."

A는 동생을 향해 웃었다. 동생이 고개를 갸웃했다. 동생은 쓸쓸하지 않은 것 같았다. 다행이었다.

"언니 책상 앞에 앉아 있는 거 지겹지 않아? 솔직히 말해 봐. 매일 문제집만 풀고 있는 것 싫증 나지?"

A는 선뜻 뭐라 대답하지 못하고 머뭇거렸다. A가 할 수 있는 일은 문제집을 풀고, 학원을 가는 것이었다. 매일같이. 문제집을 풀고, 오답을 확인하고, 오답 노트를 만들어도 103동, 104동, 105동에 사는 아이들을 따라잡을 수 없었다. 핸드폰 벨이 울렸다. 동생은 통화를 하며 옷을 입었다. 아직 A가 답하지 않았는데 동생은 나가 버렸다. A는 핸드폰을 꺼내 주소록을 확인했다. 핸드폰에는 가족과 학원 선생님 전화번호 외에는 없었다. 무음으로 해 놓지 않아도 A의 핸드폰은 무음과 같았다. A는 생각했다.

분명 내일도 별다른 일은 없을 거야. 줄곧 그랬듯이.

5

최 씨는 확인할 것이 있었다.

노란색 테이프는 제거되었다. 102동 뒷길은 안전했다. 102동 사람들은 여전히 뒷길을 이용해 마트에 갔고, 출근했다. 봄이 왔다. 목련이 꽃망울을 터트렸다. 화단에 푸릇한 풀이 올라오기 시작했다. 그런데 이상하게도 나뭇가지 부러지는 소리는 멈추지 않았다. 인터폰도 멈추지 않았다. 새벽 네 시 사십오 분이 되면 인터폰이 울렸다. 음울한 목소리로 웅얼거리듯 말하는 901호 여자의 목소리는 목덜미를 서늘하게 만들었다.

툭, 하는 소리를 들었어요. 나뭇가지 부러지는 소리. 아저씨, 화단을 확인해 주세요.

최 씨는 핏자국도 사라진 화단을 구두로 비볐다. 흔적은 남아 있지 않았다. 여학생이 이곳에서 죽었는지 알 수 없을 정도로 깨끗했다. 최 씨는 옆으로 옮겨 다시 구두로 흙을 헤집었다. 아무것도 없었다. 마치 아무 일도 없었다는 듯 푸릇한 풀이 올라오고 있었다. 최 씨는 안도하며 파헤쳐진 화단에 열쇠를 던졌다. 흙으로 열쇠를 덮고 발로 밟았다. 땅이 단단해질 때까지 밟고 또 밟았다. 화단은 말끔했다. 열쇠가 묻혀 있는 것 같지 않았다. 화단에서 내려서 다 교복을 입은 여학생과 마주쳤다. 자살한 여학생의 동생이었다. 교복을 입은 동생이 미간을 구긴 채 최 씨를 보고 있었다. 최 씨는 어정쩡한 자세로 서서 허리를 쓸어내렸다. 동생이 최 씨를 지나치며 읊조렸다.

"재수 없어. 소름 끼쳐."

최 씨는 뒷길 출입구를 통해 밖으로 빠져나가는 동생의 뒷모습을 지켜보았다. 봄이 오자 새 학기가 시작되었고 동생은 학교에 다녔다. 901호 가족은 102동에 살고 있었다. 여학생이 앉아 밥을 먹던 식탁에 앉아 밥을 먹었다. 여학생이 사용하던 책상은 그대로 방을 차지하고 있었다. 동생은 여학생과 함께 사용하던 침대에서 혼자 자야 했다. 최 씨는 어쩔 수 없는 일이라고 생각했다.

최 씨도 여전히 아내와 반지하 집에서 살고 있었다. 일주일 전 아내가 죽었다. 매일 문을 열고 들어가면서 아내가 더는 숨을 쉬지 않을지 모른다고 생각했지만, 생각이 현실이 될 것이라고 믿지는 않았다. 장기가 망가져 가는지 내뱉는 숨에서 썩은 내가 났지만 그래도 아내가 버텨 주기를 바랐다. 아무 징후도 없었다. 최 씨는 아내의 임종을 지키지 못했다. 드라마에서 흔히 일어나는 일은 현실에서는 일어나지 않았다. 말짱한 정신으로 돌아와 최 씨를 알아보고, 아들의 행방을 물어보는 일은 일어나지 않았다. 열쇠로 방문을 단단히 잡고 있던 자물쇠를 풀고 방으로 들어갔을 때 아내의 바짝 마른 입과 동공은 어둠을 향해 열려 있었다. 지방과 근육이 다 빠져나간 아내의 몸은 이미 해골과 다름없었다. 최 씨는 거실로 나와 찬장 안에 넣어 둔 담배 한 개비를 꺼내 물었다. 햇볕도 들지 않는 집은 무덤이고, 방은 아내만을 위한 관이라고 생각했다. 최 씨는 끓인 물에 수건을 적셔 아내의 몸을 꼼꼼히 닦기 시작했다. 아내의 팔을 들어 올렸다. 툭. 나뭇가지 부러지는 소리가 났다. 팔이 나뭇가지보다 쉽게 부러졌다. 툭, 툭툭.

최 씨가 화단에 걸터앉았다. 바람이 불었다.
툭.

나뭇가지 부러지는 소리가 들렸다. 최 씨는 목덜
미를 어루만졌다.

종점만화방

사장은 마지막 회식 자리에서 '문학이여! 영원하라'
라고 외치며 잔을 높이 들고 눈물을 흘렸다. 그는 연거푸
소주 석 잔을 들이켜더니 문학의 암담한 미래를 한탄했
다. 나는 당장 카드 대금을 막을 수 없다는 사실에 절망
했다. 보테가 베네타 클리어런스 숄더백을 구입할 수 없
다는 것이 나를 슬프게 했다.

1

벽돌이 보이지 않는다. 쓰레기봉투 뒤에도, 말라죽은 화초가 막대처럼 꽂혀 있는 화분 뒤에도 벽돌은 없다. 입구 옆에 놓아두었던 벽돌이 감쪽같이 사라졌다. 벽돌이 없으면 입간판은 제구실을 하지 못한다. 또박또박 정성 들여 쓴 글자의 'ㅁ' 자 모서리 부분 페인트가 벗겨져 'ㅇ' 자처럼 보이는 입간판은 벽돌을 괴어 놓지 않으면 옆으로 고꾸라지고 만다. 나무판에 '만화'라고 검은 페인트로 자그맣게 쓰여 있는데 사람들은 이곳을 '종점'이라 부른다. 이 노인의 말에 의하면 '종점'이라는 이름은 만화방으로 업종을 변경하기 전의 이름이었다. 처음에는 색싯집, 다음엔 여관, 대폿집. 여러 업종으로 바뀌면서도 한결같이 종점이란 이름으로 이어져 왔기 때문에 사람들은 '만화'라고 써 놓아도 알아서 '종점'이라고 부르는 것이라 했다.

매일 정성스럽게 마른걸레로 먼지를 닦던 입간판의 지지대가 부서지던 날, 최 노인은 머리가 깨졌다. 술 처먹었으면 집에 가 자빠져 잘 일이지, 가만있는 남의 간판은 왜 걸어차고 지랄이야. 비틀거리던 젊은 남자의 발이 말릴 틈도 없이 입간판에 내리꽂혔다. 순간 최 노인 눈에서 불이 번쩍였다. 최 노인은 남자의 먹살을 틀어쥐었다. 남자의 먹살을 잡았다고는 하지만 최 노인이 남자에게 대롱대롱 매달려 있는 형국이었다. 남자는 얼굴을 들이밀고 욕을 퍼붓는 최 노인을 콘크리트 바닥에 메다꽂았다. 최 노인의 머리가 수박처럼 깨졌다. 수박처럼 깨진 머리에서 붉은 피가 흘러나오는 장면을 상상할 때면 온몸에 소름이 돋았다.

나는 몸서리치며 대문 옆에 있는 창고를 힐끗 쳐다본다. 입간판을 고쳐 볼 요량으로 공구를 찾아보았지만 찾을 수 없었다. 찾아보지 않은 곳이라고는 창고밖에 없었는데 그곳은 자물쇠로 굳게 닫혀 있었다. 오랫동안 사용하지 않은 듯 자물쇠에 붉은 녹이 내려앉아 있었다. 녹슨 삽이나 형편없이 망가진 자전거 따위밖에 없다고 생각하면서도 널빤지를 덧댄 창문을 보고 있으면 창고 안이 궁금해지곤 했다. 창문에 눈을 바짝 대고 창고 안을 들여다보려고 하면 여지없이 까랑까랑한 목소리가 날아와 뒤통수를 때렸다. 저기 안에 있는 물건들은 주인이 다 따로 있어. 주인이 오면 밀린 외상값 받고 돌려줄 거야. 그러니 건드릴 생각 하지 마.

최 노인의 목소리가 귓가에서 울리는 것 같아 고개를 돌린다. 골목 모퉁이에서 나그네여관 이 노인이 기웃거리는 것이 보인다. 눈이 마주치자 피실피실 웃으며 다가오더니 두부 반 모가 든 양은그릇을 내민다.

"그래, 만화방은 괜찮은가. 퇴원은 영영 못한대? 그렇겠지. 머리통이 그리 쉬 붙을 리 있어. 날도 덥고, 늙은 놈의 살가죽이 그리 쉽게 붙을 리가 없지. 암 그렇고말고. 그까짓 것 좀 부서지면 어떻다고 제정신도 아닌 놈의 멱살을 잡아. 죽으려고 환장을 한 거지. 암 죽으려고 환장하고말고."

나그네여관 이 노인은 연신 고개를 끄떡인다. 그러고는 자신의 콧잔등에 걸려 있는 안경이 투시경이라도 되는 것처럼 나의 몸을 아래서부터 천천히 훑는다. 입간판을 담에 기대 놓고 양은그릇을 받아 얼른 뒤돌아선다. 이 노인의 시선이 나의 엉덩이를 쓰다듬는다. 그릇과 함께 부라보콘을 건네자 만화방 구석 자리 솔다방 소파에 앉아 녹아내리기 시작한 부라보콘을 천천히 혀끝으로 핥으며 신문을 편다.

"날쌔고 용감한 폴이 여기 있다. 대마왕 손아귀에
니나를 구해내자."

언제나 그렇듯 힘차게 노래를 부르며 들어오는 사
람은 폴이다. 만화책을 만지작거리는 녀석을 향해 소
리친다.

"폴! 만화방 청소부터 해."

녀석이 힐끗 나를 쳐다보더니 입을 삐쭉이 내밀며
빗자루를 집어 든다. 열다섯 살인 폴의 정신 연령은
일곱 살에서 고장 난 시계처럼 멈춰 있다. 녀석의 정
신이 왜 일곱 살에서 멈춰 버린 것인지는 알 수 없다.
다만 일곱 살 이후 녀석의 정신 연령이 조금도 성장
하지 않았다는 사실은 초등학교를 입학하고서야 알
게 되었다. 폴은 여덟 살 위인 누나와 팔순이 넘은 할
머니와 살았다. 사인용 테이블 두 개가 겨우 들어가는
국수 가게에서 할머니는 반죽을 밀고, 누나는 국수를
삶았다. 어머니는 녀석을 낳다 죽었고, 아버진 무슨
병인지 모르지만, 합병증으로 오 년 전에 죽었다. 폴
의 말에 의하면 성기에 난 종기를 짜낸 것이 화근이
었다. 한쪽 눈을 실명하더니 결국 발가벗고 온 동네를

뛰어다니다 얼어 죽었다. 폴은 아버지의 죽음에 대해 말하면서도 연신 싱글거렸다. 아빠 자지가 얼마나 컸는지 알아. 히히. 부라보콘을 빨아 먹는 폴을 보며 잘만 하면 힘들이지 않고 나의 손발처럼 써먹을 수 있을 거로 생각했다.

날개를 단 듯 소리도 없이 쏘다니는 폴의 발을 묶어 놓을 수 있는 곳은 만화방뿐이다. 폴은 『이상한 나라의 폴』을 펼치면 시간 가는 줄 모른다. 상기된 얼굴로 만화책을 보는 폴의 얼굴은 사뭇 진지하기까지 하다. 그때, 폴의 집중력은 대단하다. 그때만큼은 열다섯 살 소년 같다. 부르는 소리도 듣지 못할 만큼 만화책에 빠져 있는 경우가 많다. 그럴 때면 폴에게 다가가 만화책을 빼앗아 드는 수밖에 없다. 폴은 잠시 버둥거리지만 이내 포기해 버리고 만다. 심하게 반항한다면 며칠간 만화책 근처에는 얼씬도 할 수 없다는 것을 정신 연령이 일곱 살에 멈춘 폴도 알고 있다. 매섭게 쳐다보면 폴은 다시 일곱 살의 소심한 아이가 되어 버린다. 폴이란 이름도 진짜 이름이 아니다. 80년대 선풍적인 인기를 끌었던 『이상한 나라의 폴』을 좋아하여 붙여진 별명이다.

폴이 바닥의 먼지를 쓸어내는 것을 보며 수도꼭지에 호스를 끼운다. 엄지로 호스 끝을 살짝 막자 물줄기가 방사형으로 뿜어져 나온다. 바닥으로 곤두박질 친 물줄기는 파편처럼 검은 점을 남긴다. 붉은 장미로 뒤덮인 담장을 상상하며 덩굴이 흠뻑 젖을 정도로 물을 뿌린다. 담장 위로 옅은 무지개가 떠오른다. 나는 이 시간을 좋아한다. 잔걸음으로 마당을 뛰어다니는 햇살을 보고 있으면 마음이 한없이 가벼워진다. 마음의 평화가 찾아오는 것 같다. 끼이익. 요란한 소리를 내며 나무 문이 열린다. 미간을 좁히며 대문 쪽을 쳐다본다. 공사장 김 씨다. 오늘도 허탕을 친 모양이다. 벌써 일주일째 그는 일없이 놀고 있다. 다리를 저는 것과 관련 있을 것이다. 보름 전이었다. 하늘에 구멍이 뚫린 것처럼 비가 쏟아지던 날, 공사장 김 씨는 다리를 절뚝거리며 들어섰다. 왼쪽 다리에 커다랗게 반창고를 붙인 공사장 김 씨는 반창고 밑으로 흐르는 피고름을 휴지로 쓱쓱 닦으며 소파에 반쯤 누워 무협지를 읽었다.

공사장 김 씨는 나를 보며 누런 이를 드러내고 웃

더니 만화방으로 향한다. 흰 러닝셔츠에 초록색 추리
닝을 무릎까지 말아 올린 그에게서 담배 냄새와 뒤섞
인 땀 냄새가 날아온다. 나는 침을 몇 번 수챗구멍에
뱉고 수돗물로 입 안을 헹군다.

"판타지 소설 신간은 영영 안 갖다 놓을 생각인가?"

나는 대꾸도 없이 대야에 물을 받아 밖으로 나간
다. 공사장 김 씨는 분명 책꽂이 앞에 서서 낡은 무협
지를 뒤적거리고 있을 것이다. 김 씨는 무협지를 판
타지 소설이라 부른다. 김 씨는 만화방의 모든 무협
지를 섭렵했다. 김 씨는 책꽂이에 꽂힌 무협지를 뒤
적거리다가 별수 없이 맨 앞의 책을 뽑아 들 것이다.
히죽거리며 책장을 넘기는 그의 모습이 떠올라 얼른
고개를 흔든다. 골목에 물을 뿌리려다 멈춘다. 입간
판이 대문 앞에 반듯하게 놓여 있다. 벽돌이 입간판
을 지지하고 있다.

2

"물론 여자든 남자든 상관없지. 그런데 아가씨는
너무 젊어."

노인은 같은 말만 반복했다. 한사코 젊은 사람은 쓸 생각이 없다며 다른 곳을 알아보라는 노인은 대화 첫머리에 자지러지는 기침을 한바탕 뱉어 놓았다. 병색이 짙게 느껴졌다. 전화선을 타고 넘어오는 밭은기침 소리는 창자가 딸려 넘어올 것처럼 격렬하고 악착스러웠다. 짐작하건대 노인의 삶이 그렇지 않았을까 싶었다. 밭은기침처럼 악착같고 고단한 세월이 증식보다는 이젠 빠른 속도로 소멸하는 세포에까지 아로새겨져 있을 것이다.

"젊은 게 싫다고요? 이해되지 않는군요? 저를 채용하지 않는다면 저는 서울역에서 구걸하다 얼어 죽는 수밖에 없어요. 그곳이 저에게는 마지막 희망입니다. 더는 물러날 곳이 없어요."

서울의 후미진 동네 만화방의 일자리를 구하면서 채용이라는 단어를 쓰는 것이 우습기는 했지만, 절박한 심정을 전하기에는 충분하였으리라 생각되었다. 다시 집으로 돌아갈 수는 없는 일이며 돌아간다 해도 쉽사리 대문은 열리지 않을 것이 분명했기 때문에 필사적으로 매달렸다. 또 숨어 지내기 딱 좋은 곳이라 생각되었다.

카드 회사의 닦달이 시작된 것은 카드 대금이 연체된 지 일주일이 지나고서부터였다. 그 무렵 내가 다니던 출판사가 문을 닫았고 나는 졸지에 백수가 되어 버렸다. 사장은 마지막 회식 자리에서 '문학이여! 영원하라'라고 외치며 잔을 높이 들고 눈물을 흘렸다. 그는 연거푸 소주 석 잔을 들이켜더니 문학의 암담한 미래를 한탄했다. 나는 당장 카드 대금을 막을 수 없다는 사실에 절망했다. 보테가 베네타 클리어런스 숄더백을 구입할 수 없다는 것이 나를 슬프게 했다. 월급과 퇴직금 대신 한 시대를 풍미했던 작가들의 전집 묶음을 받았고, 엄청난 무게의 그것들은 나에게는 처치 곤란한 골칫덩어리였다. 나는 별 고심 없이 책을 선심 쓰듯 친구들에게 나눠 주었다. 일자리를 다시 알아보려 했지만, 그것마저도 여의치 않았다. 카드 회사 직원은 밤낮으로 전화를 해댔다. 언제까지 대금을 통장에 넣을 수 있냐고 묻는 직원의 목소리는 고압적이었다. 나는 짜증 섞인 직원의 목소리에 손만 만지작거리며 어물거렸다. 그렇게 넉 달이 지나고 나니 카드 회사 직원의 닦달이 좀 귀찮고 짜증이 날 뿐 전화벨 소리에 그다지 심장이 벌렁거리지 않았다. 어느 순간부턴가 스스로 해결할 수 없는 능력 밖의 문제라는 생각이 들었고 그렇게 생각하고 나니 차라리 마음이 편해졌다. 초조하거나 무섭지 않았다. 도리어 큰소리를 치게 되었다. 처음부터 나 같은 사람한테 카드를 쥐여 준 당신들의 잘못이지, 마음대로 해, 나는 갚을 능력 없으니. 이렇게 나오자 카드 회사에서 도리어 저자세를 취하고 나왔다. 이자를 깎아 줄 테니 쪼개서 갚도록 하라는 것이었다. 고압적이던 카드 회사가 돌연 저자세를 취하고 나오자 깎인 금액을 내는 것마저도 아깝게 느껴졌다. 그래서 카드 회사에서 오는 전화는 발신 번호를 확인하고 받지 않았다. 그런데 문제는 다른 곳에서 터져 버렸다. 우리 회사는 절대 고객님의 카드 사용에 관한 문제를 타인에게 발설하지 않습니다, 사실 비밀을 보장하는 차원에서 이것은 고객님에게만 알려야 하지만 고객님의 장래를 위해 어머님도 알아야 하지 않을까 싶어서요. 카드 회사 직원이 카드 대금에 관한 이야기를 어머니께 말해 버린 것이다. 추리닝 바람에 만화책을 한 아름 안고 거실로 들어서는 내게 어머니는 카드 이용 대금 명세서를 집어 던졌다. 그깟 돈 이천을 못 갚아 준단 말이야. 사람이 한번 내리막길에서 뛰기 시작하면 쉽사리 멈출 수가 없듯이 이미 내달리기 시작한 나의 입은 브레이크가 걸리지 않았다. 그깟 돈 이천? 돈 이천이 어느 집 애 이름이야, 이천 원도 아니고 이천만 원을. 이천 원이면 해 달라고도 안 해, 시집보낸다고 생각하면 될 것 아니야. 돌았구나, 아주 돌았어, 빌어도 시원치 않을 판에 뭐? 어머니가 나의 뺨을 후려쳤다. 그리고는 막을 새도 없이 등이고, 머리고, 어깨고 마구 손이 날아들었다. 구석까지 몰린 나는 동그랗게 몸을 말고 악을 썼다. 절대로 엄마한테 눈곱만큼도 보태 달라고 하지 않을 테니 걱정하지 마. 내가 몸을 팔아서라도 빚 갚을 테니 걱정하지 말란 말이야. 어머니의 손찌검이 일순 멈췄다. 나는 고개를 살짝 내밀었다. 어머닌 입술을 말아 물고 미간을 좁힌 채 거실에 주저앉아 있었다. 나는 그길로 짐을 싸서 집을 나왔다.

"그렇다면 한번 와 봐."

그곳으로 가는 길은 험난했다. 구찌 숄더백이 긁히지 않도록 조심해야 했으며 에트로 델리 숄의 올이 나가지 않도록 신경 써야 했다. 가지고 나온 몇 권의 책은 돌덩이처럼 무거워 버리고 갈까 잠시 생각했다.

도착하였을 때 허리가 반쯤 꺾인 노인이 대문 앞에 서 있었다. 얼굴과 손등에 검버섯이 꽃처럼 핀 노인이 나를 아래위로 찬찬히 훑더니 빗자루를 손에 쥐어 줬다. 나는 그날부터 만화방에서 살고 있다. 냉장고에 아이스크림과 드링크제를 채우고 햇볕이 마른 마당을 더듬거리는 오후에는 호스로 물을 뿌려 달아오른 땅을 식힌다. 매일 청소하고 문을 활짝 열어 놓아도 먼지와 냄새는 사라지지 않는다. 후텁지근한 공기가 나른한 눈꺼풀에 내려앉는다. 고개를 흔들며 미닫이문에 몸을 기댄다. 대문 밖으로 나가 볼까 하다 그만둔다.

폴이 돌아오지 않는다. 벌써 한 시간 전에 만화책을 손수레에 싣고 돌아왔어야 하는 폴이 돌아오지 않고 있다. 56번지에서 싸움이 벌어졌는지도 모른다. 만약 싸움이 벌어졌다면 싸움이 끝나기 전까지는 돌아오지 않을 것이다. 폴은 머리끄덩이를 잡고 뒹구는 그녀들을 보며 즐거워하고 있을 것이다. 그렇다면 만화책은 반도 수거하지 못하고 돌아오겠지. 56번지에 사는 외국인 아가씨들과 다방 아가씨들은 전화로 주문을 받고 배달과 동시에 만화책을 수거해 와야 한다. 그 귀찮은 일을 나를 대신해서 폴이 하고 있다. 작은 손수레를 끌고 56번지를 기웃거리는 일은 힘들 뿐만 아니라 나에게 맞지 않는 일이라 하고 싶지 않았다. 배달과 수거에 대해 고민하고 있을 때 폴이 생각났다. 폴에게 점심과 만화책을 제공하는 것으로 귀찮은 문제를 간단히 해결했다. 폴에게 선심을 쓰듯 제공하는 점심은 컵라면과 김치가 다였으며 만화책이라 해 봤자 폴은 아무도 찾지 않는『이상한 나라의 폴』밖에 보지 않으니 손해 볼 것은 없었다.

"지중해의 영감. 지중해의 영감은 뭐가 좀 다른가. 영감들은 다 똑같지. 남의 나라 영감이라고 뭐 다르겠어."

공사장 김 씨가 책상 위에 놓인 책을 만지작거리고 있다. 나는 공사장 김 씨의 손을 쳐낸다. 김 씨가 실실거리며 박카스 병을 흔들어 보인다. 나는 목 밑까지 올라온 욕을 삼킨다. 공사장 김 씨가 장미다방이라고 인쇄된 소파에 앉으며 기어코 한마디를 더 내뱉는다.

"그 뭐야. '낑깡의 욕망'은 다 읽었나 보네. 그래

거기엔 뭐라고 쓰여 있어? 훔친 낑깡이 더 맛나다, 뭐 그렇게 쓰여 있나? 다 그런 거야. 다를 것이 있겠어."

공사장 김 씨는 검지에 침을 묻혀 책장을 넘기다 힐끗 나를 쳐다본다. 나와 눈이 마주치자 노골적으로 누런 이를 드러내 보이며 웃는다. 나는 고개를 돌리며 팔을 쓸어내린다. '낑깡의 욕망'이라니, 에로비디오 제목도 아니고. 외설적으로 들리는 낑깡의 욕망은 자크 라캉의 『욕망 이론』을 말하는 것이다. 내가 지루한 표정으로 책장을 넘기는 것을, 간간이 하품하는 것을 그가 보았을 것이다. 사실 하품만 나오는 지루한 책들은 딱 질색이다.

책상 위에 조잡한 꽃무늬 포장지로 싸인 물건이 놓여 있다. 포장을 뜯자 한눈에 보기에도 짝퉁임을 알 수 있는 버버리 남방이 있다. 시장의 가게에서 구입했을 듯한 남방은 앞뒤 이음새도 맞지 않는 조악한 체크무늬에 까슬거리기까지 한다. 나는 입고 있는 베이지색 버버리 남방을 내려다본다. 한 치의 오차도 없이 앞뒤 면의 체크무늬가 맞물려 있는 옷은 촉감까지 부드럽다. 칼라 안쪽으로 살짝 박혀 있는 버버리 로고를 매만지며 힐끗 공사장 김 씨를 쳐다본다. 김 씨가 나를 보며 웃고 있다. 나는 포장이 뜯긴 짝퉁 버버리 남방을 그의 옆자리에 던져 놓고 돌아선다. 탁자를 걷어차는 소리가 들린다. 나그네여관 이 노인이 솔다방 소파에서 일어난다. 옆구리에 신문을 끼고 무협지에 시선을 고정한 채 앉아 있는 공사장 김 씨를 쏘아보며 지나친다. 그러고는 냉장고에서 식혜를 꺼내 내 앞에 밀어 놓으며 낮게 속삭인다.

"김 씨는 원래 생겨 먹기를 그렇게 생겨 먹었으니 신경 쓰지 마. 미스 김! 날도 더운데 쭉 마셔."

나그네여관 이 노인의 파르르 떨리는 손을 보며 피식 웃음이 새어 나오는 것을 참는다. 이 노인은 나를 솔다방 미스 김쯤으로 착각하는 모양이다. 이 노인은 주로 솔다방 소파에 죽치고 앉아 신문을 본다. 그렇게 한 시간쯤 앉아 있다 돌아갈 때면 으레 음료수 하나를 내 앞에 밀어 놓는다.

"영감, 내 것은 없나. 나도 목마른데."

김 씨가 손가락 끝에 침을 바르며 이죽거린다. 이 노인은 왼쪽으로 쏠리는 걸음걸이로 재빨리 문턱을 넘다 멈춰 선다. 손수레를 끌고 대문으로 들어서는 폴의 시선이 발끝에 머물러 있다. 이 노인이 신문 뭉치로 폴의 머리를 살짝 친다. 순간 폴의 눈이 사납게 치켜 올라간다. 이 노인이 움찔 뒤로 물러선다. 폴이 그런 모습을 보이는 것은 처음이다. 멈칫했던 이 노인이 눈을 부라리며 다가서자 예전의 소심한 폴로 돌아간다. 이 노인이 사라졌는데도 폴은 꼼짝하지 않는다. 나는 폴의 팔을 잡아끈다.

"왜 이렇게 늦었어?"

대꾸가 없다. 폴이 끌고 들어온 손수레에는 만화책이 두 권만 담겨 있다. 나는 폴의 옆얼굴을 힐끗 쳐다본다. 폴의 시선이 마른 땅에 꼼짝없이 잡혀 있다.

3

폴이 만화책을 챙긴다. 나는 종이쪽지를 들고 책 제목을 더듬거리는 폴을 보고 있다. 만화책을 챙기는 일은 내 일이다. 폴이 만화책을 챙기는 나를 힐끗거리더니 주머니에서 종이 한 장을 꺼내 더듬거리며 책장을 살폈다. 요 며칠 통 보이지 않던 폴이 상기된 얼굴로 싱글거리며 나타났을 때 궁금했다. 폴을 싱글거리게 하는 것이 무엇일까. 호기심과 궁금증이 입술에

서 스멀거렸다. 만화책을 찾기 힘든 모양이다. 상기
된 얼굴에 땀방울이 맺힌다. 나는 천천히 폴에게 다
가선다. 폴은 내가 다가서는 것도 눈치채지 못한다.
폴이『이상한 나라의 폴』말고 마음을 빼앗길 만한
것이 무엇인지 궁금해 종이를 낚아챈다. 폴이 버둥거
린다.『로코코 아가씨를 지켜 주세요』. 폴이 버둥거
리는 것을 멈추고 발끝만 바라보며 쭈뼛거린다. 나는
폴의 모습을 잠시 바라보다 만화책을 찾아 손수레에
담아 준다. 나는 한낮의 땡볕 속으로 사라지는 폴의
뒷모습을 바라본다.

　"왜 이렇게 더운 거야. 우라질 놈의 날씨."

　화장실에서 나오는 공사장 김 씨가 하늘을 향해
욕을 뱉어 놓고 세수를 한다. 나는 아까부터 느껴 온
요의를 그냥 참기로 한다. 김 씨가 들어갔다 나온 화
장실은 거친 숨소리와 추잡한 정념이 넘실거린다. 그
가 금방 나온 화장실엔 정액이 콧물처럼 벽을 타고
흘러내린다. 처음 그것을 보았을 때 누가 더럽게 가
래를 벽에다 뱉어 놓은 것인 줄 알았다. 가래가 아니
라는 것은 며칠 후에나 알게 되었지만. 그 우윳빛 액
체의 정체를 알았을 때 심한 구토를 느꼈다. 화장실

에서 바게트처럼 딱딱해진 자신의 그것을 움켜쥐고 있는 김 씨의 모습이 떠오르자 진저리가 쳐졌다.

"낑깡 말이야. 그러니까, 낑깡만 하면 너무 작지. 그거 어디 손이고 입이고 허전해서 되겠어. 입에 물어도 입 속이 비는 구석이 너무 많잖아. 안 그런가, 아가씨?"

그의 음흉한 눈빛이 내 가슴께에서 맴돈다. 나는 펼쳐 놓았던 책을 소리 나게 덮고 아지랑이가 피어오르는 마당으로 나간다. 마당에 난 금은 느리게 움직이는 이 노인의 손등 위로 솟은 핏줄만큼이나 신경질적으로 뻗어 있다. 이 노인은 벌써 한 시간째 솔다방 소파에 앉아 신문을 보고 있다. 이 노인의 콧잔등에 걸린 반투명 안경은 이 노인의 시선을 감쪽같이 감춘다.

"도망갔어. 미미가."

땀으로 범벅된 폴이 수레 가득 만화책을 싣고 급히 대문으로 들어선다. 두 배쯤 커진 눈을 하고 숨을 헐떡이는 폴을 바라본다. 미미? 56번지 미미.

"도망갔어. 그래서 화났어. 형들이 아주 많이."

"가시나가 간덩이가 부었네. 분명 도와준 사람이

있을 거야. 섭섭한걸. 그래도 그 가시나가 제일 삼삼
했었는데.”

　김 씨가 아쉽다는 듯 입맛을 다시며 안으로 들어
간다. 탈출이라, 내가 이곳에 온 지가 벌써 반년이 되
어 간다. 하지만 56번지의 사람들이 이곳을 떠났다는
소리를 들어 본 적이 없다. 나는 이곳의 사람들은 벗
어날 꿈조차 꾸지 못하거나 벗어날 생각이 없는 사람
들일 것이라 생각했다. 그런데 탈출이라니. 미미는 이
곳을 벗어나 어디로 갔을까. 갑자기 눈앞이 아득해진
다. 폴은 어두컴컴한 만화방에 앉아 떨고 있다.

4

　바람 탓일까. 하늘이 유달리 깨끗하다. 여름도 막
바지인 듯 햇살 끝이 무디다. 차가운 물에 발을 담그
고 앉아 살며시 눈을 감자 이곳이 파라다이스라는
착각이 든다. 야자수 나무가 시원스레 뻗어 있는 작
은 섬을 생각하다 눈을 뜬다. 파라다이스라니. 나는
대야의 물을 마당에 쏟아붓고 다시 대야 가득 물을
담아 대문 밖으로 나간다. 담 밑에 비둘기 한 마리가

머리를 박고 있다. 가까이 다가가도 꼼짝도 하지 않던 비둘기가 부리로 벌건 토사물 속에서 팅팅 불은 국수를 건져 올린다. 메슥거리는 것을 참으며 토사물 위에 물을 끼얹는다. 놀란 비둘기가 부리에서 국수 가락을 놓친다. 재빨리 다가가 국수 가락을 발로 짓이긴다. 비둘기는 잠시 허망한 날갯짓을 하다 지붕 위로 날아가 앉는다. 폴이 있었다면 이런 일은 내가 하지 않아도 된다. 아마 폴은 비둘기가 토사물을 헤집으며 배불리 먹도록 내버려 두었겠지. 그리고 나서야 느리게 몸을 일으켜 토사물을 치웠을 것이다. 나는 사방으로 튀어 버린 벌건 토사물을 쳐다보다 빗자루를 들고나온다. 오장육부가 썩어 내릴 것 같은 냄새를 참으며 토사물을 치우다 보니 며칠 동안 코빼기도 보이지 않는 폴이 괘씸하다. 폴이 한눈을 파는 것은 나에게 좋은 징조가 아니다. 폴에게 던진 미끼가 이제 효력을 다해 더는 잡아 둘 수 없다는 것을 의미하므로 수고롭고 폼나지 않는 일을 내가 해야 한다는 것이다. 손수레를 끌며 만화책을 배달하고 수거하는 내 모습을 생각하니 폴이 더욱 괘씸해 손끝이 떨린다.

빌어먹을 폴.

아무렇게나 욕을 뱉어 놓으며 토사물을 쓸어 담는다. 공사장 김 씨가 문 옆으로 비껴 선다. 표정 없는 얼굴로 잠시 나를 쳐다보던 김 씨가 허벅지를 긁적거리며 만화방으로 들어가 버린다. 그는 내내 무협지에만 머리를 박은 채 학자처럼 딱딱한 얼굴로 책장을 넘기며 나의 신경을 긁는다. 점심때가 한참 지나서야 컵라면 하나를 꺼내 물을 붓는다. 뚜껑을 덮고 밖으로 시선을 돌린다. 나는 한창 뜨겁게 달아올랐을 마당을 내다보며 늘어지게 하품하다 자세를 바로잡고 김 씨를 힐끗 쳐다본다. 여전히 소파에 비스듬히 앉아 무협지를 탐독하고 있다. 가끔씩 러닝셔츠 속에 손을 넣고 가슴과 등을 긁어 후우, 하고 입으로 손을 떨어내는 김 씨를 보며 나는 미간을 좁힌다. 김 씨의 그런 행동을 볼 때마다 악취가 풍기는 것 같아 속이 불편하다. 나는 방향제를 확인한다. 레몬 향의 방향제가 코 속을 톡 쏜다. 미닫이문을 활짝 열어 놓고 구석구석 방향제를 달아 놓아도 쾨쾨한 냄새는 사라지지 않는다. 사라지기는커녕 방향제와 섞여 더 이상하고 묘한 냄새를 만들어내며 세력권을 넓혀 간다.

"여기 폴 있지. 이 개자식 어디 있어?"

누군가 거칠게 문을 박차며 들어선다. 나는 고개를 돌릴 엄두도 내지 못한다.

"개자식!"

나는 가까스로 고개를 돌린다. '오! 필승 코리아'라고 써진 붉은 셔츠를 입은 사내가 위협적으로 눈을 부라리며 뺨을 어루만지고 있다. 붉게 부풀어 오른 사내의 왼쪽 뺨에는 손자국이 선명하다. 내가 사시나무 떨듯 바들바들 떨며 걸음을 옮기자 공사장 김 씨가 앞을 가로막으며 능청을 떤다.

"여자 혼자 영업하는데 그렇게 무섭게 대문을 발로 걷어차고 들어오면 어떻게 해. 보면 몰라. 폴이 여기 어디 있어."

"새끼 어디에 숨은 거야. 아, 씨발 잡히기만 해 봐. 아주 아작을 내 버릴 테니까. 미미 그 쌍년도 잡히면 여자구실 못하게 만들어 버릴 테니까."

나는 폴이 여기에 없다는 말만 반복했다. 붉은 셔츠가 바들바들 떨고 있는 나를 보며 히쭉 웃더니 황급히 밖으로 사라진다. 나는 자리에 털썩 주저앉고 만다. 난데없이 어머니의 얼굴이 눈앞에서 어른거린다.

5

여름이 끝나 가고 있다.

그날 폴은 문구점 앞에서 동네 아이들과 딱지치기를 하다 붉은 셔츠에게 잡혔다고 한다. 저항 한번 못해 보고 끌려간 폴은 복날 개 패듯 패기 시작한 그들에게 거의 죽을 만큼 맞고 풀려났다. 나는 아무것도 몰라요, 라는 말을 고장 난 테이프처럼 반복하던 폴은 바지에 오줌을 쌌고 이 소식을 들은 할머니와 누나가 달려와 애원 반 욕설 반을 섞어 울부짖은 끝에 결국 그런 일을 저지를 만큼의 머리가 되는 것도, 간이 부은 것도 아니라는 판단이 내려졌고 만신창이가 된 폴은 공사장 김 씨의 등에 업혀 집으로 옮겨졌다. 나는 그날 만화방 문을 일찍 닫고 이불을 뒤집어쓴 채 방구석에 앉아 꼼짝도 하지 않았다. 금방이라도 터질 것 같은 아랫배를 움켜쥐고 화장실에 갈 엄두도 내지 못한 채 밖에서 나는 작은 소리에도 가슴을 쓸어내렸다. 그 일이 있은 지 일주일 뒤 폴이 찾아왔다. 만화책을 한 아름 안고 나타난 폴의 얼굴과 팔엔 붉은 물감을 뿌려 놓은 듯한 피멍 자국이 남아 있었다.

책꽂이에 폴이 안고 온 만화책을 꽂다 보니 마지

막 권이 빠져 있었다. 56번지에선 사람은 도망가도 물건이 없어지는 경우는 흔한 일이 아니다. 특히나 만화책을 들고 가는 경우는 본 적이 없다. 보통 56번지에서 도망치는 사람들은 맨몸으로 빠져나갔다가 두세 달 안에 다시 돌아오는 경우가 허다했다. 그런데 미미는 다른 것도 아닌 만화책을 안고 사라진 것이다.

폴은 여전히 오전 열한 시면 만화방에 나온다. 폴은 여전히 손수레로 만화책을 배달하고 수거해 온다. 나는 그런 폴에게 컵라면뿐만 아니라 월 오만 원을 주기로 했으며 가끔씩 농땡이를 치는 것을 눈감아 준다. 하지만 예전처럼『이상한 나라의 폴』에 매달려 열중하는 모습은 보이지 않는다. 심드렁하고 무료한 얼굴로 햇살이 부서져 내리는 것을 바라보다 크레파스를 꺼내 시멘트 바닥에 빼곡히 '미미'를 써넣는 폴의 등이 한 뼘쯤 넓어져 있다.

마지막 발악을 하듯 여름은 선선한 바람 끝에 폭염을 쏟아붓고 있다. 요 며칠 이십오 도를 상회하던 수은주가 갑자기 삼십이 도를 훌쩍 넘어 버렸다. 일어나 앉는다. 시계는 새벽 네 시를 가리키고 있다. 만성 두통에 시달리는 사람처럼 머리를 누르며 호스를 끌어다 부엌 수도꼭지에 연결하고 옷을 벗기 시작한다. 짧은 반바지를 벗고 민소매 셔츠를 벗다 닫지 않은 창문이 생각나 뒤돌아선다. 그때 창문 사이에서 섬뜩하게 반짝하는 것과 눈이 마주친다. 나는 바지를 다리에 꿰다 팽개친다. 재빨리 밖으로 뛰어나간다. 누군가 다급하게 마당을 가로지르는 것이 보인다. 허둥거리는 발이 대문을 박차고 뛰기 시작한다. 나는 그 뒤를 쫓아 맹렬히 달린다. 미로같이 엉킨 골목에서 놈을 놓친다면 영영 놈의 얼굴은 확인할 수 없을 것이다. 나는 발바닥이 아픈 것도 참으며 사력을 다해 달린다. 그런데 놈의 달리기 솜씨가 생각보다 형편없다. 왼쪽으로 살짝살짝 중심이 기우는 게 영 시원치 않다. 골목 중간도 가지 않아 놈은 나에게 허리띠를 잡히고 만다. 손끝에 느껴지는 체중이 마대 자루처럼 가볍다. 이상한 일이다. 순간 섬광처럼 얼굴 하나가 머릿속에 떠오른다. 손끝에서 스르르 힘이 빠져나간다. 허리띠를 놓친다. 나그네여관 이 노인이다. 바닥에 고꾸라진 이 노인의 주름지고 마른 손을 보자 구역질이 넘어온다. 벌레가 식도를 타고 넘어가는 것 같아 담 밑에 쪼그리고 앉아 손가락을 입에 넣고 배 속의 것을 끄집어내기 시작한다. 소화가 되다 만 햄 덩어리를 쏟아낼 때 등 뒤에서 돌가루를 밟는 듯 유리가 바스러지는 소리가 들린다.

"영감 어디 한 군데 부러지기 전에 얼른 가쇼."

고개를 돌린 곳에 공사장 김 씨가 서 있다. 김 씨의 목소리가 낮고 위협적이다. 허둥거리며 사라지는 이 노인을 잠시 쳐다보다 다시 담 밑에 고개를 처박는다. 김 씨가 다가선다. 머뭇거리던 손이 토닥토닥 나의 등을 두드린다. 그의 손이 부드럽고 따뜻하다. 창자까지 끌려 나올 것 같은 토악질은 위액까지 다 토해내고야 멈춘다. 푸르디푸른 가로등 빛이 푸른 멍처럼 발등에 고인다. 천천히 일어선다. 어질, 무릎이 풀썩 꺾인다. 김 씨가 허리를 감싸 안는다. 골목이 산길처럼 구불구불하다. 서서히 모든 사물이 눈앞에서 밀려난다. 아득하다.

잠에서 깬다.

탕탕탕.

누군가 함부로 대문을 두드리는 소리가 바로 옆에서 나는 것처럼 머릿속을 텅텅 울린다. 고막을 찢는 것 같은 소리가 광포하게 머릿속을 휘젓는다. 나는 잠시 누렇게 변색된 천장을 멍하니 바라보다 일어나 앉는다. 책상 위에는 주전자와 컵이 얌전히 놓여 있다. 나는 방문 앞을 무릎걸음으로 다가간다. 방 문고리를 잡고 심호흡을 한 번 한다. 문을 연다. 공사장 김 씨가 입간판을 새로 만들고 있다. 러닝셔츠 바람에 연신 땀을 닦아내며 망치질을 하는 김 씨의 모습이 각막을 파고든다. 소리 나지 않게 방문을 닫고 가지런히 놓인 컵에 물을 따라 마신다. 목울대가 따끔거린다. 컵을 내려놓는데 방 안 한구석에 퇴물처럼 놓인 가방과 신발이 눈에 걸린다. 무릎을 끌어안고 그것들과 대치하듯 반대편 구석에 앉는다. 망치질 소리가 방 안 가득 흘러넘친다. 일어선다. 머플러와 옷가지, 시계와 선글라스 등을 꺼내 들고 밖으로 나간다. 창고 앞에 선다. 햇살이 창끝을 세우고 정수리에 내리꽂힌다. 창고 문을 당긴다. 벌겋게 녹이 슨 자물쇠통은 잘 열리지 않는다. 나는 체중을 실어 매달린다. 처음의 기세와는 달리 너무 쉽게 입을 벌리는 자물쇠통을 보며 기분이 묘해진다. 합판으로 된 나무 문은 휘청거리더니 힘없이 벌컥 열린다. 전등 스위치

를 누른다. 왈칵 쏟아진 빛이 어둠을 순식간에 밀어
낸다. 먼지가 천천히 허공으로 떠오른다. 숨을 깊이
들이마시고 창고 안으로 들어선다. 낡은 장식장과 모
서리가 떨어져 나간 앉은뱅이책상이 한쪽 구석에 놓
여 있다. 그 옆으로 바늘이 없는 괘종시계와 호랑이
가 입을 딱 벌리고 있는 색 바랜 그림이 끼워진 액자
가 세워져 있다. 고개를 돌린다. 먼지가 뽀얗게 내려
앉은 비닐이 산처럼 솟아 있다. 비닐을 벗긴다. 하얀
종이가 붙어 있는 물건들이 모습을 드러낸다. 물건은
노끈으로 단단하게 묶여 있다. 물건 중 하나를 집어
든다. 낡은 운동화와 추리닝에 종이가 붙어 있다.

'1988년 8월 25일, 권투장 박 군'

이것뿐만이 아니다. 색 바랜 여행용 가방에도, 군
용 침구처럼 돌돌 말린 이불에도, 상표가 다 지워진
화장품에도 종이가 붙어 있다.

'1968년 3월 4일. 곱창집 오춘자', '1973년 12월
23일. 역촌다방 미스 김', '1978년 1월 21일. 막노동
유 씨'…….

물건들이 빚 장부처럼 차곡차곡 쌓여 있다. 전류
가 흐르는 것처럼 손끝이 찌릿하다. 통증이 훑고 간

가슴이 먹먹하다. 가방과 신발을 끌어안고 창고 구석에 쪼그리고 앉는다. 나는 메모지를 만지작거릴 뿐 아무것도 쓰지 못한다.

나는.

이 선을 넘지 마시오

최선영(문학평론가)

안내문

김담이의 상상력은 품이 넓다. 단단하고 익숙한
현실에서부터, 사회 시스템이 반쯤은 무너져 제 기
능을 하지 못하는 포스트 아포칼립스, 유성이 떨어
지고 해가 저물지 않는 가운데 돌연변이와 괴물이
밤을 배회하는 디스토피아적 SF, 숲의 요정과 사람
을 홀리는 여우가 출몰하는 동화적 세계까지. 저마
다 색깔을 달리하는 여덟 개의 이야기는 독자를 흡
사 어두운 숲길을 헤매는 듯한 경험으로 인도한다.

이 숲에서 길을 잃지 않기 위해선 몇 가지 이정
표를 기억해 둘 필요가 있다.

수렁과 진창

김담이의 이야기들 속에서 헤매지 않으려면,
그 시선이 언제나 세상의 가장 밑바닥을 비춘다
는 점부터 짚어야 한다. 「종점만화방」은 김담이가
보여 주려는 '공간'의 성격을 직접적으로 드러낸
다. 입간판에 상호는커녕 "'만화'라고 검은 페인트

로 자그맣게 쓰여 있"을 뿐인데, 사람들은 '종점'이라 부르는 곳. "색싯집, 다음엔 여관, 대폿집. 여러 업종으로 바뀌면서도 한결같이 종점이란 이름으로"(301쪽) 불리는 건, 단지 앞서 들어섰다가 사라진 가게들의 이름을 이어받았기 때문만은 아니다.

탈출이라, 내가 이곳에 온 지가 벌써 반년이 되어 간다. 하지만 56번지의 사람들이 이곳을 떠났다는 소리를 들어본 적이 없다. 나는 이곳의 사람들은 벗어날 꿈조차 꾸지 못하거나 벗어날 생각이 없는 사람들일 것이라 생각했다.(319쪽)

어느 날, 56번지 미미가 '도망'갔다는 이야기를 듣고서 '나'가 생각하듯이 이곳은 볼품없는 인생들이 이리 떠밀리고 저리 흐르다가 모여서 고인 진창이다. 달리 더 갈 곳이 없는 장소, 그러한 의미를 포괄하는 것이 종점이란 이름인 셈이다.

물론, '나'의 처지도 그리 다르지 않다. 다니던 출판사가 망해 버린 뒤, 졸지에 백수가 되자 사치 탓에 쌓인 빚을 감당하지 못하고 도피해 온 상황이니까. 물론 자신은 이곳 주민들과는 다르다는 듯 눈살을 찌푸리며 거리를 두지만, 소설의 말미에 이

르러 동네를 떠나려던 '나'의 모습이 어땠나? '나'는 창고에 유기된 물건들을 앞에 두고, 망연자실 앉아 있을 뿐이다. 자신은 떠날 수 없는 처지라는 걸 뒤늦게 깨달은 것처럼 말이다. 그녀는 결국 일어나 떠났을까? 선뜻 낙관적인 전망이 그려지지 않는 건, 이미 '나'가 말했듯 종점이 벗어나려야 쉬이 벗어날 수 없는 수렁이요 진창인 탓이다.

김담이 소설에서 이와 같은 공간성은 특정 공간에만 한정되지 않고 세계 단위로도 확장된다. 「당신을 위한 낯선 천국」은 형을 애도하기 위한 '설'의 여정이다. 정식 절차를 밟을 수도, 막대한 관광비를 낼 수도 없었던 설은 온갖 위험을 무릅쓰고 모나크로 밀항한다. 아무리 모나크의 유칼립투스가 "모든 죄를 불태우고 내세를 약속"(18쪽)해 준다는 믿음이 널리 퍼져 있다 해도, 왜 온갖 위험을 감수하면서까지 형의 죽음에 예우를 다하려는 것일까.

거리마다 시체 썩는 냄새로 코가 문드러질 것 같았다. 시체마다 갈비뼈가 앙상한 개와 고양이가 붙어 있었다.(57~58쪽)

설이 살던 곳에서 삶은 존엄하지 않았다. 아니, 죽음마저 존엄하지 않았다. 그의 형은 동생 설이 최소한의 인간다운 삶을 누리게 하려고 자신의 존엄을 희생했다. 설이 그 희생에 보답할 방법은 형의 죽음이라도 존엄하게 만드는 것뿐이었다. 설의 머나먼 애도의 여정은 곧 처참한 현실에서 더 나은 전망을 그려 볼 수 없기에 내세가 돌파구며 희망이 된 세계. 그러니까 세계 전체가 '종점'이 되어 버린 파국의 현장을, 이 소설은 그려내고 있는 셈이다.

하나 기억할 것이 있다. 거리에 죽음이 넘쳐나고 삶에 존엄이 없다고 해도, 여전히 국가 시스템은 건재하고 가진 자들은 제대로 관광을 즐긴다. 존엄하지 않은 것은 수렁과 진창, 밑바닥에 깔린 자들뿐이다.

김담이의 소설에서는 세계가 얼마나 절망적이고 암울하든, '위'는 존재하고 그곳은 정상 작동 중이다. 여기서 두 번째 이정표가 등장한다.

경계의 상상력

「툭」의 아파트 경비원 '최 씨'는 출근하던 중 102동 화단에 떨어진 쓰레기봉투들을 발견하고 다가가다 흠칫 놀라고 만다. 그것은 쓰레기봉투가 아

니라 위에서 떨어져 고통스러워하는 여학생 A였으
므로.

> 언제나 그렇듯 별다른 일은 없었다. 그냥, 혼자였을 뿐
> 이었다. (…) 아무도 A를 친구라고 생각하지 않았다. A
> 는 102동에 살았고, A를 제외한 아이들은 103동, 104동,
> 105동 또는 S아파트에 살았다. (…) 교실 안에도 펜스와
> 102동이 있었다. 반 아이들이 A를 괴롭히거나 하는 일
> 은 없었지만, 줄곧 혼자였고, 줄곧 쓸쓸했고, 줄곧 생각했
> 다.(291~293쪽)

A를 죽음으로 내몬 건 무엇이었나? 잔학한 폭
력이나 차별? 아니다. A를 죽음으로 내몬 건 대단
한 폭력이 아니라, 무형의 '펜스'였다. 단지 내 다른
동과 102동을 구별하는 펜스처럼, 다른 아이들과 A
를 나누던 보이지 않는 울타리.

사고 이후, 화단에는 접근 금지 노란색 테이프
가 쳐졌다. "'출입 금지'라고 써진 테이프에는 '이
선을 넘지 마시오.'라고"(281쪽) 쓰여 있었는데,
'선을 넘지 말라'는 경고가 사건 현장을 지키기 위
해서가 아니라, 102동 주민들을 향해 세운 구분의
경계처럼 보이는 건 단순한 착시일까?

A에 대한 눈에 띄는 괴롭힘은 없었지만, '구분'과 '분리'는 있었다. 102동에 대한 단지 내의 경계짓기도 마찬가지. 이 '경계'는 투명하다. 그러니 문제 삼아 싸울 수도 없다. 이 무형의 차별이 문제라면, 102동을 벗어나는 선택지도 있지 않았을까 싶다. 그러나 애당초 그 선택이 가능했다면 A의 가족이 임대 아파트인 102동으로 왔을까? 그들에게 주어진 다른 선택지는 103, 104, 105동 혹은 S아파트로 올라가는 게 아니라 더 낮은 곳으로 내려가는 것뿐이다. 보이지는 않으나 부술 수도 벗어날 수도 없는 경계에 대한 관심은 김담이 소설 전반에 깔린 굵직한 테마다.

「유령들」역시 김담이의 세계관에서 이미 발을 디딘 수렁과 진창을 벗어나는 일은 거의 불가능함을 보여 준다.

'요단'은 이든강을 따라 떠내려온 도시의 쓰레기를 뒤지거나, 장기를 팔아 겨우 삶을 이어 가는 빈민촌이다. 소년 루와 온도 이곳 주민으로 도시의 폐기물에 기대어 살아가는데, 어느 날부터인가 온은 도시에서 일하게 된다. 루는 그런 온이 부러울 따름이다. 빈민가의 소년에게 도시는 "눈을 감으면 보이지만 눈을 뜨면 사라져 버리는 실재하지 않는

곳. 보이지만 손이 닿지 않는 곳. 도시는 잡히지 않
는 꿈"(172쪽)과도 같은 곳이니까.

> 온은 자신이 루와 요단의 사람들과는 다른 종류의 사
> 람이라고 생각했다. 온은 지갑에서 등록증을 꺼내 루
> 의 코앞에 내밀었다. "나는 주민 등록증이 씨발 생겼거
> 든."(…) 온은 요단의 사람들과도 루와도 제인과도 확실
> 히 달라졌다. (…) 요단에 사는 사람들은 서류상으로는 어
> 디에도 존재하지 않는 유령들이었다.(177~178쪽)

더욱이 도시의 일원이 된다는 건, 시스템에 등
재되지 못한 비시민에서 비로소 시민이 된다는 의
미다. 존재하지 않는 '유령'이기를 그치고 비로소
'사람'이 된다는 것. 쓰레기를 뒤지거나 장기를 팔
지 않고서도 내일을 그려 볼 수 있는 계층이 된다
는 뜻이다.

하나 온이 도시에 가졌다던 일자리는 실상 제
대로 된 것이 아니었다. 한낱 요단의 빈민들을 대
상으로 한 장기 밀매 따위에 손을 대던 조직이었으
니까. 온은 '너희와는 다르다'며 그토록 으스댔으
나, 실상은 여전히 '도시'의 높다란 사다리의 가장
아래 칸에 올라선 것에 불과했다. 심지어 끝내, 조

직으로부터 버려지기까지 했으니. 진창에서 높은 곳으로의 비상을 꿈꾸었던 온의 이상은 빛을 보지 못했다. 온이 바랐던 계급 상승은 강가의 폐기물과는 달리, 호락호락하게 거머쥘 수 있는 것이 아니었다.

온은 왜 이처럼 비극적인 결말을 맞이해야 했을까. 단지, 어느 중요한 시체로부터 금니를 훔쳐 숨겨서? 표면적인 이유야 그것이겠지만, 핵심을 관통하는 단서는 온의 어머니의 언급에서 나온다.

> 어머니는 항상 말했다. 무엇인가 줄 때는 그만큼 가져가는 것이, 잃는 것이 있다고 했다. 세상에 공짜는 없다고 했다.(196쪽)

온의 죽음으로 끝난 '교환'은 두 가지를 암시한다. 빈민 출신인 온의 목숨값이 그만큼 가볍다는 것. 그리고 도시의 벽이 그만큼 높고 단단하다는 것. 소설은 주로 요단의 모습을 전경화하여 서술하기에, 우리는 소설 속의 세계가 갖은 재난 탓에 사회 시스템이 무너진 포스트 아포칼립스 같다고 느끼기 쉽지만…… 아니다. 도시는, 사회는, 시스템은 건재하다. 시장경제 원리도, 아래에서 착취해 위를 채우는 계급의 구조 역시 굳건하다. 이 구조는 하층민이 감히 위를 넘보는 걸 좌시하지 않는다.

제로섬의 잔혹동화

김담이의 소설 속에 디스토피아적 신자유주의 질서는 공기처럼 항시 존재한다. 아파트나 만화방처럼 다분히 현실적인 공간을 다룰 때에도 그렇지만, 상상력이 가미된 장르적 세계관에서도 마찬가지다.

「태양 속으로 한 발짝」은 한 마을의 카페 겸 술집 주인 '화연'과 그녀가 거두어 보살피는 소년 '상이'의 이야기다. 이렇게만 정리하면 현실적인 배경의 한가로운 공간이 연상되겠지만, 이곳은 예컨대 사람을 잠재울 수 있다든가 하는 다양한 능력을 가진 '돌연변이'들이 존재하는 판타지 또는 SF적 세계다. 자장가를 불러 줘, 잠들게 해 주는 능력이라니. 얼마나 동화적인가?

그러나 김담이의 여타의 소설들이 그렇듯, 세상은 그들을 포용하는 대신 타자로 배척하고 심지어는 사냥해 매매하기까지 한다. 태양이 저물지 않고 세상을 불사르는 재난이 마을을 덮쳐, 끝내 마을 사람들이 떠나가고 "괴물과 사냥꾼과 돌연변이만 남"(225쪽)게 된다. 바깥은 저물지 않는 태양으로 밝게 타고 있지만, 현실은 역설적으로 '어둠의 숲'과 같다. 캄캄한 수풀 속에서 무엇이 튀어나오든, 방아쇠를 당겨야만 하는 '만인에 대한 만인의 투쟁' 상태. 그나마 화연과 상이는 술집을 거점 삼은 사냥꾼들을 응대하며 사태로부터 한 발짝 거리를 두고 있지만, 상이의 뒤통수에 숨겨져 있던 세 번째 눈이 열리고 만다. 방관자에서 사냥감으로 전락하는 순간이자, 누구도 이 격심한 투쟁 상태에서 열외일 수 없음을 드러내는 서늘한 암시다.

이렇듯 김담이의 소설에 '상승'은 드물고, '추락'은 흔하다. 「집으로 가는 길을 알려 주세요」의 화자 역시 같은 추락의 경험을 겪는다. 그는 "한강이 내려다보이는 전망 좋은 아파트"에 살고 있었고, 사랑하는 여자와의 행복한 결혼 생활을 꿈꾸고 있었다. 하나 그 꿈은 일순간에 강탈당하고 만다. 오사카에서 열린 아동문학 세미나에서 돌아와서 보니 "거실이 텅 비어"(83쪽) 있었던 것이다. 비단 거실뿐만 아니라 집 안의 모든 것이.

사라진 '그녀'가 남겨 놓은 건 단 한 장의 쪽지. 웬 약도와 전화번호가 남아 있는 쪽지를 쥐고 그녀를 찾으러 나서지만, 기묘한 숲길에서 착란에 시달리며 길을 잃게 된다. 이에 서점으로 길을 물으러 들어간 그. 그러나 그는 그곳에서 서점 노인과 말 그대로 뒤바뀌어 버리고 만다.

어쩔 수 없이 서점을 지키며 주인 노릇을 하던 와중, 소설의 말미에 이르러 어느 아가씨가 서점으로 들어선다. 그녀가 화자에게 길을 물을 때 우리는 예상하게 된다. 화자가 여자를 앉혀 두고 서점을 떠나리라는 걸. 그를 앉혀 두고 떠나 버린 전대의 '김 씨 할아범'처럼 말이다.

언뜻 보기에 혼란스러운 이런 '자리 바꾸기'는 사실, 공포와 관련된 전승에서는 흔한 것이다. 자신이 빠진 자리에 다른 이를 채워 넣어야 승천할 수 있다는 물귀신이나, 다른 이를 꾀어 죽여야만 범에게서 놓여날 수 있다는 창귀가 그렇다. 이들의 공통점은 자기 구제를 위해 타인을 희생시키는 피해가 순환적으로 재생산된다는 것인데, 구태여 수익 구조를 유지하기 위해 끊임없이 새로운 투자자를 필요로 하는 폰지 사기까지 갈 필요도 없이 신자유주의 논리 하에 펼쳐지는 '제로섬' 게임이 정확히 이와 닿아 있다.

누군가 무언가를 얻는다면, 그 비용은 반드시 다른 누군가가 어떤 식으로든 지불하게 되어 있는 것. 게임의 참여자는 자신이 얻기 위해서라면 유혹과 기만도 서슴지 않는 것. 갑작스런 '추락'의 와중에서 화자가 빠져든 함정, 그리고 새로이 찾아온 희생양. 이 모든 광경은 그러니까 일종의 신자유주의적 잔혹동화다.

글쓰기의 의미

한번 빠지면 다시는 기어 올라올 수 없는 진창, '이 선을 넘지 말라'고 경고하는 공고한 경계, 이 와중에 어떻게든 살아남고자 다른 이를 잡아다 끌어내리는 이전투구泥田闘狗의 싸움이 곧 김담이의 소설들이 보여 주는 서늘한 풍경이다.

그런데 이 와중에도 이질적으로 눈에 띄는 이야기들이 있으니, 바로 '글쓰기' 또는 '글 쓰는 자'의 의미를 묻는 작품들이다. 김담이의 소설들에선 유난히 출판사가 자꾸만 망하곤 한다. 「종점만화방」의 화자가 일하던 출판사가 그렇고, 「집으로 가는 길을 알려 주세요」의 '그녀'가 그림책을 계약한 출판사도 "도산하고 말았"(102쪽)다. 제로섬 게임에서 출판시장은 결코 '얻는' 쪽은 아니다. 현실이 그렇듯, 김담이의 세계관에서도 마찬가지인 셈인데. 이러한 상황에서 글을 쓴다는 건 어떤 의미일까?

「낭만적 진실」은 가난한 희곡 작가의 이야기다. 어찌나 생활고가 심한지 구걸하려고 바구니마저 내놓는데, 천만다행으로 그 바구니를 보고 '마담'이 찾아와 '시인의 욕실'이라 이름 붙인 방을 내어 준다. 숱한 창작자가 머무르며 성공적인 성과를 냈다는 방을 얻음으로써 다가올 겨울을 나기 위한 공간, 가스, 전기, 음식까지 창작의 모든 걸림돌이 일거에 해결되었으니 이제 창작에만 전념할 수 있게 된 것이다.

하지만 가난한 희곡 작가는 "아무것도 하지 않은 채 여름을 맞"(148쪽)는다. 아이러니하게도 "그토록 원하던 추위와 더위를 피할 수 있는 공간이 생겼고, 굶지 않아도 되자 이상하게도 도무지 글을 쓰고 싶다는 생각이 생기지 않았"(150~151쪽)단다. 몸이 편해지자 나태라는 타성에 빠져 버렸다.

이는 화자가 산책 도중, 마담이 절대 발을 들이지 말라던 창고 안으로 들어선 이후 명확해진다. 창고 안 비밀스러운 통로 너머에는 자취를 감춘 문인들이 머무르고 있었던 것. 마담은 말한다. "전에도 말했듯이 저는 수집가입니다."(161쪽)라고. 이 맥락에서 나온 수집가라는 단어. 그렇다면, 지하실의 작가들은 그녀의 '수집품'이라는 말인가? 사실

여부를 따지는 건 무의미하다. 화자가 기꺼이 수집
품이 되기를 선택했으니까.

지하로 내려온 이후 지상으로 올라가지 않았다. 통
로는 좁고 너는 통로에 비해 너무 컸다. 너는 살이 빠
지지 않도록 관리하고 있다. 혹시라도 살이 빠져 문을
통과하게 되지 않을까, 염려하며 전보다 많이 먹고 있
다.(161~162쪽)

그래, 어쩌면 자본의 수혜를 받아먹으며 작품
활동을 해 나갈 수 있다면 그것으로 된 게 아닐까?
마냥 긍정할 수 있다면 좋겠지만, 화자는 너무나
중요한 것을 대가로 잃어버리게 된다.

지하에 머물게 된 후 원, 투, 쓰리는 목소리를 잃었다.
조용했다. 평화로웠다. 나쁜 일은 일어나지 않았다. 그러
므로 괜찮았다.(162쪽)

원, 투, 쓰리는 줄곧 화자의 행동과 생각에 관여
하며 끊임없이 각축을 벌이던 내면의 목소리들이
다. 그런데 지하실에 머무르게 된 이후 이들 목소
리가 사라졌다는 건, 더는 욕망(원)도 이성(투)도

감성(쓰리)도 없는 철저한 '수집품' 혹은 가축으로 전락했다는 암담한 암시다. 제목이 '현실적 진실'이 아니라 '낭만적 진실'인 것은, 화자가 끝내 대책 없는 반지성적 낭만주의로 낙착하고 말기 때문이리라.

소설가로서 이러한 작가를 서사화할 때, 김담이의 의도는 무엇이었을까. 어쩌면 자본가의 '수집품'이 되지 않고서는 생존할 수 없는 창작자의 현실에 대한 자조였을까? 그게 아니라면 늘 작품을 써야 한다는 강박에 시달리다, 정작 그럴 기회가 주어지자 '배부른 돼지'가 되기를 택하는 얄팍한 작가주의에 대한 자성이었을까. 하나는 냉철한 현실 인식이요, 다른 하나는 뼈아픈 자기반성인 셈인데. 어느 쪽이라고 딱 잘라 말하긴 어려워도 한 가지는 분명하다. 다음으로 나아가기 위한 토대라는 것.

「경수주의보」에서도 비관적인 문학가의 지위, 얄팍한 작가주의의 문제는 반복해서 변주된다. '나'는 '등단 작가'지만 "글쟁이로서의 소명이"(241쪽) 없고, 아버지로부터도 "어쭙잖은 글쟁이 흉내"라거나 "똥 같은 일"(243쪽)이란 가혹한 평가만이 떨어질 따름이다.

그렇게 '나'는 펜을 꺾고 YS전자에 입사해 신제품 스마트폰 'T8'의 스토리마케팅을 하게 된다. 그런데 동창들에게서 자꾸만 '경수'에 대한 소문이 들려온다. 누구인지 분명히 기억도 나지 않는 경수, 아니, '경수들'에 대한 이야기. 화성 탐사 로켓을 만들었다더라, 간암으로 죽었다더라, 아이돌이 되었다더라. 온갖 억측과 풍문 속에서 경수는 택배 기사가 되기도 했고, 전기 기술자가 되기도 했다.

　　그걸 다 한 귀로 흘려들었더라면, 경수의 소문은 해프닝으로 지나가고 말았을 터. 하지만 '경수'들의 이야기를 광고 영상 속 젊은이들의 모습과 견주어 보는 순간, 숱한 경수들의 이야기는 '나'의 삶으로 들어온다.

　　"마냥 즐겁고 싱그러"운 외양으로 "세계를 탐험하고, 음악을 만들고, (…) 여행을" 다니는 젊은이들의 모습은 한낱 "똥 같은" "거짓말"(255쪽). 그 화려한 기만 대신 "굽이 닳은 낡은 구두를 신고 세상 속으로 걸어 들어가는 경수"(260쪽)의 모습으로부터 스토리를 시작하고자 마음먹는 순간. 그 순간 '나'는 단지 YS전자의 스토리마케터일 뿐이었을까? 그가 줄곧 자신이 제대로 된 작가가 아님을 자인해 왔음에도, 이 순간만큼은 진짜 작가처럼 느껴지지 않던가?

「경수주의보」를 「낭만적 진실」과 견주어 보면, 김담이가 지향하는 '작가다움'과 작금의 시대에 '작가로 산다는 것'의 의미는 명확해진다. 작가, 글쟁이라는 신분은 등단과 저서 발간 여부로 결정되지 않는다. 오직 자신이 선 자리가 어디인지를 명확히 인지한 채 타자의 삶에 감각과 마음을 기울이는 일. 보고 듣고 느낀 것을 글로 빚어내는 실천. 오직 그 수행으로써만 작가는 작가이고 글쟁이일 수 있다.

어쩌면, 김담이의 소설 전반에 드리운 경계와 진창의 상상력은 이 시대를 살아내는 문인으로서 느끼는 암담함의 발로일는지도 모른다. 만일 그렇다면, 더더욱 경수의 위태로운 뒷모습을 바라보는 '나'의 시선은 의미가 있다. 그의 눈을 통해 김담이는 우리에게 이렇게 말하고 있는 셈이니까.

소설가가, 나아가 우리가 넘어야 하는 건 계급의 벽이 아니라 타자의 벽이라고.

그러므로 '이 선을 넘지 마시오'라는 경고 앞에서 주저앉는 대신, 우리는 기꺼이 타자를 향해 울타리를 넘어야만 한다.

오직 그것만이 어둠의 숲에서 벗어날 유일한 출
구니까.

작가의 말

그 무렵 생각이 많았다. 『경수주의보』의 소설은 그 무렵에 썼다. 그 무렵 나는 여럿이 있을 때와 혼자 있을 때 다른 모습을 하고 있었다. 여럿과 어울려 있을 때는 즐겁게 웃으며 이야기했지만, 혼자가 되면 바닥이 보이지 않는 곳으로 낙하하고 있었다. 분명 내 삶을 열심히 살아내고 있는데 내가 아닌 다른 사람의 삶을 사는 것 같은 생각을 지울 수 없었다.

오랫동안 소설을 쓰지 않고 있었다. 소설을 쓰지 않는 나를 생각해 본 적 없었으므로 '나'와 '소설을 쓰지 않는 나' 사이의 틈은 거울 밖의 나와 거울 속의 너처럼 낯설었다. 그래도 괜찮다고 생각했다. 곧 회복되리라 믿었다. 틈이 벌어지기 전 예전의 나로, 온전한 나로 돌아갈 수 있다고 생각했다. 그토록 오랜 시간 틈을 응시하고 있을 줄 몰랐다.

그리고 줄곧 나에게 물었다.

글을 쓰지 않으면 나는 나일 수 없는가?

질문은 '나는 어디에 서 있는가?' '나는 정말 글을

쓰고 싶은가?' '다시 글을 쓸 수 있을까?'라는 물음표
를 던졌다. 답도 없는 질문은 일상을 갉아먹으며 삶에
대한 고민으로, 존재에 대한 고민으로 덩치가 커졌다.
질문은 마지막에,

왜 살아야 하지?

정말 최선을 다해 열심히 생각했다. 최선을 다해
열심히 생각한 질문의 답이 죽음이라는 종점에 닿을
줄 몰랐다. 무수히 쏟아지는 햇살이 나와는 무관했고,
세상의 모든 소리가 이세계의 울림처럼 너무도 멀리
있었다. 내겐 살아야 하는 이유가 없는 것처럼 느껴졌
다. 삶의 의미를 잃어버렸을 때 나는 다시 소설로 돌
아왔다. 두렵고 무서웠다. 내 안의 너의 이야기를 꺼
낼 용기가 있을까.

『경수주의보』에 담긴 소설은 모두 같은 지점에서
출발한다. 삶의 이야기며 죽음의 이야기이기도 하다.
나의 이야기이며 너의 이야기이기도 하다. 소설 곳곳

에 내가 있고, 네가 있다. 나는 죽음에 관해 썼지만 너에게 삶일 수 있고, 나는 삶에 관해 썼지만 너에게 죽음일 수 있다.

소설을 쓰는 내내 힘들었다. 실제로 몸이 아팠다. 그래도 마음을 다해 썼다. 소설을 완결 짓고야 아프던 몸은 나았다. 그제야 봄바람을 느낄 수 있었다. 봄날의 바람에선 초록 냄새가 났다. 초록이 가득한 냄새를 너와 함께 맡고 싶다고 생각하며 그만 『경수주의보』를 놓아줄 수 있었다.

고맙다.

내 이야기에 귀 기울여 주고, 고민을 함께 나눈 친구들과 소설보다 멋지게 해설을 써 준 최선영 평론가와 나의 오래된 벗이며 소설가인 강병융 작가에게 감사의 인사를 보낸다. 또 소설을 엮어 책으로 만든 편집부와 출판사에 감사와 찬사를 보내며, 언제나 무던히 내 곁을 지켜 준 가족에게 마음을 다해 사랑을 전한다. 마지막으로 어두운 터널처럼 이어지는 소설과 작가의 말까지 읽어 준 너에게 고마운 마음을 담아 수줍게 사랑한다고 말한다.

지금 혹시 어두운 터널에 있다면 내 소설이 너에게, 나의 경수에게 아주 작은 위로가 되길 바라며.

2024년 가을의 시작, 그리고 끝
김담이

경수주의보

2024년 11월 7일 초판 1쇄 펴냄

지은이   김담이
펴낸이   김성규
편집   김안녕 조혜주 한도연
디자인   신혜연
펴낸곳   걷는사람
주소   경기도 용인시 기흥구 동백중앙로 358-6, 7층 (본사)
         서울 마포구 월드컵로16길 51 서교자이빌 304호 (지사)
전화   031 281 2602 / 02 323 2602
팩스   02 323 2603
등록   2016년 11월 18일 제25100-2016-000083호

ISBN   979-11-93412-57-2   03810